ガッコの先生

小松江里子

角川文庫 13011

目次

ノベライズ
豊田美加

装丁
BUFFALO. GYM

友情より金っすよ

爽快《そうかい》に澄みきった秋空の下《もと》、1台の高速バスが、東京へ向けてひた走っている。

「東京行くンは、中学ン時の修学旅行以来なんや。あの時はディズニーランドで遊んで、浅草《あさくさ》行って雷門《かみなりもん》見たわ。そやから今度がまだ2度目なんよ、東京。なんか緊張するわ」

真ん中あたりの座席で、若い男がミカンを食べながら大きな声でしゃべりまくっている。

「おばあちゃん、ちょっと見ててや、一番右から——坂下昇《さかしたのぼる》、宮下真理子《みやしたまりこ》、白石秀一《しらいししゅういち》、あってるか?」ポケットから取り出した1枚の紙を隣のおばあちゃんに押しつけると、男は目をつぶってスラスラ名前を口にした。

「初めてやねん、自分のクラス持つの。緊張するな、ほんま……え～っと次は、誰やったかいな……大沢《おおさわ》……大沢……」

下の名前を思い出せないらしく、男はちょっと考えこんで、おばあちゃんの手元をのぞいた。

「琴音《ことね》や、大沢の琴音と」

紙には、席順と名前が記されている。

「あ、じつはな、こう見えてもオレ、ガッコの先生やねん。小学校の」

おばあちゃんの不思議そうな視線に気づいて、男は胸を張って言った。

「ハハ。けど、イバれたもんと違うで。今年も採用試験落っこちてしもうて。そしたら、オレの小学校の時の先生が声かけてくれてな。その先生の息子さんが転勤で東京に住んで て、そのいとこの嫁さんの親戚《しんせき》の友達いう人が先生してるらしいねん。で、産休に入るらしいんやわ。それでな、オレにどうかって」

「ミカンもうひとつ」おばあちゃんが、つやつやしたミカンをしわしわの手でさしだした。

「ありがと」男は喜んでそれを受け取り、ミカンの袋を口の中に放りこんだ。

「そやから担任持つ子供らの名前、こうして覚えておこ思てな。みんなびっくりするで。じゃ、2列目いこか？　え〜っと、立野勝《たてのまさる》、金田治《かねだおさむ》——」

その時、前方のフロントガラスいっぱいに、白い雪を頂いた大きな山が姿を現した。

「おお！　富士山《ふじさん》や！」

男は網棚のバッグから急いでカメラを取り出すと、シャッターをパチパチ切った。

「オレ、好きやねん、富士山。やっぱりええな、日本一の山は——ずっと思てたんや、自分のクラス持てたら富士山のような日本一のクラスにしたいて！　オッシャー！　頑張んで！」

満足して席に戻ると、おばあちゃんが、手提げの中をゴソゴソ引っくり返している。

「あ、あったあった」ニコニコしながら耳にとりつけたのは、なんと補聴器である。

「これでやっと聞こえます」

「じゃ、今までの話……もしかして、なにも……」

――この、ファイトとやる気は満々だが、どこかヌケている単純そうな男……じつはこの男こそ、これより始まるお話の主人公なのである！

午後遅い電車の中で、朝倉素子《あさくらもとこ》は、見るからに気分の悪そうな若い妊婦に気づいた。

「大丈夫ですか？」

素子が声をかけると、妊婦は弱々しく「はい……」と答えたが、手すりがなければ今にも倒れてしまいそうだ。あいにくと近くに空席がなく、素子はキョロキョロ辺りを見回した。

同じ車両のシルバーシートに、女子高生が3人、踏んぞり返って座っている。

「だから、今、渋谷《しぶや》に向かってるって、もう電車乗ってるし～」

「絶対、待っててよ」

友人と約束でもあるのか、3人はひとつの携帯を取り合うようにしてしゃべっている。

「すいません、ちょっと席詰めてもらえるかな？」素子はそばに歩み寄り、丁寧に頼んだ。

ところが女子高生たちは、あきらかに素子を無視し、大声でキャアキャア騒いでいる。

「おなかの大きい人がいるの、座らせてあげたいんだけど」素子がムッとして言った時、背後から、「聞こえてんねんやろ、お姉ちゃんたち」ふいに関西弁の若い男の声がした。

「ほら、ここは4人掛けの席。もうひとりくらい十分座れるやないか」

ハンチング帽をかぶり、サスペンダーでズボンを吊った妙な男がこちらにやってくる。二重まぶたの目と濃い眉《まゆ》。見たところ、年は素子と同じ22か23歳というところだろう。

「なに？　このおっさん」女子高生のひとりが、うさんくさそうに男を見上げた。

「おっさん……？」男の濃い眉がピクッとする。が、気を取り直して言った。

「ちょっとだけ詰めてあげてや」

「え？　もう行ったの？　で、どうだった？　いい男いた？」

男の存在はすでに宇宙の彼方《かなた》へ飛び、彼女たちは携帯のおしゃべりに夢中だ。

「おい、ちょっとて……」

男がなおも食い下がろうとすると、「うっせえよ」女子高生のひとりが言った。

男は言葉をのみこみ、あ然とした。3人は携帯に耳を寄せ合い、キャハハと嬌声《きょうせい》をあげている。

「ええ加減にさらせよ！　あんまり人なめとったら、しまいにしばきあげんぞ、ハゲ！」

ついにキレてしまった男の剣幕に、女子高生たち……いや、妊婦も素子も跳び上がった。

「おまえらガッコの先生に習わんかったんか？　世の中はもちつもたれつやて。他人《ひと》を思いやられへんヤツは立派な大人になられへんぞ！　だいたいな、電車の中で携帯使うやなんて非常識や思わんのか」

「行こ、ヤバいよ……こいつ」

女子高生たちは3人団子になって立ち上がると、隣の車両へコソコソ移っていく。

「おい、待て！ ……ほんまに、どんな教育受けとんのや」

男は女子高生たちの後ろ姿にブツブツ言い、あっけにとられている若い妊婦を振り返った。

「――あ、どうぞ、ここ……遠慮せんと、どうぞて」

あきらかに逃げ腰の妊婦を無理やり座らせると、男は次に素子を振り返った。

「まだ空いてますけど」

こんなヘンな男に関わり合う気は毛頭ない。素子は素知らぬ顔で男から遠ざかっていった。

ところが、男は素子と同じ駅で降りてきたのである！

道を探しているようで、「あ、すんません、さっきの人……」と、声をかけてきた。

急ぐので……と、取りつく島もなく歩いていく素子の背中に、男は小さくつぶやいた。

「なんや、東京の女は冷たいな」

さて、場所は変わって、ここは駅前商店街の中ほどにある、ラーメン屋『悟空《ごくう》』。

ただいま、と入り口の戸を開けたとたん、「出てけ！」という怒鳴り声が素子を出迎えた。

「おまえらみたいな客は二度とうちにくんな！」

風体の悪い若い男客ふたりが、「こえぇ」と言いながら、素子の横をすり抜けていく。

「どうしたの？」

「どうしたもこうしたも。見てみろ、この丼《どんぶり》」素子の父親、長一郎《ちょういちろう》が言った。

見ると、残ったラーメン丼のツユに、タバコの吸い殻が浮かんでいる。

「最近の若いヤツらはなってねえんだよ。食い物を大切に扱わねえなんてな、人間として最低だよ」

長一郎は今年63歳になるが、まだまだ血気盛んなラーメン屋の親父なのである。

「さっきも電車でマナーの悪い女子高生たちがいた。注意しても無視すんだから」

「ちゃんと怒鳴りつけてやったんだろうな、怒ってやる大人がいないとつけあがんだぞ」

「あたしじゃなくて代わりに怒鳴ったヤツがいたの」

「ほお、エラいじゃねえか」

「それがさ、『しばきあげんぞ、ハゲ！』とか、わけのわかんないこと言ってさ、あれ関西人よ」と話しながら、素子は空いている椅子にドサッと腰をかけた。

「もうちょっとスマートにできないものかね」素子はうんざりしたように言った。

「あ……あのよ。おまえにまだ言ってなかったけど……今日からさ」

その時、「『悟空』！　ここやここ！」と向こう三軒両隣に響き渡るような大声が聞こえてきた。

ガラッとドアが開き、入ってきたのは、たった今うわさをしていた、あの関西人である！

口を開けて見ている素子の前で、男は「あ、親っさんですか、初めまして」と長一郎に向かって深々頭を下げ、土産の入った袋をさしだした。

「桜木仙太《さくらぎせんた》郎《ろう》です。ただいま大阪から到着しました。今日からよろしくお願いします！」

「ああ、あんたか。こっちこそよろしくな。荷物はさっき着いたから部屋に上げといたよ。これは娘の素子、そっちは店員の三郎《さぶろう》」

「よろしくお願いします。――あ、さっきの……」

大きな白い前歯、ショートカットがよく似合うキリッとした顔立ち。まさしくさっきの冷たい女である素子が、不愉快を隠そうともせず、父親へ抗議の視線を向けて言った。

「どういうこと？」

「こうやってきてくれたら話は早いや、ハハハ。今日からうちで下宿してもらうことになったんだよ」長一郎は口早に説明すると、思い出したようにつけ足した。

「あ、それと、明日からおまえと同じ小学校だから、面倒見てやれ」

同じって……まさか――。素子は教壇に立つようになって2年目の、地元の市立小学校の教師だ。そういえば、産休の先生の代任教師がくるとかって……。

「今度、富士見《ふじみ》が丘《おか》小学校に赴任してきました。オレ、先生なんです。小学校の先生！」

素子のショックに気づかないのか、桜木仙太郎は満面の笑顔で誇らしげに答えたのである。

桜木仙太郎にとって記念すべき初出勤の日、富士見が丘小学校の体育館では、朝礼が行われていた。

「では、ここでみなさんに新しい先生の紹介をしたいと思います。産休に入られた田山《たやま》先生の代わりに5年3組の担任についてもらうことになった桜木先生です」

教頭が言い終えるやいなや、5年3組の生徒たちはいっせいにザワつきはじめた。

仙太郎は意気揚々と演壇に登ると、ひとつ咳払《せきばら》いをして、マイクに向かった。

「はるばる大阪からやってきました桜木仙太郎です。夢は富士山のような日本一のクラスを作ること！　信念は、ガッコの先生は頭やない、ここ！」と、自分の胸をたたき、「ハートやと思てます。教育いうんは、ハートとハートのぶつかりあいが大事や思てます。よろしく！」

勢いよく下げた額がマイクにぶつかり、キィーンという耳障りな音が響き渡る。

スベったか？　仙太郎は、パラパラ拍手している生徒たちを上目遣いにチェックした。帰り際、階段でコケてみたが、5年3組の生徒たちは、みなシラ～ッと……いや、ひとりだけ、どことなく気が弱そうな男子生徒だけが、「ハハ」とウケている。

冷めた目で見ている素子の横で、5年1組の担任、小野寺敦《おのでらあつし》がニコニコして言った。

「楽しそうな先生ですね。元気ありそうだし」

「元気だけはね……」素子はバカにしたように、ひと言答えた。

いよいよ初めての授業である。

「わからないことがあったらなんでも聞いてください。いちおう5年の主任なんで」

ラフな格好の仙太郎とは正反対に、スーツとネクタイという正統派教師スタイルの小野寺は廊下を歩きながら言った。

「それよりな、さっきスベってへんかったか？」

マジな顔の仙太郎に、小野寺はあっと口元をほころばせた。

「あー、つまずいちゃいましたね、ウフフ」

「生徒にウケたか聞いてんねん」

「あ、アレ、ワザとですか？」

「当たり前やがな」仙太郎はニブいやっちゃ、という顔である。

教科書を小脇に抱えた素子がふたりの横を追い越して行き、5年2組のドアに手をかけた。

「お、2組の担任か、隣やないか。ほんま縁があるな」

仙太郎の言葉に、素子は「ありがと」とにっこり振り返り、「あとでハサミで切っとくから」シビアな声で言うと、中に入っていった。

「なんや、かわいない……」

「知り合いなんですか？　朝倉先生と」小野寺が焦ったように聞いてくる。

「ひとつ屋根の下で暮らしてるんや」

ぼう然としている小野寺を廊下に残し、仙太郎は5年3組の教室の前で大きな深呼吸をひとつすると、勢いよくドアを開けた。あちこちで騒いでいた生徒たちが、それぞれ席に戻っていく。仙太郎はニコニコしながら教室に入っていき、黒板に大きく自分の名前を書いた。

「桜木仙太郎。今日から、この5年3組のみんなの担任や。クラス持つのは初めてやけど、一生懸命頑張ろうて思てる。みんなもよろしく頼むわ」

生徒たちは興味津々《しんしん》である。後ろの席で、仲よし三人娘がヒソヒソ話を始めた。

「関西系か」3人の中ではリーダー的存在の木下法子《きのしたのりこ》である。

「バリバリっしょ」と、明るくてちゃっかり屋の栗田晶《くりたあきら》。

「いきなりシラけさせてたけどね」これは、美少女系の菊地《きくち》あゆみだ。

「それでや、なによりもみんなの顔と名前を一番に覚えたい」

仙太郎はそう言うと、開いていた出席簿をパタンと閉じた。

「先生がこれからみんなの名前を当てていきます」

「え？　わかるの？」真っ先に反応したのは、朝礼の時にも、ひとりだけ仙太郎のウケ狙いに反応していた男子生徒、鈴木《すずき》ひろしである。

「バッチリや、まかしとき！」仙太郎は自信満々だ。

「坂下昇！　宮下真理子！　岸隼人《きしはやと》！　大沢琴音！　立野勝！　金田治！」

ひとりひとりの頭に軽く手を置きながら、席の間をずんずん歩いていく。

生徒たちは驚きのあまり言葉もないらしい。仙太郎は大いに気をよくして、「それでやな、次は」と、鼻高々に続けようとした時、「違います！」といっせいにブーイングがきた。

「え？　次は牧村佳奈子《まきむらかなこ》、やろ？」

「違います、菊地あゆみです」

「菊地？　菊地あゆみ」仙太郎は慌てて例の座席表をポケットから取り出した。

「おまえの席は確か廊下側の前から3番目やろ？」

「先生、ちょっといいですか？　先週席替えしたんですけどね」と、手を挙げたのは委員長の白石秀一である。

席替え？　ようやく失敗に気づいたが、もう遅い。クラス全員、シラ～ッとしている。

仙太郎はクラッとよろけて、机の端についた手を、わざとらしくすべらすと、「いやあ、すべったにすべったをかけてみました、ハハ」と弁明する。教室はシ～ンとして――いや、ひろしだけはハハと笑っているが――仙太郎は、恥ずかしくなってコホンと咳払いした。

「ダメダ～メ。ダメっすよ、先生。笑いをとろうと思うなら、こうじゃなきゃ」

得意げに立ち上がったのは、利発そうな顔をした男子生徒、野村裕太《のむらゆうた》である。

「先生に宣誓！　センセーショナルな先生？　先生に先制攻撃をくらったじょ？」

身振り手振りを入れたダジャレに、男子も女子も、ドッとウケている。

「さすがダジャレ王野村様！」野村の腰ぎんちゃく、岸隼人がすかさずヨイショする。

「最高！」これも野村の取り巻き、松本清晴《まつもときよはる》だ。野村はすっかりいい気になって続けた。

「ありがと！　じゃこういうのは？　ど素人にどうしろうと？　のれんの上にはのれんなあ、ヨットに乗ろうっと、ア〜ラヨットット――」

大爆笑しているクラスを見渡し、仙太郎は力が抜けたようにつぶやいた。

「……こんなんでええの……？」


「せっかく最初からええとこ見せてやろ思てたのに、撃沈ですわ」

カウンター席に座り、長一郎の作ったラーメンを食べながら、仙太郎は初日の失敗を話した。

「まあ残念だったな――できたぞ、4丁目の西島《にしじま》さん」長一郎は三郎に出前を言いつけた。

「けど、新しい席順写してきたんで、また覚え直しますわ」

「ヤル気だね」長一郎はオッと目を見開いた。

「夢やったんです、先生になること。おたくもそう？」

仙太郎は、隣でひと言もしゃべらずにラーメンをすすっている素子に言った。

「おたくってね……あのさ、学校でなれなれしく話しかけないでよね、勘違いされるから」

「勘違い？」

「ひとつ屋根の下で暮らしてるって言ったでしょ？」

「ええやん、ほんまのことやし」

「とにかく、よけいなことはいっさい言わないで」素子は仙太郎にビシッと釘《くぎ》をさす。

「キッツいな……自分、彼氏おらんやろ？」

「当たり！」すかさず茶々を入れる長一郎。素子がムッとしていると、店の電話が鳴った。

「はい『悟空』。ラーメンと餃子《ギョーザ》3人前ね。今、出前行ったばかりだから、ちょっと時間かかんな」

長一郎の電話を聞いて、「あ、オレ行きますよ」と、仙太郎が割り箸《ばし》を持った手を挙げた。

「悪いね」

「いいですって。夕食まで食べさせてもらってんですから。親っさんの作るラーメン、ほんま最高ですわ」

仙太郎は残りのラーメンをきれいにたいらげると、「行ってきま〜す！」と岡持ちを手に出かけていった。

「鈴木っていう床屋だからな！——なかなか気が利くじゃねえか」

「なんであの部屋貸したの？」素子は、非難めいた口調で父親に尋ねた。

「駅前の不動産屋の親父に頼んどいたんだよ」

「お姉ちゃん、戻ってきたがってるのに」

「おまえにお姉ちゃんなんかいねえんだよ」

「意地張ってないで、ちゃんと会って話聞いてあげてよ」

「うるせえよ——いらっしゃい、ほら水出せ、水」

客が入ってきたのをしおに、長一郎はいつものように、素子の話から逃げたのだった。


「あ、ここや、ちわ、『悟空』で〜す！」

仙太郎が出前にきた鈴木理髪店は、どこの町にもありそうな近所の床屋さん、である。

「先生？」呼ばれて初めて、仙太郎は店でタオルをたたんでいる男の子に気づいた。

「お？　ここ、おまえんチか？　えっと、待て、言うなよ……ひろしだ、鈴木ひろし！」

子供の新しい担任ということで、仙太郎は奥の居間に通された。

「先生、うちの子よろしくお願いします。なんか気が弱くてね、1、2年の頃はよくいじめられて泣きながら帰ってきたんですよ」ひろしの父親がお茶を出しながら言った。

「まかせといてください！　私が担任になったからには、いじめなんて起こさせませんから」

胸を張って言う仙太郎の声が聞こえたらしく、店からひろしの母親が顔をのぞかせた。

「頼もしいね、こんな先生が担任になってくれたなんて。——あんた、お客さん」

「じゃゆっくりしてってくださいね」父親は愛想よく言うと、店へ出ていった。

「なんや、おまえ、いじめられてたんか？」

「うん。でももう忘れた。忘れるの得意だから」ひろしはラーメンを食べながらニコッとする。

「それはええ性格やな」

「ボク、うれしいよ。おもしろい先生がきてくれて。さすが大阪だね」

「そやろ？　ほかのヤツらにはわからんのや、関西人のこのよさが。けど、おまえは話のわかるヤツやな、ひろし〜」

うれしくなった仙太郎は、イヤがるひろしの顔をなでながら、ニコニコするのであった。

黒板に算数の問題を3題書き終えると、仙太郎は手についたチョークをぱたぱたやりながら、生徒たちに向き直った。

「じゃ、解いてもらおうかな。え〜と、(1)を真ん中の一番後ろ、木下法子。(2)をその斜め前の栗田晶、そして(3)をその後ろ——菊地、菊地あゆみ」

最後はちょっとつかえたが、昨夜ほぼ徹夜で新しい座席表を覚えたのである。

「すご〜い。1日で名前覚え直したんだ」ひろしは素直に感心している。

「ボクの夢はユウメイジンになることでーす」立ち上がったのは、ギャグ王野村である。

ドッと大爆笑。なんでウケんねん？　と、この不思議現象に、仙太郎は首を傾げている。

黒板の前では、野村のギャグに手をたたいている晶を、法子とあゆみが冷めた目で見ていた。

「よさそうな先生じゃない」晶が言った。

掃除の時間、三人娘は並んで教室のぞうきんがけをしながら、仙太郎のうわさ話を始めた。

「そう？　なんかカラ回りしそうなタイプ」法子の眼力はなかなか鋭い。

「あたしはあの関西弁がどうもイマイチ」と、あゆみは、かわいい顔をしかめた。

「イマイチって言えば、野村のダジャレ、あれどうにかなんないわけ？」

法子がうんざりして晶に言った。最近の野村は調子づいていて、目に余るものがある。

「いいじゃない。本人機嫌よくやってるんだから、つきあってやってよ、ね？」

「そりゃ、あんたは事情が事情だからさ」

あゆみと法子は、ふたりを拝む晶を見て、あきれたように顔を見合わせた。


その頃、校庭の片隅では、掃除中、岸と松本に呼び出されたひろしが土下座をしていた。

「すいません……ほんとにすいません……」

「謝ってすむ話じゃねえんだよ」岸がスゴむ。

「わかってます、おっしゃるとおりです」

「だったら、キチッとカタつけろよ」岸に負けじと松本もスゴむ。

ふたりの間を割って、野村が「ダメダ〜メ。きみたちさ、もうそのくらいで」と前に出てきた。

ひろしはしゅんとうつむいている。

「ねえ、鈴木くん。約束は守ってもらわないと困るんだよね。慈善事業じゃないんだから、こっちも。今週中にはメド立ててよ。そこんとこ、絶対よろしくっす！」

「はい、申しわけありません……」

日の暮れかかった校庭に、なにかわけのありそうな4人の影が、長く伸びていた。


夜、仙太郎は、高速バスから撮った富士山の写真を柱に留め、満足そうに腕組みした。

背後には、まだヒモのかかったダンボールが山積みになっている。

「なかなか片づかんな、このままダンボールの中で暮らそかな……」

本気ともつかない冗談をぼやきながら、ダンボールに手を伸ばす。が、きつく結んだヒモがなかなかほどけない。仙太郎は廊下に出ると、素子の部屋のドア越しに声をかけた。

「こんばんは──あの、もしもし」

「なに？」素子がドアを開けて、決してうれしそうではない顔を出す。

「はさみあるかな？　ヒモが固結びなってんのや」

「ちょっと待って」素子が手を放したとたん、ドアが自然に開いて、部屋の中が丸見えになった。窓際に、素子の下着が干してある！

仙太郎の視線に気づいた素子は、飛びつくように洗濯物を抱えこんだ。

「なにがあっても、この部屋には入らないでよ。それと、あたしは下宿なんて認めたわけじゃないの。1日も早く、桜木先生にはあの部屋から出てってもらいたいの。じゃおやすみ」

素子は肩を怒らせてはさみを渡すと、仙太郎の鼻先でピシャンとドアを閉めた。

「なんやねん……ほんまにかわいない……」

ブツブツつぶやきながら、ダンボールの待つ部屋に戻る仙太郎である。

翌朝、素子が通学路を歩いていると、後ろからチリンチリンとベルの音がした。

「よ、なんで待っててくれへんねん」自転車に乗った仙太郎だった。

「なんで待つ必要があるの?」

「どうせ一緒のとこ行くんやないか」

「ちょっとそれ、出前の自転車じゃない?」素子が気づいて声を荒らげた。

「親っさんが使ってええて」車体には、『悟空』の店の名前がしっかり入っている。

「信じられない……先に行って、先」シッシッと仙太郎を追い払う。

「東京の女ってみんな素子みたいに冷たいんか?」

「素子? 今、素子って呼び捨てにした?」

「じゃなんて呼んだらええねん、おたくはアカンし……」

校門の近くまできた時、登校してきた生徒たちの集団にぶつかった。

「おはよう! 今日もええ天気やな」「おはよう!」

さっきまで子供じみたケンカをしていたふたりの顔が、すっかり先生のそれに変わっていた。

1日の授業の始まりを前に、慌ただしい職員室で、仙太郎はのんびりコーヒーを飲んでいる。

「朝の仕事前のこの一服は格別やな。先生の分もいれよか？」

仙太郎が気を利かせて小野寺に尋ねた。なぜか朝からソワソワ落ち着かないのだ。

「いえ、いいです。あ、なんか胃が……」

小野寺は、机に常備してあるらしい胃薬を持って、給湯室へ行ってしまった。

どうしたんだろうといぶかる仙太郎に、5年4組の担任、教諭歴6年の西尾《にしお》真理子《まりこ》が言った。

「今日、授業参観なのよ」

「大変や！　なんの準備もしてへんがな！　なんで教えてくれへんねん！　なんの授業しよ？　算数？　国語？　理科？　社会？」

「授業参観っていっても、小野寺先生だけの授業参観なの」

素子が教えてやった時、「失礼をいたします」と慇懃《いんぎん》に一礼をし、きっちりと訪問着を着付けた年配のご婦人が職員室に入ってきた。

「あ、きた……」小野寺は悲愴《ひそう》な顔になる。

その婦人は、教頭を見つけると、にっこりお辞儀をして菓子折をさしだしている。

「誰やの？」仙太郎が小声で素子に聞いた。「小野寺先生のお母さん」素子が答える。

「1学期に一度は必ず小野寺先生の授業を観にくるの」西尾は苦笑している。

小野寺の母・美智子《みちこ》は、先生方に丁寧な会釈をしながら、仙太郎たちのほうへやってきた。

「みなさん、いつもお世話さまです。あ、ほら、ネクタイ曲がってるわよ、アッくん」

「アッくん？」仙太郎がすっとんきょうな声をあげた。

「お母さん、学校ではその呼び方は……」

小野寺の消え入りそうな声を無視して、美智子は息子のネクタイをグイと引っぱった。

「ほら、こっち向いて。あら、こちら、初めてじゃない？」

「あ、新しく3組の担任になった桜木先生です」小野寺が仙太郎を母親に紹介する。

「どうも」ぺこりと頭を下げる仙太郎に美智子は得々としゃべりはじめた。

「自慢じゃないんですけど、うちのアッくん、小学校、中学校、高校、大学とずっと学習院で、しかも毎年学級委員もやってたんですのよ。いつも先生たちからも信頼されていましてね」

「はあ」

「だから、わからないことがあったら、なんでもアッくんに聞いてくださいね」

「そろそろ始まるから」小野寺が、ほとんど懇願するような口調で話をさえぎった。

「あら、まだチャイムも鳴ってないし」

「いいから」小野寺は強引に母親の背中を押し、じゃお先に、と廊下へ出ていった。

1時間目が始まって20分ほど経った頃、5年2組の廊下を、仙太郎が横切っていった。

「なにしてるの？」教室から出てきた素子がきく。

「どんなようすか気になって」と仙太郎は窓ガラス越しに小野寺のクラスをのぞきこんでいる。

「よしなさいって」顔をしかめている素子も仙太郎に手招きされると、一瞬ためらったが、

「今の問題解いてなさいね」と生徒に声をかけ、仙太郎と並んで中をのぞきこんだ。

「であるからして、この場面では……ちょっと今日はうるさいですね、私語は慎みましょう」

小野寺が注意すると、教室の後ろに立っている美智子が、そのとおり、とうなずく。

「みなさん、静かにしましょう──みなさん、静かに」

が、子供たちは、万事控えめな小野寺の声などいっこうに耳に入らないようだ。

「あんたたち！　静かにしなさい！」

美智子がものすごい金切り声で一喝したとたん、教室は水を打ったように静かになった。

「さ、授業を続けて」美智子が、自慢の息子ににっこりする。

廊下にいる仙太郎と素子の4つの目が、まん丸になった。

その夜、『悟空』では母親参観日を終えた小野寺が、仙太郎と素子を相手にグチをこぼしていた。

美智子は自慢の一人息子・小野寺のことになると心配性というか神経質というか、家に帰っても、今日は学校でなにがあった、給食になにが出たかまできいてくるという。息が詰まりそうで……と小野寺は深いタメ息をつく。

ほかに客はおらず、三郎がのれんをしまいに表へ出ていった。

「あ、すいません。もうこんな時間」気づいた小野寺が、時計を見て言った。

「いいよ。こっちも勘定合わせ残ってるし」と、長一郎。

「じゃお言葉に甘えさせてもらって」

仙太郎は隣でビールを飲んでいる素子に、「家に帰りたないんやで、絶対」と耳打ちした。

「でね、もっと自由にさせてほしいんです。ボクだってもう30なんですから」

「アックんがもっとしっかりしたらええんや」

「言わないでください」

「小野寺先生も、ハッキリお母さんに言ったら?」素子は半分あきれてビールをあおった。

「そうですね、そうなんです。でも、顔を見ると言えなくなってしまって」

「まあな、あの迫力やからな。でも、すごかったな、今日の授業参観」

「ママもついキレてしまったみたいで……」小野寺はハッと手で口を押さえた。

「ママ？　もしかして『アッくん、気をつけて学校に行くのよ』『わかってる、行ってきます、ママ』って毎朝やってんのと違うやろな」

小野寺の顔が真っ赤になった。今にも頭から湯気がのぼってきそうだ。

「そうなんや」仙太郎はニヤニヤ、素子は「やだ」と大笑いしている。

「……いいですよ、もういいです」小野寺は、横を向いてイジけてしまった。

「情けねえなあ、さっきから話聞いてると。小野寺先生、あんたさ立派なマザコンだよ、それじゃ」長一郎が口を挟んだ。

「違うんです！　マザコンじゃありません！　その証拠にボクは——ボクは結婚して、1日でも早く、あの家を出たいんです！」

「結婚？　相手はいるんか？」と仙太郎。

それは……と小野寺はチラッと素子の顔を盗み見て、慌てて目を伏せた。

「ほら、そこ違うだろ？　違うって——」

いつまでたっても終わらない帳簿つけに業を煮やした長一郎が、三郎をどやしつけている。

「電卓使ってなに間違えてんだよ。このバカヤロー！」

「お父さん、もっと丁寧に教えてあげれば？」素子が横から口を出した。

「バカにバカって言ってんだよ」

「ほんと短気なんだから——あたしが見るから。いい？　ここはこうやって」

素子は三郎にやさしく教えはじめた。そんな素子を、小野寺がまぶしそうに見つめている。

「——理想の人はいるんです。やさしくて思いやりがあって、しかも仕事に生き甲斐《がい》を感じていて、頼りがいもあったりして」

ははーん……ピ〜ンときた仙太郎は、密《ひそ》かにニヤリと笑った。

翌日。小野寺と肩を並べて授業に向かう途中、仙太郎はカマをかけてみることにした。

「理想の女性」

「は？」と目を丸くする小野寺に、仙太郎はニヤニヤしながら、その名前を口にした。

「朝倉素子」

慌てて仙太郎の口を押さえると、小野寺は人気のない場所へ仙太郎を引っぱっていく。

「やっぱりそうやったんや。わかってる。誰にも言えへんて」

「ほんとにですよ？」と小野寺が小指をさしだす。

「え……指切りすんの？」仙太郎はしぶしぶ小指をからませた。

小野寺と別れ、「物好きな……あんなかわい気のない女、どこがええんか……アレ？」

とブツブツ言いながら歩く仙太郎の目にとんでもない光景が飛び込んできた。

「待ってください、あと1週間。お願いします！　このとおりです！」

校舎の陰で地面に額をこすりつけるひろしを、野村が冷ややかに見下ろしている。

「あのねえ〜約束したでしょ？　今週中だって」

その時、息せききって、仙太郎がやってきた。

「あ、先生」野村は悪びれたふうもなく、仙太郎を振り返った。

「ひろし、どうしたんや？」

「別に……」顔を背けるひろしを、仙太郎は「ほら、立て」と腕を引っぱって立ち上がらせる。

「なにがあったんや？　ン？」

「ちょっとしゃべってただけですよ、な？」後ろに控えた岸と松本が、野村の言葉にうなずく。

が、仙太郎は確かにひろしが土下座しているのを見たのだ。

「先生には関係ないでしょ？」

野村は仙太郎を寄せつけず、ひろしに言った。

「鈴木くん、きみが芝居じみたことするからだよ。もっとドライにトライね？」

岸と松本が例によってしょうもない野村のダジャレにウケている。

始業を告げるチャイムが鳴り、3人が教室に駆け出すと、ひろしもすぐあとに続く。

仙太郎の呼びかけに、ひろしはいったん足を止めたが、なにも言わずに教室へ戻っていった。

「土下座？　ふつうしねえだろ？」

餃子《ギョーザ》を蒸し焼きしながら、長一郎は、カウンターの向こうにいる仙太郎の質問に答えた。

「そうなんすよね」

「床屋のとこのせがれは、ガキの頃から弱っちかったからな、で、相手は？」

「クラスでも人気がある生徒で、これがまたダジャレを連発して――ドライにトライ、先生に先制攻撃された、ヨットに乗ろうっと、アーラヨットットットット」

「なんだ、そりゃ。全然おもしろくねえじゃねえか」と長一郎。

「でしょ？　おもしろくないんだよ。けど、ウケてるんですわ、なんでか」

仙太郎は隅っこの椅子で、小さな笑いを漏らした三郎をにらむと、長一郎に言った。

「そのダジャレの生徒、そいつの家庭になんか問題あんじゃねえのか？」

「オトンはサラリーマン、オカンは専業主婦。どこにでもあるごくふつうのうちなんです」

「今はそういうふつうが一番危ねえんだよ」

「やっぱり、ここは、直接ひろしに聞いてみたほうが――」

「でも、聞いてもなにも言わなかったんだろ？　アテにされてねえんじゃねえのかい？

桜木先生よ。はい、餃子あがったよ！」

「親父さん、マズいんじゃないっすか？」三郎がのそっと立ち上がり、仙太郎を指さした。見ると、仙太郎がドンヨリ肩を落としている。

「そうやろな……オレなんかどうせ……採用試験も落ちたし……新米やし……」

「あ……だからよ、そういう意味じゃなくてさ……」

仙太郎は完全にイジけている。長一郎が困っていると、店のドアが開いた。

「いらっしゃい。……お」入ってきた客を見て、長一郎は仙太郎の肩をたたいた。

「もうええですて、ええよ……」

「きたよ、きた」うれしげな長一郎の声。仙太郎は不思議に思って顔を上げた。

「……ひろし？」

「ボクさ、先生に話があって」ひろしが戸口に立ち、おずおずと申し出た。

「話？」仙太郎は小躍りしながらそばに行くと、ひろしの背中を力いっぱいたたいた。

「そうか！　よくきてくれた！　あ、なんか食うか？　親っさん、ラーメン２丁！」

「あいよ！　アテにされてんじゃねえか、先生よ」長一郎がきて、仙太郎の脇をつつく。

すっかり元気回復した仙太郎は、ひろしをテーブル席に連れていき、向かい合って座った。

「きてくれてうれしいわ……先生も気になっててな」

しかし、ひろしは言いにくそうに口を閉じている。

「なにがあったんや？　野村と。先生、ちゃんと話聞くから、全部話してみ。心の中にたまってるもん、全部、ぶつけてこい。ちゃんと受け止めたる！」

胸をたたく仙太郎をチラッと見上げ、ひろしは決意したように切り出した。

「先生、今日のことは見なかったことにしてください」

「は？」

「ほんとに先生には関係のないことだし……。先生が騒ぐと、またうちのお父さんとお母さんも心配するから。そのことを言いにきたんだ」

ラーメンを食べ終え、ひろしを見送ったあとも仙太郎はテーブルに無言で座り続けている。

「ほんとのこと話すとな、あとできっと倍返しにされんだよ」長一郎が慰めるように言った。

「けど、けなげじゃねえか？　親が心配するから黙っててくれって」

「…………」

「どうすんだよ、桜木先生。……おい、桜木仙太郎！」

長一郎の叱咤《しった》激励も聞こえぬふうに、仙太郎はじっと空《くう》をにらんだまま考え込んでいた。

「何回約束破る気なんだよ？」岸がスゴミをきかせて言った。

5年3組の教室。ひろしが、野村と岸・松本のごますりコンビ、クラス一の太っちょ立野勝、そして晶と法子の計6人に取り囲まれている。

「金持ってこいって、言ってんのによ」と松本。

「ダメダ〜メなんてな、オレがいつもふざけてばっかだと思ってナメてんのかよ？　おい」

「ごめんなさい……」ひろしは脅えた小羊のように丸くなって震えている。

「謝ってすむんなら警察はいらねえんだよ」「このボケ」男子が口々にひろしをののしった。

「おまえ見てるとイラつくんだよねえ」野村がひろしを責め立てる。

「許してください……でも、ほんとにお金はもうないよ……」

晶と法子が、小さくなっているひろしの前に出てきて、男子以上にスゴんだ。

「だったらさ、店の売り上げ、くすねてくりゃいいんだよ」

「でも……」

「ガタガタ言ってんじゃねえよ!?　いい加減なことヌカしてるとな、シバキ、シバキ……」

途中で言葉につかえると、晶は後ろを振り返って言った。

「先生、あたし、こんなセリフ言えません！」

教室の中ほどで、仙太郎が手に台本を持って立っている。

「シバキあげる。ギュウギュウにしめあげるということや」

「わかってるけど……」晶は台本をポンと床に放り投げた。

「どうしたんや？」

「なんでこんなのをあたしたちがしなくちゃいけないんですか？」

「そうそう、ちっともおもしろくないんですけど」法子も晶に賛成して、台本を放り出す。

「まあ、待て。これは、作・桜木仙太郎、いじめの芝居や」

昨夜、仙太郎はブツブツひとり言をつぶやきながら、セリフを練り上げたものだ。

「いじめられてる人間、いじめる人間になって芝居したあと、みんなと話し合いを持ちたいと思てる。オレは、このクラスからいじめをなくしたい！　いじめは絶対にアカンよ！」

「アチャ……」ひろしが手で顔をおおった。

「それってうちのクラスでいじめがあるってこと？」

知ってた⁉　初耳⁉　と子供たちがいっせいに騒がしくなった。

「先生、いじめてるヤツって、まさかボクのことじゃないっすよね？」野村が言った。

「いや、おまえがどうとかじゃなくて、いじめがアカンと、それを見過ごすクラスもアカンと」

「勘弁してくださいよ、ボク、そんなダサいことしませんよ」

「けど、ひろしに」

「鈴木くん、なんか言った？」野村は、タメ息をつきながらひろしを見た。

「ボクは先生には関係ないって言いにいっただけだよ」

「だったらなんでこうなるの？」

「それは……」ひろしがグッと言葉に詰まる。

「ボクはきみが黙っててほしいっていうから黙ってたんだよ？　先生や親に話そうかって何度も言ったのに」

どうもなりゆきがおかしい。仙太郎は「おい……どういうことや？」とたまらず口を挟んだ。

「あのっすね、こうなったら言いますけど、ボクは鈴木くんに貸したお金を返してもらおうとしてただけなんです」野村が答えた。

「お金？」仙太郎が聞き返した。

「じつは、バイトでね、サラリーローンじゃなく、チャイルドローンてのをしているんです」

「チャイルドローン？　小学生のくせに金貸ししてんのか？」

「くせに？　先生、それ差別っす」

野村に言われ、思わずたじろぐ仙太郎であった。

「松本清晴くん5891円、大橋学《おおはしまなぶ》くん、8450円、久保田道雄《くぼたみちお》くん、5643円、栗田晶さん、1万3761円、最後に鈴木ひろしくん、10万63円」

野村が手帳の名前を読み上げるたび、呼ばれた生徒はバツが悪そうに立ち上がった。

「10万？」ひろしの借金の額を聞いて、仙太郎は目を丸くしている。

「以上、11人で合計で18万1645円です。そのうち半分は去年からの持ち越しです。なかなか払ってくれないんですよ」野村が、債務者11人の顔をぐるっと見回した。

「ひろし——おまえ、10万も借りてんのか？」

「うん……」

「なにに使《つこ》たんや？　そんな大金」

「2年の時、どうしてもドラクエのソフトがほしくて——で、3年の時はサルゲッチュが出て、それもほしくて——4年の時は」ひろしはそこまで言うと、唇を噛《か》んでうつむいてしまった。

「でもそれにしても10万にはならんやろ？」

「ちゃんと毎月の利子を払わないからっす。鈴木くんは雪だるま式に増えていったんです」

「利子？　おまえ、小学生のくせに利子までとってたんか？」

「くせに？」またもや野村にキッとにらみつけられ、慌てて「いや……」とごまかす仙太郎。

「先生、ボクの夢はね、将来世界中のお金を動かすディーラーになることなんですよ。そのためにもお金の感覚を身につけたくて、こういう商売始めたんです。決していじめじゃありません！」

「……疑って、スマンかったな」

「先生、スマンではスマンですよ？」

11人が仕方なく笑った。もちろん、野村からお金を借りている面々である。

そういうことやったんかいな……仙太郎は、あきれてしばしものが言えなかった。


「なにがスマンではスマンや……ほんま、今時の小学生は」

その夜、駅前の居酒屋で、仙太郎の歓迎会が行われていた。ほかの先生たちは楽しく盛り上がっているのに、本日の主役であるはずの仙太郎は、辛気臭いタメ息をついている。

「で、どうするんですか？　合計で18万もあるんでしょ？」小野寺が聞いた。

「正味の話、それが問題や。オレの給料並みやわ……」

「さ、桜木先生、どうぞ」西尾真理子が、ビールを手にやってきた。

「先生、彼女とかいるんですか？　大阪に残してきたとか」

「まあね」仙太郎は意味あり気にニヤッと笑い、「新幹線のプラットホームでの最後の別れは見せたかったですわ。『仙太郎さん、どうしても行くの？』『ああ、でもまた戻ってくるから、きみのところに』『仙太郎さん』『待っててておくれ』」と、せつなそうに自分の体を抱きしめた。

「キャ、ラブラブ」西尾と小野寺が身を乗り出した。

「と、いうような相手がおったら、わざわざ東京にきませんわ」

「なにがラブラブ？　ン？」

突然、素子のとろんとした赤い顔が、仙太郎と西尾の間に割って入ってきた。

「あ、じゃあたし、向こうに」

西尾が弾《はじ》かれたようにもとの席に戻っていく。ほかの先生たちも、クモの子を散らすがごとくサーッと別のテーブルに移っていった。残ったのは小野寺と仙太郎だけである。

「逃げんな、教頭!」素子は叫び、通りがかった店員に大声で、「ビール、足りないわよ、ここ。ビール!ってんの」

「あの、朝倉先生、もうそのへんで」心配して小野寺が忠告するが、素子は聞く耳を持たない。

素子は仙太郎のそばにあるビールに気づき、「ビール!」とコップをさしだした。言われるまま仙太郎がビールを注ぐと、素子はそれを一気に飲み干す。

「ダメですよ、注いじゃ」小野寺が仙太郎にささやくと、素子は「なにコソコソしゃべってんだよ? おかわり!」と叫ぶ。まるで親父、しかも長一郎ソックリである。

「今日はもう飲み過ぎだと思うんで」小野寺がやんわりと言った。

「そや、そのくらいでやめたほうがええで。若い女の酔っ払いはみっともないし」

素子のスワった目が、ジロリと仙太郎をにらむ。

「こら、仙太郎!」パシッと仙太郎の頭をはたき「誰に向かって言ってんだよ? あぁ?」

「酒乱やん……」ひとりごちる仙太郎に「言ってませんでしたっけ?」と小野寺がささや

く。

「ああ、うまい！　毎日毎日、30人もの子供相手してると疲れるのよねえ」

素子は仁王立ちになってビール瓶をラッパ飲みし、ほかのテーブルの人にもカラんでいる。

大口開けて笑っていた素子が、突然ウッと口を押さえた。

「あ、あかん。洗面器」

小野寺はすばやく素子のそばにひざまずき、「ここへどうぞ」と手のひらを広げて待ちかまえている。が、どうやら吐き気は治まったらしい。仙太郎と小野寺がホッとしていると、素子はふたりにニッと笑い——、勢いよく、バタンと倒れてしまった。

「はい、交替」電柱に手をつくと、小野寺は荒い息を吐いた。仙太郎はしぶしぶ、小野寺の背中の大荷物——すなわち、酔って眠ってしまった素子を、今度は自分の背中におぶった。

「なんや遠いな、次の電柱」

「同じくらいでしょ」小野寺は凝った肩をコキコキいわせた。

「そうか？　……そやけどなんでこんなになるまで飲むんや」

「いろいろストレスたまってるんですよ、朝倉先生も」

すると、仙太郎の背中から、むにゃむにゃと寝言が聞こえてきた。

「静かにしなさいって……今、授業中……もうケンカはやめて……掃除サボってるの誰？」

仙太郎と小野寺は、夜のしじまの中、どちらからともなく顔を見合わせた。

「えらい職業選んでしもうたもんや」

「後悔してるんですか？　……桜木先生？」

「先生ちゃうんや、オレがなりたいのは」仙太郎は夜空を見上げて言った。

「オレは恩師になりたいんや」

「恩師？」

「あお～げば、尊し～我が師の恩～ってあるやろ？　いつまでも生徒の心の中にいる恩師になりたいんや」

星が瞬く秋の夜空の下に、3人の学校の先生がいた。それぞれの夢や悩みを抱えて……。

『悟空』の前までくると、仙太郎は素子を背中におぶったまま、小野寺に言った。

「じゃここまでで。あとはオレが部屋まで連れてくから」

「あの、もう遅いし、できればボクも泊まりたいなあ、なんて」

「朝倉先生とひとつ屋根の下？」仙太郎がニタッと笑うと、小野寺は「まあ」と照れている。

「きみは家に帰りなさい。ママの待ってる家に。おやすみ、アッくん」

仙太郎は小野寺から素子のカバンを受け取ると、家の中へ入っていった。

「ようやく着いた。おい、起きろよ、おい」

素子の部屋の前で、仙太郎は息を切らしながら声をかけた。が、素子はピクリともしない。

「ほんなら部屋に入らせてもらうで」

仙太郎は足で器用にドアを開け、電気をつけると、素子をドサッとベッドに下ろす。

ふと見ると、机の上に、家族写真が飾ってあった。6、7年くらい前のものだろうか。

長一郎とセーラー服姿の素子、そして素子より年長らしいもうひとりの女性が、『悟空』が開店した時に写したらしく、花輪が飾られた店の前で、3人仲良く並んでいる。

「誰やろ、きれいな人やな」

その時、素子が「ン〜」と寝返りを打った。今にもベッドからずり落ちそうだ。

仙太郎は慌てて素子をベッドに戻してやると、ひょいと寝顔をのぞきこんだ。

「寝てる時はかわいいやん」

ニヤッと笑ったその瞬間、素子の大きなふたつの目がぱちっと開いた。

「なにしてんのよ！」

「オ、オレはなにも……」最後まで言わないうちに、素子の平手打ちが飛んできた。

「出てってよ！　出てけ！　仙太郎」

枕、ヌイグルミ、スリッパの片方――仙太郎めがけ、次々に物が飛んでくる。

部屋を飛び出して、ドアを後ろ手に閉めると、仙太郎は思わずつぶやいた。

「なんでこうなるの……」


朝の学活の時間、5年3組の黒板に、チャイルドドローン・借金一覧表が書かれた。

「以上やな——よお借りたな、こんだけも。いったい、なにに使《つこ》おたんや」

岸はモー娘。のCD。晶は去年のV6のコンサートチケット代。ひろしはゲームのソフト代とそれぞれの事情がある。仙太郎は、黒板に書いた表を指さしながら言った。

「借りたのは2万3450円。けど、利子で10万までふくらんだわけや。そこで、ひとつ、野村に提案がある」

「なんですか？」

「利子の分はまけたるっていうの、どうや？」

「こっちも商売なんですよ？」

「けどな、利子とりすぎとちゃうか？」

「それは借りた人たちも了承済みっす。ここにちゃあんと借用書もあるんですから」

と、野村は手帳に挟んだ借用書を取り出した。「本人のサインもあるでしょ？」

仙太郎はそれをのぞきこみ、ヘタクソなひろしのサインを見て「ああ」とうなずいた。

「ちゃんと説明もしましたよ。年利が29パーセントって」

「サラ金並み……」法子のあきれた声に、あゆみが「そうそう」と大きく首をたてに振る。

「だから鈴木くんの場合だと最初は毎月の利子が193円だったんです。その利子だけでも毎月返しておけばいいものを、1年経っても2年経っても返済せず毎年更新するからこんな借金抱えるハメになったんです」

「なんで利子だけでも返さんかったんや」仙太郎が、ひろしに聞いた。

「だって、ほしいソフトがどんどん出るんだもん」

「出るんだもんって……おまえ、人から借りてるって自覚はあんのか？」

「鈴木くんは金銭感覚がルーズなんすよ。そんなことじゃ大人になったら自己破産しちゃいますよ」野村はあきらかに軽べつの眼差《まなざ》しである。

「けどな、野村。友達やないか？　少しだけでもまけたったらどうや？」

「ダメダ〜メ。世の中は友情よりお金っすよ、先生」

「おまえらどうする？　返すあてあるんか？」仙太郎は晶たちほかの生徒に目を向けた。

「……今度のお年玉で」「……あたしは誕生日のケーキ代浮かせて」「……オレは小学校卒業するまでには」と、これまたさまざまな答えが返ってくる。

「ひろし、おまえは？」ひろしは野村のほうをチラッと振り返って、小さな声で言った。

「……ボクは……あの……ほんとのこと言うと……いつ返せるかわからない……」

「そんなの無責任でしょ？」野村がいきり立った。「来週には必ず返すって言ってさ、全然返してくれないじゃない？」

「……だって、ボクのお小遣い2000円なんだ……返すつもりだけど、一生かかっても返せないかもしれないよ……」ひろしはそう言って、ぽろぽろ涙をこぼしはじめた。

「鈴木くんさ、いつも言ってるでしょ？ もっとドライにトライって。泣きゃすむってもんじゃないでしょ？」

野村の冷たい言葉に負けたかのように、ひろしは机に突っ伏すと、声をあげて泣きはじめた。

「頼むよ、泣きたいのはボクでしょ？」

その時「いじめよりタチ悪い」「かわいそう」「まけてやりなよ」と次々に声があがった。

「はい、鈴木くん」法子が立ち上がって、ひろしにハンカチをさしだした。そして、野村を振り返ると、投げつけるように言った。「強欲野村」

クラス全員の冷たい視線が、野村に集中している。

「……ヤバ……」我が身の微妙な立場に気づき、野村はやれやれと首を横に振った。

「……わかりましたよ、じゃこうしましょう。先生、今度はボクからの提案です」

「なんや？」

「先生が一括して立て替えちゃうっていうのはどうです？ そしたらまあるく収まると思うんですけど」

「そんな金ないわ。給料まだもろてへんし……なに言うてんねん……」

「先生、夢は富士山のような日本一のクラスなんでしょ？ ここで懐の深〜いところを見せれば、生徒のハートをゲットっすよ」

「そんなこと言うたかて……」

困った仙太郎がふと見渡すと、生徒たちはみな物言いたげにこっちを見つめている。ひろしもいつの間にか泣きやみ、捨てられた子犬のような目で仙太郎を見ている。

「──よし！　先生が返したる！」

「ヤッター！」「バンザイ！」クラスに大きな歓声があがった。

「さすが先生！」完全なる野村の頭脳勝ちである。

「利子はええけど、ちゃんと元金は先生に返すんやぞ？　わかってるか？」

仙太郎は慌てて釘《くぎ》をさしたが、その言葉は、子供たちの歓声に空しくかき消されていった。

「なんでオレが払わなアカンねん……どこにそんな金あるいうんや……」

教室を出て、ブツブツ言いながら職員室へ向かう仙太郎を野村が追いかけてきた。

「まだなにかあんのか？」思わずギョッと身構える仙太郎である。

「もしどこかでお金を借りるおつもりでしたら、いいとこ紹介しますよ」

野村がもみ手をしながら言った。そろばん勘定の得意そうな目を細めて……。

放課後、仙太郎は電車に乗って、消費者金融──いわゆるサラ金にやって来た。

「いらっしゃいませ」カウンターの女子社員たちが、いっせいに笑顔を向けてきた。

「どうも、あの、野村さんは」

「はい、なにか？」と、出てきたのは、やや髪の薄くなった40歳前後の男性。

「あの、わたくしですね、野村くんの担任のですね」

「ああ、桜木先生！　息子から話はかねがね、金貸して、でしょ？　どうぞおかけになって」

野村のあのギャグセンスは、どうやら父親譲りらしい。

仙太郎はソファに座り、「なかなかしっかりしたお子さんで」と、話を切り出した。

野村の父親は、ここを紹介してくれた息子とよく似た目を細め、急にもみ手をして言った。

「先生、格別にサービスしときますよ」


翌朝。ローンをきれいに回収するメドがついた野村は有頂天である。おはようのあいさつを振りまきながら、タッタッと教室へ走っていく。途中、廊下の曲がり角で小野寺とぶつかると、

「気をつけろ、子供は急に飛び出すものさ――お先！」と御機嫌な調子で言い、また走っていく。その後ろ姿に、「廊下は走っちゃダメだよ」と小野寺はやさしく声をかけた。

野村は振り返りもせず走っていき、勢いよく教室にすべりこんだ。

「さっきさ、オレ校門で肛門《こうもん》ぶっつけちゃいました、ガハハハ」

……誰ひとりとしてウケない。いつもと違うリアクションに野村は首を傾げた。

給食の時間。

「おお、カレー。彼と一緒に食べるカレーはカレー？　なんてね」

笑っているのは、野村ひとりだけ。

「アレ？　どうかしたの？　みんな」

掃除の時間。

「さっきそこで校長先生に会ったんだけど、校長先生、絶好調〜！」

あの岸と松本までが、シラ〜ッとしてる。

「そんなにウケないんだったら、友情が壊れることイウジョウ？　ハハハハ」

さすがの野村も異常に気づいたらしく、笑いを止めて言った。

「どうしたんだよ？　きのうまであんなに笑ってたのにさ？」

男子は顔を見合わせ、「じゃ言わせてもらうけどさ」と野村を取り囲んだ。

「今までは気を遣ってたの」

「ほんと言うと、オレたち、あのダジャレで笑うのキツかったんだ」

「え？」

「先生が立て替えてくれるんなら、もうおまえに遠慮することないだろ？」

「ま、金の切れ目が縁の切れ目ってわけ？」

今までの不満をぶつけるだけぶつけると、男子たちは野村から離れていった。

「あんたさ、笑いの才能ゼロよ。なにが彼と一緒に食べるカレーはカレーよ？　今時幼稚園児でも笑わないわよ、くっだ〜らない！」

取り残された野村に、晶がきて追い討ちをかける。

「今度の学級会でさ、ダジャレ禁止にしない？　もう二度と聞きたくもないし、ねえ？」

ウップンばらしのつもりらしく、晶は大声で言った。たちまち「さんせ〜い」女子から声があがる。

「なにしてんや？　掃除もう終わったんか？」

仙太郎が教室に入ってくると、モップを手に持った野村がひとり立ち尽くしていた。

放課後、野村を会議室に呼び出し、仙太郎は白い封筒を手渡した。

「はい、ちょうど入ってる」

「先生を信用してないわけじゃないんすけど、数えさせてもらいますよ」

大人顔負けの計算高さである。

「1万、2万、3万、4万、5万……、世の中、金っすよ……金っす」

数えながら、いつも元気いっぱいな野村の声がかすれて、泣き声になっていった。

「金が大事っす……一番っす……」

「……オレには、友達がほしいって聞こえるぞ」

「友達なんて……あんなヤツら……」野村はうつむいて唇を噛《か》んだ。「金の切れ目が縁の切れ目なんてね、上等です……」

　涙をこらえて強がる野村に、仙太郎は言った。

「それは、おまえがそういうつきあいしかしてこんかったからやろ。おまえにとってあいつらは客やってんやろ？」

「あいつらだって、オレを利用してただけですよ？」

「だから、お互いさまなんや。野村、知ってるか？　この世の中で大切なのは目に見えんものや。お金は大人になって働けば入ってくる。けどな、友情はいくらほしいても手に入らんのや。ちゃんと自分で友達作らんかぎりはな」

「………」

「それにな、不思議なものでな、お金は使《つこ》おたらなくなるけど、友情は使えば使うほど増えていくんやぞ……それはおまえを幸せにしてくれる宝物になるはずや」

　心の固い結び目がほどけていくように、きつく嚙んでいた野村の唇が次第に緩んでいく。

「おまえやったら、ええ友達できる。先生が保証人になったるよ」

「保証人はヤバいっすよ……うちの父さん、借金の保証人にだけは死んでもなるなって」

「オレはおまえの先生や。自分の生徒のこと信用できんで、誰信用するんや」

「先生……」野村の瞳《ひとみ》に、温かい涙があふれた。

「泣くなよ、男の子が」

「ナイターが中止でナイターだけっす……」

クスクス笑い声がして、ふたりがドアのほうを振り返ると、そこにひろしが立っていた。

「お、ひろし」

「ちゃんと謝っておこうと思って。野村くん、ごめんね。長い間、借りちゃって」

やさしいひろしは、掃除の時間の出来事をずっと見ていて、野村を心配していたのだ。

「いいっすよ、先生に返してもらったから」

野村は、入ってきたひろしに泣き顔を見られまいとするように、ゴシゴシ顔をこすっている。

そんな野村を見てほほえむ仙太郎は、誰よりも、教師の顔をしていた。

職員室の窓から、仲よく帰っていくふたりを見送ると、仙太郎はそばを通りがかった小野寺を呼び止めた。

「あ、先生、ちょっとご相談が」

「なんですか？」

「今度の給料日まででいいんですけど、いくらかお借りできないかと……」

「ないですよ、ないない」

「あの、そこをなんとかひとつ……」

逃げ帰ろうとする小野寺を追いかけ、半ば奪い取る形で1万円を借りると、仙太郎は意気揚々と自転車で家に帰ってきた。

『悟空』の前で、5歳くらいの男の子が電飾看板にマジックでイタズラ書きをしている。

「ああ〜なにしてんねん。アカンやろ、そんなことしたら」

急いで自転車を停め、男の子を抱きかかえると、すかさず弁慶《べんけい》の泣き所にケリが入る。

「イタ……このクソガキ……」

「うるせえ、親父」小さい舌をペロッと出して、今度はアッカンベーだ。

その時、店のドアがガラッと開き、中から誰かが出てきた。

「お母さん」さっきとは打って変わった甘え声を出して、男の子が駆け寄っていく。

ひと言文句を言ってやろうと、仙太郎はムッとして振り向いた。目が合ったのは、目鼻立ちのはっきりした、すごい美人だ。なんと、頬に涙が伝っている。

仙太郎の躊躇《ちゅうちょ》を見て取ると、その女性は急いで涙をぬぐった。

「……うちの子がなにか？」

「いえ……なにも……」

「行くわよ」

その女性は小さな息子と手をつなぎ、仙太郎に会釈して去っていった。

「……きれいな人やな……けどどこかで？」

しばらくボーッと見送っていた仙太郎は、見覚えのある細面の顔を、もう一度思い浮かべてみた。そうして、ハタと思い当たった。そうだ、アレだ！

素子の部屋に忍びこむと、仙太郎は机の写真立てを手に取った。

「やっぱりこの人や」

「なにしてんのよ？　人の部屋で」

お風呂《ふろ》上がりの素子が、濡《ぬ》れた髪から滴を滴らせ、険しい目で仙太郎をにらんでいる。

「あ、悪い。けど、ちょっと知りたいことがあって……この人、誰なんや？」

「お姉ちゃんよ」

「姉ちゃん？　この人が？」

「さわんないでよ」仙太郎の手から、乱暴に写真立てをもぎとる。

「似てへんな、あんなきれいな人が」

「大きなお世話！　早く出てってよ」素子は仙太郎を外に押しやりながら怒鳴った。

「出てくがな」仙太郎は廊下に出ると、「オレも風呂入ってこよ」と大きく伸びをした。

「桜木先生、ちょっと聞いたんだけど」

廊下の窓に面した物干し台に立った素子が言った。

「ン？」

「18万ものお金、生徒に渡したんだって？」

「ああ、立て替えたんや」

「そういうこと、先生だけの判断で勝手に決めるのは、よくないと思うわ。もっと子供たちともよく話し合って、子供同士でお金の貸し借りすること自体が間違ってるってことを、ちゃんと教えてやらなきゃ。それが教師の役目でしょ？」

素子の意見を聞いて、仙太郎はいつになく真剣に、挑むような眼差《まなざ》しを返した。

「おまえて、ほんま教科書みたいなこと言うんやな」

ムッとする素子に、仙太郎はなおも言った。

「子供らには、子供らのルールいうもんがあんのや。それは守ったらなアカン」

「でも」反論しかけた素子を、仙太郎はぴしゃりとさえぎった。

「大人の理屈、押しつけてもアカンのや」

一瞬、言葉に詰まったが、そこは負けん気の強い素子である。

「そんなこと言ってると、生徒にナメられちゃうわよ!?」

「ナメるとかナメられんとかとちゃうやろ?」

延々と続くふたりの口ゲンカを階下で聞いていた長一郎が、「なんか、にぎやかになってきたな……」と、天井を見上げて、ひとりごちた。

「人が心配して言ってやってんのに、勝手にすればいいわ!」

「はい、ありがと。そうさせてもらいます」

「ほんとに知らないから!」捨てゼリフを残すと、素子は音を立ててガラス戸を閉めた。

「かわい気ないうえに、頭、石でできとんのと違うか……」

仙太郎はブツブツ言いながら階段を下りていく。

「けど、姉ちゃん、ほんまきれいかったな……また会えるかな……」

ニヤニヤしていたら、うっかり階段を踏み外して、したたか腰を打ちつけた。

イタタタ……。
桜木仙太郎、生涯最初の教師生活は、こうして幕を開けたのである。

★仙太郎の格言★

授業中
おしゃべりしたら
ケリまっせ。

先生がセクハラ？

「おはようございま〜す！」

今朝も元気いっぱいの桜木仙太郎である。

「おう！　いつも朝から元気がいいな」ちゃぶ台の前であぐらをかいていた長一郎が、新聞から顔を上げた。

「いやあ、毎朝、『生徒たちがオレを待っている！』と思うとね、なんか今日もやったろやないか！　いう気になるんですわ。ハハハ」

「幸せなヤツだな、おまえは」長一郎が笑っていると、台所から、焦げくさいにおいがしてきた。

「なんか焦げてんじゃねえのか？　おい？　素子！」長一郎が怒鳴った。

「あ、ええですて。オレやりますから」サッと台所へ立っていく仙太郎に、「わりいな」と、長一郎。そこへ、素子がすごい形相で部屋に入ってきた。

仙太郎は、のん気にあつあつのアジの開きを皿に盛りつけ、「おはよ」とのんびり笑顔を向けた。

「おはよじゃないのよ。洗濯機に下着入れたでしょ？」

「ああ」

「あたしのと一緒にしないでくれる?」素子のこめかみがピクピク動いている。

「なんで?」

「なんでって……ともかく、自分のぶんは自分で洗いなさいよ」

「ええやん、ひとつ屋根の下で暮らしてるのにそう堅いこと言わんでも」

「あたしが言いたいのはね」

「素子はこっちの魚でええか?」

「また呼び捨てにして」素子はムッとして、文句を並べ立てる。

「いいじゃねえかよ。おまえも仙太郎って言えばいいだろ?」長一郎が言った。

「結構です」ツンとする娘に、長一郎はやれやれと首を振った。

「水くせえな、ひとつ屋根の下で暮らしてるのによ、なあ? 仙太郎」「はい、親っさん」

仙太郎と長一郎の呼吸はピッタリである。

「あたしは暮らしたくて暮らしてるんじゃないの、桜木先生と」

「素子、しゃもじとって」

「はい、桜木先生」素子は憮然《ぶぜん》と言い、しゃもじを仙太郎の手にピシャリと渡す。

「ありがと、素子」この男は! 頭痛がしてくる素子であった。

「まだ怒ってんのか?」通学路中ほどで、自転車の仙太郎が素子に追いついてきた。

無視して歩いていた素子が、急に立ち止まって、キッパリ通告した。

「これだけは言っておくけど、二度とあたしの洗濯物と一緒に入れないでね」

「どうせ洗《あろ》たら同じやないか？　セコいな……」

「セコくて言ってんじゃないの。男の下着と一緒に洗濯機の中でグルグル回ると思うと気持ち悪いの」

「親っさんはええくせに」「お父さんとは違うでしょ？」

毎度子供のケンカをしているところへ、富士見が丘小学校の生徒たちが登校してきた。

「おはよ、今日も天気がええな」「おはよ」即座に教師の顔になるふたりなのである。

5年3組の教室。廊下にいる体操着姿の男子3人が、ドアの隙間から中をのぞいている。

「お、おっきい～」岸隼人が言った。「あいつブラつけてんぞ」と坂下昇。

「見えねえよ、ちょっとどけよ」前にいるふたりを押しのけているのは、小柄な西原聖也《にしはらせいや》だ。

仙太郎のクラスの、おちゃらけトリオである。

「どうした？　着替えもう終わったんか？」仙太郎がやってきて、岸たちに声をかけた。

「あ、はい！　カンペキに終わりました」3人はビクッと跳び上がり逃げ腰で言った。

「じゃ、跳び箱の道具出しといてや」

仙太郎は走っていく3人の背中に言い、なんの気なしにドアを開け、教室に入った——。

「キャ〜!」女子16人の大絶叫が、廊下に響き渡った。

「失礼よね、着替え中に入ってくるなんてさ」跳び箱の列に並びながら、木下法子が言った。

「じつはわざとだったりして」と栗田晶。

井戸端会議に年齢は関係ないらしく、すぐに女子が数人かたまって、小さな輪になる。

「もしかしたらさ、あたしたちの女体に興味があるんじゃないのォ」

晶が八重歯を見せてニタ〜ッとする。「やだ〜」と黄色い声があがる。

「先生って言ったって男だしね」副委員長の飯田《いいだ》みゆきが、大人っぽいしぐさで言った。

「どっちにしろ、ほんと鈍感」と法子。

跳び箱の指導に熱が入っている仙太郎は、そんな女子の冷たい視線に気づきもしない。

隅のほうでひとりだけ普段着姿の菊地あゆみが、クラスメートの跳び箱を見学していた。

「もしも〜し、あの日ですかぁ?」おちゃらけトリオがあゆみをからかいはじめる。

「うるさいわね。おなかが痛いの」

「生理痛って言えないもんね」西原がニヤニヤすれば、「女は大変っすね」と岸。

「ねえ、野村くん、生理痛ってなに?」ひろしが隣にいる野村裕太に尋ねた。

「鈴木くんは、マアダマダ、知らなくていいこと」

その横で、野村の2倍はありそうな太っちょの立野勝が、そうそう、とうなずいた。

「おまえらなにしてんのや？　ちゃんと並んどけ」仙太郎が走ってきた。

ほお～い、いい加減な返事をして、3人はふざけながら列に戻っていく。

「あゆみ、大丈夫か？」仙太郎が聞くと、あゆみは黙ってうなずいた。

「腹が痛《いと》うなったらすぐトイレ行けよ。我慢してたら、ますます便秘になるからな」

「便秘じゃありません。ただの腹痛です」

「あ……悪かったな、レディに便秘言うもんちゃうな、ハハ、すまん、すまん」

仙太郎はあゆみの肩にポンと手を置いた。あゆみはその手をサッと払いのけ、「さわらないでください」と仙太郎をにらみつける。あゆみの目には、ハッキリと嫌悪の色が浮かんでいた。

職員室では、小野寺が素子の机の周りをウロウロしながら、しきりに何事か話しかけている。

「白鳳《はくおう》女子大出身か——よく知らないんですけど、どんな大学なんでしょうね」

「いい大学ですよ、あたしの友達も通ってました」テストの採点をしながら、素子が言った。

「山手《やまて》物産勤務、聞いたことあるな、この会社」

「確か大手町《おおてまち》でしたっけ」

「よくご存じですね、朝倉先生」

「そうですか?」そっけない素子の返事。

そこへ、授業を終えた仙太郎がやってきて、小野寺の手からひょいっとなにかを取り上げた。

「お、お見合い写真やないか。なかなかきれいな人やないか」仙太郎の手に移ったポートレートを、「返してくださいよ」と慌てて小野寺が追いかける。

「小野寺先生、お見合いするんですか?」

素子が顔を上げた。仙太郎の言葉を聞いて、今初めて見合いの話と気づいたらしい。

「あ、いえ……うちの母親が強引に……ボクはそんなつもりはないんですけどね」

「小野寺先生、今年30になるんですよね」横から口を挟んできたのは、5年4組の担任、西尾真理子である。「じゃそろそろ身を固めてもいい頃かも」

「そうなんですけどね」チラリと素子に目をやる小野寺。

さては素子にヤキモチをやかせる作戦か。ピンときた仙太郎が、小野寺を応援すべく言った。

「小野寺先生やと、むこうの女の人もすご〜く気に入るんちゃうかな?」

「そんな……ボクなんか、ダメですよ」

「そんなことないよな」と、わざと素子に話を振る。

「うん、小野寺先生なら大丈夫だと思うな。やさしいし誠実だし」

「そうですか?」小野寺はうれしそうに、素子のほうへ少し身を乗り出している。

「きっといい旦那《だんな》さんになる気がする。幸せな結婚生活が送れそう」

「ほんとですか？」と、調子づいて小野寺はさらに身を乗り出す。

「だから早く会ってみたらいかがです？　そのお見合い相手の人と。いい人だといいですね」

その時、教頭に呼ばれ、素子は小野寺の心中に気づかないまま、さっさと行ってしまった。

「気を落とさんと、な、アッくん」

「……やめてくださいよ、アッくんていうのは」

仙太郎の慰めも、傷心のアッくんには、なんの役にも立たないようであった。

掃除時間、法子たち三人娘はバケツに水を汲《く》んで、廊下を教室へ戻るところである。

「あたし、代わるから」と、あゆみが言った。

法子と晶が、さっきからずっとふたりで重いバケツを持ってくれているのだ。

「いいって、おなかまだ痛いんでしょ？」友達思いの法子である。

「そうそう、無理しない無理しない。大人になったって生理休暇があるくらいなんだからさ」

あゆみはシッと指を口に当て、「聞こえちゃうじゃない」と顔をしかめた。

晶は明るくていい子なのだが、少々あけっぴろげすぎるのがタマにキズだ。

「けどさ、男子ってムカつくよね。見学してると『あの日ですか～』っていつもからかいにきてさ」ついこの間、法子もからかわれたばかりである。

「あ～あ、女なんかに生まれなきゃよかった……」

深いタメ息をつき、大人びた口調でつぶやくあゆみに、友人ふたりは顔を見合わせた。

5年3組の教室では、男子数人がほうきと紙くずでアイスホッケーをしている。

「ほらほら、そんなことしてんと。はよ、片づけろ」仙太郎が注意すると、男子生徒たちは、後ろに移動していた机を、元の場所へ運びはじめた。

仙太郎は、床からピンクのポーチを拾い上げた。誰かの机の中から落ちたものらしい。

「誰のや？　これ。名前書いてへんな……」

仙太郎が、ポーチを開けて中を見ようとした時、「あ！　それあたしのです！」教室に戻ってきたあゆみが、ダッと仙太郎に駆け寄った。ポーチを取り返そうとしたその拍子に、手が滑って床に中身が散らばった。

ナプキンである。あゆみは顔を真っ赤にしてそれを拾い上げると、急いでポーチにしまった。

「ほら、オレの言ったとおりだろ？」岸が大喜びであゆみをからかう。

坂下と西原も、あゆみを取り囲んではやしたてはじめた。

「こら、やめろ、おまえら」仙太郎が注意しても、岸たちはしつこくあゆみをからかっている。

「アレ、なんだったの？」ひろしが野村に聞いた。

「言ってるでしょ？　鈴木くんはいいの」

あゆみはとうとう泣きだしてしまい、仙太郎は困ったもんやという顔で岸たちをにらんだ。

「菊地もこんなことくらいで泣くな。生理は全然恥ずかしいことやないんやぞ？」

「生理ってなに？」再びひろしの素朴な質問が、今度は仙太郎に発せられた。

「おまえ知らんのか？　生理いうんは、大人になって女の人が子供を産むためのものや。そやから女やったら誰にでも、毎月一回生理はくるんや。な、菊地」

いたたまれなくなったあゆみは、ダッと教室を飛び出していった。

「菊地？」自分のデリカシーのなさにまったく気づかない仙太郎である。

「無神経！」「最低！」法子と晶が、そう吐きすてるように言って、あゆみの後を追った。

気づくと、教室に残っている女子全員が、反感たっぷりに仙太郎をにらみつけている。

「マズいよ、先生……」立野が小声で仙太郎に忠告した。

「ダメダ〜メ、女心、わかってないよね」野村が小さな子供を諭すように首を振った。

翌日、ついにある事件が勃発《ぼっぱつ》した。富士見が丘小学校初のフェミニズム運動である！

一致団結した5年3組の女子集団が、手に手にプラカードを持ち、廊下を行進している。

行く先は、言わずと知れた校長室だ。小野寺に非常事態を知らされた仙太郎は大慌てでやってきた。ドアの隙間から中をのぞくと、あゆみが、直訴状らしい白い封筒を校長にさしだしているところだった。

「桜木先生に」法子が一歩前に出る。「厳重なる注意を」続いて晶が一歩前へ。「お願いします！」最後にあゆみがピシャリと締めくくった。

さすがの仙太郎も、マジでヤバめのこの状況に、ようやく気づいたようである。

「思春期になると、男の子たちはのど仏が出てきて声が変わってきたり、女の子たちは胸がふくらんできたりして体が少しずつ変わってくるの」と夕飯の終わった茶の間で、素子が懇々と仙太郎に言いきかせている。

「そういう時って、女のコたちの気持ちはとてもデリケートなの。体が大人になったのに、心は子供のままでしょ？　だからとっても不安定で自分でもどうしていいかわかんなくなる時があるの」

「はい……」

「そんな時にね、生理のことでからかわれたり、みんなに今生理中だってわかったりすると、とっても傷つくの」

「でも、恥ずかしいことやないねんから、別に……」

「そこがダメなの！」素子がドン！　とテーブルをたたく。

「いい？　菊地さんは、桜木先生の言葉に傷ついたのよ？」

「それは重々反省してます……」しゅんとする仙太郎。

桜木先生は鈍感すぎる、もっと女のコたちの気持ちわかってあげなきゃ、教師失格よ！

……と、素子は前から言おうと思っていたことをここぞとばかりに吐《は》き出した。

「相当しぼられてんな……」長一郎が茶の間をのぞきこんで言った。

「だいたいね、洗濯物のことにしたってそうよ」

「その話は関係ないやろ」

「同じなの、あんたが」と言いかけて、「桜木先生が鈍感だからなの」

「鈍感鈍感てな、人のことほんまに鈍感みたいに言うな」

「ほんまに鈍感やないの？」なぜか関西弁になっている素子である。

「それやったらそっちもやないか、男心ちっともわからんと……」

「なに？」

「おたくも鈍感や言うてるんや」仙太郎は小野寺のことを思った。

「また言ったわね、おたくって」

素子の説教にアキアキした仙太郎がふと店に目をやると、のれんをしまいに出た三郎と一緒に、男の子を連れた女性が入ってきた。

「あ、お姉さん……」そう、先日、店の前で会った素子の姉である。

「お姉ちゃん、どうしたの？」素子も気づいて、仙太郎を押しのけ、店に出ていった。

「今、仕事の帰り」と、姉は妹とよく似た口元に、少し疲れた笑みを浮かべて言った。駅の向こうのお弁当屋さんで働きはじめたばかりなのだ。

そこへ、仙太郎がしゃしゃり出てきて、きかれてもいないのに自己紹介を始めた。

「桜木仙太郎と申します。素子さんと同じ富士見が丘小学校で先生をしてて、今、ここに下宿をさせてもらっています、はい」

「そうなんですか。初めまして、綾子《あやこ》です」

「綾子さんか、ええ名前ですね。ハハ」仙太郎、タイプの美人を前に、少し緊張気味だ。

その時、「なにしにきた?」と、長一郎の冷淡な言葉が綾子に投げつけられた。

「もうおまえには用がねえうちだろ?」

「お父さん、いつまでそんなこと言ってるのよ。昔のことじゃない」素子が見かねて口を出す。

「そいつが勝手に出ていったんだ。オレの反対押しきってまでな」

綾子は黙ってうつむいている。事情を知らない仙太郎だけが、この状況をのみこめないでいると、綾子の子供の裕二《ゆうじ》――あの落書き小僧である――のおなかがグーッと鳴った。

「晩飯食ってないんか?」仙太郎がしゃがみこんできくと、裕二はコックリうなずいた。

「そうかそうか。今、おいしいもん食わせたるからな――親っさん、なにがあったか知らんけど、こんな小さな子がおなかすかせてるんです。頼みますわ。親っさんって」

長一郎はチラッと裕二に目をやり、そのままくるりと背を向けて言った。

「……食ったらとっとと帰れ」

「ありがとうございます！　さあ、なににする？　ここのラーメンはうまいで」

「オレ、ラーメン大盛り！」裕二が元気よく注文した。

「重くないですか？　すいません、ほんとに」綾子が仙太郎に言った。

「全然です」駅へ向かう夜道を、仙太郎が、眠ってしまった裕二をおぶって歩いているのだ。

「ハラいっぱいになってええ気持ちで寝てるみたいですね。何歳なんですか？」

「5歳。昼間は保育園に預けてるんです」

「そうですか。でも、旦那《だんな》さん、うらやましいですわ。こんなきれいな奥さんと、かわいい坊主がいて」

「離婚したんです。去年」

「あ……よけいなこと言うたみたいで」悪そうにしている仙太郎に、綾子はほほえんで言った。

「いいえ……結婚する時、父はすごく反対して、そんなにそいつと結婚したいんならこのうちを出てけって。駆け落ち同然に出てったんです、あたし」

それから連絡もせず、父が怒るのも無理ない、もう娘とは思っていないのだと綾子は寂しそうに言った。

「そんなことないですて。親子の縁は切ろうと思ても切れんもんです。その証拠に今日も晩飯作ってくれたやないですか？　また遊びにきたってください。あんな仏頂面してても心の中では喜んでるはずです。こんなかわいい孫の顔も見れるんやから」

「……ありがとう、仙太郎さん」綾子に礼を言われて、仙太郎はガラにもなく照れている。

「じゃここで」と綾子が言った。気がつくと、もう駅前である。

「大丈夫ですか？　なんなら、ご自宅まで」

「慣れてますから」と、綾子は仙太郎の背中から裕二を抱きかかえた。

それじゃ、おやすみなさい、と会釈して改札口へ消えていく綾子に手を振りながら、

「そうか……綾子さん、独身なんや……」とひとりつぶやく仙太郎である。


仙太郎が異変に気づいたのは、翌日の国語の授業中のことである。

「――じゃ、47ページの2行目から読んでもらおか？　え～と、法子」

法子は返事もせず、露骨に無視している。何度名前を呼んでも知らん顔である。

仙太郎は、「ほんなら晶いこか」と気を取り直して言った。

「あの……栗田晶さん？」しかし、晶は堂々とそっぽを向いて、あきらかに黙殺の構えだ。

困った仙太郎が次々名前を呼ぶが、女子全員、そろってシカトを決めこんでいる。

「あの……あの……その……女子のみなさま……」

「先生、ボクが読もうか？」おろおろしている仙太郎を見かねて、ひろしが言った。

「あ、ああ……すまんな……」女子から総スカンを食らい、仙太郎は少なからず動揺していた。

「今日のおかずは肉じゃがとひじき、デザートはバナナです」

日直が今日のメニューを紹介し、楽しい給食の時間が始まった。

「いただきますっと――今日の給食はほんまおいしそうやな？　ほら、この肉じゃがなんかホクホクしてるわ。な、菊地さん」

仙太郎が話しかけても、あゆみは黙々と食べている。

「お、神山《かみやま》さん今日の服の組み合わせ、ええセンスしてるよ。先生はいつもチェックさせてもらってるよ、ハハ」今度は隣の班の女子に声をかける。

神山こずえは眼鏡の奥の目で仙太郎を冷たく一瞥《いちべつ》し、隣の女子としゃべりはじめた。

「……あ、横山《よこやま》さん、おかわりあるからドンドンいけば？」

「あたしを太らせたいんですか？」横山唯《ゆい》は丸顔に似合わない鋭い声で切り返す。

「そういうつもりやないよ、そういうつもりや、ハハハ……」

「先生」と、ふいに法子が立ち上がった。「ジャージ、下ろしてもらえますか？」

「ジャージ？」仙太郎は足を見下ろした。ズボンをひざまでまくりあげてある。

「ひじきが食べられないんですけど」

「ひじき？　あ、すね毛ね……ごめんごめん、全然気がつかへんで……申しわけない、食事中に見せるもんやないよな、ハハ」

仙太郎はヘコヘコしながら、ジャージのズボンをピッチリ足首まで下ろしている。

「だいぶ気を遣ってるね」野村が小声で言った。

「あれじゃかわいそうだよ」とひろし。「女子って陰険だよな」立野も同情している。

「あ、イテテ……そこは勘弁してください」突然、窓際の班で、声があがった。

岸と坂下が股間《こかん》を押さえて騒いでいる。女子がバナナをひと口食べるたびにそうやってふざけているのだ。同じ班の女子3人は、不快の色をありありと浮かべている。

「バッカじゃないの？」斎藤《さいとう》まりのに続いて、杉山玲奈《すぎやまれいな》が「ガキ」と吐き捨てる。

「あ〜食べる気うせた」机にポンとバナナを放り投げたのは吉田《よしだ》めぐみだ。

長身のうえ、強気・短気・生意気と三拍子そろった5年3組、ギャルチームである。

「じゃ、オレも〜らいっと」すかさず岸が、めぐみのバナナに手を伸ばす。

「誰がやるって言ったのよ？」めぐみが取り返すと、また「イテテテ」とふざけ出す。

頭にきためぐみが岸の股間を蹴《け》りあげた。岸は当然、悲鳴をあげて引っくり返る。

「暴力反対！」男子がいっせいに立ち上がった。が、女子も負けてはいない。

騒然となるクラスの中で、仙太郎が「おいおい、やめろって」と仲裁に入ってきた。

「先生、こいつらに言ってやってくださいよ。男子がアソコ蹴られたらどれだけ痛いか」

涙目の岸に、「思いっきりだもんな」と坂下が同情する。

「食事中にヘンなことするから悪いんでしょ？」「最低！」とまりのと玲奈が言い返した。

「待てて、待てて！」仙太郎は教師らしくその場を静めてから、「――これはどう考えても、おまえら男子が悪い！」もったいをつけて判決を下した。

とたんに男子が「え～？」と抗議の声をあげる。

「デリケートな女性の前でやな、そんな下品な下ネタやるヤツがあるか？　恥ずかしいと思え！　だいたいな、おまえらは鈍感すぎるんや。そんなことじゃ女のコに嫌われても当然や。よお反省しろ、反省！　今度からそんな下品なこと言うたら給食抜きにするからな」

自分のことは棚に上げ、説教する仙太郎である。再び男子から「え～」という不平の声。

「なにが〝え～〟や。もう二度と女子が嫌がること言うたらアカンぞ！　ええな！」

よほど総スカンがこたえたらしく、男子を叱り飛ばしたあと、仙太郎は急に紳士的な口ぶりになって、女子にいたわりの言葉をかけはじめた。


昼休み、三人娘はそろって女子トイレにいた。

「あ～スカッとした。男子のあの手の下ネタ、耐えられなかったもんね」

鏡に向かって髪を梳《と》かしつつ、法子が言った。

「そろそろ許してやんない？　先生も反省してるみたいだしさ」晶が提案した。

「あたしはイヤ――担任を代えてくれるまで続ける」と、あゆみは頑《かたく》なだ。

「なにもそこまでする必要ないんじゃない？」と法子。

「そうよ。男子と同じで鈍感だけど、悪くないわよ」晶が仙太郎の肩を持つ。

「あんたさ、先生にちょっと気があるんでしょ？」法子がニヤニヤして晶をつついた。

「ヤダ〜」晶は照れながら告白した。「じつはね、いいかも、なんてね」

キャッキャと騒いでいるふたりを、あゆみは冷めた目で見、「あたしはひとりになっても続けるから」と、先にトイレを出ていった。


「ほんとに申しわけないと思うんですが──はい──はい」

小野寺は電話をしながら、コーヒーをいれに立った素子のほうをチラチラ盗み見ている。

素子が席に戻ってくると、小野寺はここぞとばかり声を張りあげ、「このたびのお話はお断りさせていただきたいと思いまして。はい、申しわけありません。では」と電話を切った。思惑どおり、「小野寺先生」と素子の声がかかる。

「お見合い断っちゃったんですか？」

「ええ！　やはり、ボクはお見合いより、自分で見つけた人と恋愛して結婚したいなっと」

「それが理想ですよね」と、素子。

「朝倉先生もそうですか？」

「いちおう」素子の返事に、「なんか気が合いますね」と調子づく小野寺である。

「あの、よかったら今夜、そこらへんのこと話しながら食事でも……」

「あ、ごめんなさい。早く帰って明日の理科の教材のプリントを作らなきゃいけないんです」

「そうですか……」またもや傷心の小野寺である。

「ほんとメゲちゃいますよ……全然気づいてくれないんですから」

「そうやろそうやろ。あいつは鈍感なんや。自分では気づいてないだけで」

学校帰り、『悟空』にやってきて、小野寺は仙太郎にグチをこぼした。

仙太郎は小野寺とテーブルでさしむかい、ビールを注いでやる。

「やっぱりちゃんと告白したほうがいいですよね。でも、まだその勇気がなくて……」

「勇気やない、告白に必要なんは勢いや。当たって砕けろや」

「そうですね——朝倉先生、今もこの2階に」小野寺が熱っぽい目で天井を見上げた。

「行くか？」「いや、そんな……」「じゃ、やめとくか」「いや、それは……」——まるで漫才の掛け合いである。

「どうする？　アッくん」仙太郎が決断を迫る。

「よし！」心を決めて小野寺が立ち上がったその瞬間、カバンの中の携帯が鳴った。

「はい、もしもし？　——あ、ママ？」

仙太郎がズッコケた。どうやら、見合いを断った理由を問い詰められているらしい。小野寺の弁明は延々と続いている。

「なんだ、小野寺先生はうちの素子に気があんのかい?」長一郎が言った。

「まあね」と仙太郎。

「へぇ〜、あんなじゃじゃ馬にね」

「ほんまですわ、気がしれん……」

「あれでもオレの娘なんだけどね」

「あ、いや……あ、お姉さんの綾子さん、きれいな人ですね」

「それがどうかしたか?」綾子の名前を聞いて、とたんに長一郎はムッとした顔になる。

「綾子さんから聞いたんですけど、もう昔のことは忘れて許してあげはったらどうですか?」

「桜木先生、あんたには関係のないことなんだよ」

「正味の話——親っさんもほんまは、もう一度仲ようやりたいんでしょ? そんな意地張ったようなこと言わんと、戻ってこいとひと言、言うたらどうですの? 親っさんも本心は戻ってきてほしいんでしょ?」

仙太郎がしゃべるのを黙って聞いていた長一郎が、突然、怒声を張りあげた。

「うるせえんだよ、仙太郎! 今度そのこと口にしやがったら、ここからたたきだすからな!」

夜、仙太郎は長一郎の部屋の前で正座し、閉めきったふすまに向かって深々と頭を下げた。

「親っさん、今日はすいませんでした。なんやでしゃばったマネして――今後気をつけます」

しかし、返事はない。もう一度謝ってから、仕方なく階段を上がる。

「最近、無視ばっかりされてる気がするな……あ～」仙太郎はさすがにメゲた。

部屋に戻るとすぐ、「いい？」と素子が入ってきた。

「食べる？　りんご」お皿の上に、8等分にむかれたりんごがのっかっている。

「毒でも入ってんのと違うやろな？」

「じゃいい」素子が引っこめようとしたお皿を、仙太郎はいただきます、と慌ててもぎとった。

「……気にしなくていいから。お父さん、お姉ちゃんのことになると誰にでもああだから」

素子が言った。どうやら、店での一部始終を聞いていたらしい。

「そうなんや……」

「でも、あたし以外に言われたの初めてだろうし、少しは考え直してくれるかもね。……じゃおやすみ」素子はそう言って、部屋を出ていった。

「……ええとこもあるやないか」仙太郎はニコッとしてつぶやいた。

ブルーだった気分も晴れてきた。富士山の写真を見上げて、ひと口、りんごをかじる。

「うまいわ！」

「時速は1時間に進む道のりで表した速さ、分速は1分間に進む道のりで表した速さ、じゃ秒速はどうなるかな？　誰か」

算数の時間である。仙太郎は教壇に立ち、生徒たちを見渡した。女子も手を挙げている。ようやく総スカンは解けたらしい。仙太郎はホッと胸をなで下ろした。

「じゃ、晶」

「はい。秒速は1秒間に進む道のりで表した速さです！」

「正解！　じゃ、次は――」と見回して、ひとりだけそっぽを向いている生徒に気づいた。

「あゆみ？」仙太郎が名前を呼ぶと、あゆみはおもしろくなさそうに前を向いた。

「道のりの公式、覚えてるか？」

「覚えてます。けど、先生の質問には答えたくありません」

あゆみの問題発言に教室内がザワザワする。仙太郎はどうしたものか、困り果てている。

次の体育の授業も、あゆみの〝ひとりボイコット〟は続いた。

「どうやった？」仙太郎に頼まれて、教室までようすを見にいった法子と晶は首を振った。

「ひとりでいるって」「よっぽど嫌われたみたいよ、先生」

誰もいない教室。あゆみはピアノの教本を広げ、鍵盤《けんばん》代わりの机を、なめらかな指づかいで弾いていた。

「1回1000円や。しっかり洗えよ。おまえの借金、このシャンプー代で返してもらうからな」

「あと何回くらいかな？」

「10回で1万やろ？　あと100回くらいか？」

放課後、鈴木理髪店での、仙太郎とひろしの会話である。

「先は長ぃね」ひろしはニコニコしながら、指に力を込めて一生懸命仙太郎の髪を洗っている。

忙しそうに立ち働いていたひろしの父が、一段落したのか、仙太郎に言った。

「いいんですか？　ひろしで。私が代わりましょうか？」

「気にせんといてください。なかなかうまいですよ、ひろし」

ひろしの父親は、息子をほめられ、まんざらでもなさそうに笑っている。

「けどな、あゆみもしつこいよな……いつまでも根に持つなんて……」

仙太郎が今日の一件を思い出し、ブツブツつぶやいていると、ひろしが言った。

「先生さ、ちゃんと謝った？　菊地さんに。ちゃんと謝れば許してくれると、ボク思うよ」

「……そやな……ひろし、おまえ、あんがい頼りになるな」

「へへ」ひろしは、照れくさそうに笑った。

翌日の放課後、ほかの生徒たちが帰った教室に、仙太郎とあゆみだけが残った。

「なんですか？　話って。早くしてください。これからピアノ教室に行くんです」

きのうのひろしのアドバイスを実行しようというのである。

「ほんまに悪いことしたと思ってる……すまんかった。これからはちゃんと気をつけるから」

誠意を込めて頭を下げる。そんな仙太郎を、あゆみはジッと見て――。

「……嫌い」あゆみはポツリと言った。「男なんて大嫌い」

仙太郎がなにを言う間もなく、あゆみが「キャ〜！」と大きな悲鳴をあげた。

「どうしたんや？」驚いた仙太郎が近寄ろうとしたとたん、「あたしの体にさわらないで！」と、体を抱えこむようにして、あゆみが叫んだ。

「え……さ、さ、さ、さわってへんやろ？」

なにが起こっているのか混乱気味の仙太郎は、両手を上げて慌てふためくばかりである。

「先生はここにいてください！」

小野寺は、会議室を出ていこうとする仙太郎を必死で止めた。

「オレはなにもしてへんて、あゆみとちゃんと話させてほしいんや」

「よけいややこしくなりますから、ね、ここは朝倉先生におまかせしましょうよ」

「オレの生徒やないか」

「女同士のほうが話しやすいこともあるんですよ」

小野寺に説得され、仙太郎はやるせない思いを抱えて、椅子に戻った。

一方、素子とあゆみは、保健室にいた。

「桜木先生があたしの胸にさわろうとしたんです。教師のセクハラです。問題にしてください」

「……もしそうなら大変なことになるわね」

「辞めさせてください、あんな先生。今度は絶対女の先生にしてください……男の先生だとまた不安になります」

「わかるわ、先生。菊地さんの気持ち」素子が言った。

「菊地さんくらいの年になると、自分の父親でさえ、男っていうだけでうっとうしく思えたりするものだしね。先生もそうだった……だから、教室で桜木先生とふたりっきりになって、緊張しちゃったのよね。それで――」

「……なにが言いたいんですか？　あたしホントにさわられたんです」

「確かに無神経でどうしようもないところがあるわ、桜木先生は――でもね、あなたが言ったようなことをする先生じゃない」

「信じてくれないんですか？　ほんとなんです、ほんとにあたしセクハラされたんです！」

素子は感じていた。この少女の中でなにかが起きているのを。

「ホントだったら、叫べなかったんじゃないのかな？　恐くて、ただ黙って我慢するしかできなかったんじゃないのかな」素子はあゆみの肩を抱き、やさしく言った。

あゆみは言葉を失っている。が、唇がわななき、目はなにかを訴えている。

「……あたし……あたし……」握りしめた小さなこぶしが、ひざの上で震えていた。


家庭の食卓ではそろそろ夕飯の時間、『悟空』も1日のうちで一番のかきいれ時である。

「はい、餃子《ギョーザ》3人前あがったよ！」長一郎の威勢のいい声がする。

店と茶の間のしきり戸をしめ、素子は仙太郎に、今日、あゆみから聞いた話をした。

「いつもちょうど、ラッシュ時と重なるらしいのよ、ピアノ教室の帰りが……それで時々」

「……どうした？」

「チカンにあってたらしいの」

「チカンって……あゆみが？　まだ小学生やぞ？」驚く仙太郎に、素子はうなずいた。

「よっぽどショックだったみたい。恐くて声も出せなかったって……。わかるな、あたし……菊地さん、そのことがあってから、男の人に対して嫌悪感を持つようになったんじゃないかな。だから桜木先生のことも……教師と言っても男だし」

「……親には？」

「言ってないって。ピアノが大好きでずっとその教室に通いたいんだって。でも、もしこんなことがわかったらやめさせられるんじゃないかって」

「……あいつ、ずっとひとりで悩んでたんか……チクショ……なんで気づけへんかったんや」

仙太郎は悔しかった。自分の教師としての力のなさが情けなかった。じっと座っていられず、仙太郎は立ち上がって、縁側から夜空を見上げた。

「それは仕方ないわ。恥ずかしくて友達にも話してないらしいし。誰にも話さないでって言われたの。でも、桜木先生には話したほうがいいと思って」

「ありがと……男のオレにはずっとわからんままやったろな……」

「どうする？」

「……なんとかせんとな。あゆみはオレの大事な生徒や。このままでええわけない！」

仙太郎は空《くう》をにらみつけた。あたかもそこに、今、電車に乗ってあゆみを脅かしている、卑劣な男がいるかのように。

朝の学活の時間、5年3組の教室から出席をとる仙太郎の声が聞こえている。

「飯田みゆき――五十嵐遥《いがらしはるか》――大沢琴音――神山こずえ」

名前を呼ぶと、「はい」と次々元気のいい返事が返ってくる。

「菊地――菊地あゆみ」

そこで、返事が止まった。あゆみは頬づえをつき、相変わらずそっぽを向いている。

「出席してるな、よし、じゃ次——」仙太郎はニコニコして言った。

あまりに強情なあゆみの態度に、休み時間、女子数人が聞こえよがしに悪口を言いはじめた。

「やりすぎじゃない？　いくら桜木先生のこと気に入らないっていってもさ」

「限度あんじゃん、ふつう」きのうの放課後のことも、すでに伝わっているらしい。

そのようすを遠巻きに見ていた法子と晶があゆみを女子トイレに連れていった。

「なにもそこまで意地張らなくていいじゃん？　このままじゃあんたのほうがクラスから浮いちゃうよ？」法子が、気遣わし気に言った。

「みんな忘れてパッと明るくいこうよ！　ね？」と晶。

真摯《しんし》な法子の忠告も、冗談めかした晶の説得も、あゆみには伝わらなかったらしい。

「……ほっといて」あゆみはぶっきらぼうに答えた。

「あゆみ、あたしたち、あんたのこと心配してさ」晶は困っている。

「あたしがうっとうしいんなら、声かけないでいいよ」

あゆみの言い草にカチンときた法子は、あからさまにムッとした顔で言った。

「あ、そう。わかった。行こ」

法子は怒って出ていき、晶も仕方なくその後を追った。

下校する生徒たちの群れの中で、離れ小島のように、ひとりでポツンと帰っていくあゆみを、素子が昇降口から心配そうに見送っていた。

こんな大事な時に仙太郎は何をしているのか、用事があると言って、放課後になるとすぐ帰る日が続いている。夜も9時頃まで帰ってこないのである。


あゆみはピアノ教室を終えて、いつもどおり駅で切符を買った。が、改札口を前にすると、とたんに歩みがのろくなる。それでも勇気を出して帰宅ラッシュの電車に乗った。しばらくすると、スカートのおしりのあたりが、モゾモゾしはじめた。体をずらそうとするが、そんな空間もない。周りの大人たちは、誰もあゆみのことなど気づいてくれない。声も出せず、じっと耐えている。

「なにしてんねん！」車内に聞きなれた声が響いた。あゆみがハッと振り返ると、仙太郎が若い男の手をひねりあげている。

「おまえ、なにしてんのや？　見てたんや。しっかりとな」

「痛いじゃないか。わたしは別になにも」

とぼける男の顔に、あゆみは見覚えがあった。帰りの電車で何度か見かけたことがある。

「おまえみたいなヤツのせいでな、どれだけの女のコが傷ついてると思ってんのや！」

「あんた誰なんだ？　暴力ふるうんなら警察呼ぶぞ」

「わかってんのか？　人間として、最低のことしてるんやぞ！　おまえみたいなヤツ許すことできんのや！」仙太郎は怒りで腸《はらわた》が煮えくり返っていた。「どついたろか！」

「誰か車掌さん呼んできてください」

ざわつく車内から、「どうしましたか？」と年配の男性が出てきた。

「なにもしてないのに、こいつがいきなり暴力ふるってきたんですよ？」

若い男は救いを求めるように、その男性に訴えた。仙太郎がカッときて声を荒らげる。

「おまえ、このコの体、さわってたやないか？」

「証拠でもあんのか？」男はあゆみが硬直しているのを見て強気に出た。

「それは……」と、仙太郎は、ためらいがちにあゆみを見た。

「お嬢《じょう》ちゃん、どうなの？　さわられたの？」年配の男性があゆみに尋ねる。

好奇の目にさらされて、あゆみは声にならず、首を横に振った。そんなあゆみを、仙太郎はなにも言わずに見つめている。

「ほら、みろ。勝手な言いがかりつけやがって」若い男が勝ち誇ったように言った。

次の駅で降ろされ、車掌に引っぱられながら、仙太郎は若い男とののしりあいを続けている。

「暴行罪で警察につき出してください！」

「よおそんなこと言うてるな。あのコがどれだけショック受けてるか、気ィつけへんのか！」

「まあ、おふたりとも駅長室でゆっくり聞きますから」

あゆみは車内に残って、そんな仙太郎をじっと見ていた。仙太郎は車掌の手を振りほどき、男につかみかかっていった。

「オレはな、あゆみの担任なんや。あゆみの痛みはオレの痛みやねん！」

発車のベルが鳴る。

「あゆみに謝れ！」

その言葉を聞いた瞬間、あゆみの体は閉まりかけたドアをすり抜け、弾《はじ》けるようにホームへ飛び降りていた。

「その人、私の体さわりました！」若い男を指さし、涙をためた大きな瞳《ひとみ》でにらみつけた。

「その人です……」あゆみは体を震わせ、振り絞るような声で叫んだ。


「ホンマに往生際の悪いヤツやったな。あゆみが言うてくれへんかったら、こっちが捕まっとったところや」あゆみを家まで送っていきながら、仙太郎が言った。

「どうしようかなって、思ったけどね。だって先生だって男だし」

「一緒にすんなよ、あんなんと」

フフッと笑顔になったあゆみは、今までで一番、素直で愛らしかった。

「あゆみ――よお勇気出せて言えたな。エラかったぞ」

「先生……」あゆみは立ち止まり、仙太郎を見てきっぱりと言った。

「もしも、今日みたいなことがあっても、もう大丈夫。ちゃんと言うよ。だって、悪いのは向こうだもの。恥ずかしい思いをするのは、あたしじゃない」

「そやな」仙太郎の口元が、フッとほころぶ。陰の護衛役も今日でおしまいだ。

「けど、先生、よくあの電車に乗ってたね」

「あ……それはたまたまの偶然やな」

「どこ行ってたの？」あゆみがイタズラっぽい目で見上げている。

「えっと……ちょっとな……うん、エンピツ買いにな……」

ちょっぴり大人になった女の子は、単細胞の仙太郎より、一枚も二枚も上手なのだ。


「おはよ！」あゆみのハツラツとした声に、法子と晶は驚いて振り返った。

「あ、おはよ……」

自転車に乗った仙太郎が、3人の横をチリリン……と通り過ぎていく。

「桜木先生、おはよ！」あゆみが、きのうまでとは別人のような笑顔で挨拶《あいさつ》した。

「おお、おはよ」校門に入っていく仙太郎を見送っているあゆみに、法子と晶の矢継ぎ早な質問が飛ぶ。

「どうしたの？」「なんかあったの？」

「別に──でも、あたし、男の先生でも、ま、いっかなってね」

「あたしのほうが先だからね、桜木先生は。嫌いだって言ってたじゃない？」と晶。

「後も先もないでしょ？　気が変わったんだからいいでしょ」あゆみはさっぱりした顔で

言うと、教室に駆け出していった。

教職員用の下駄箱《げたばこ》で、仙太郎を捕まえると、素子はさっそく苦情を申し立てた。

「また洗濯機に入れたでしょ？」

「あ……しもた」もちろんパンツである。

「しもたじゃないの」

「じゃ今度はオレが一緒に洗《あろ》たるから、それでええやろ？」

「ほんとに、なあんにもわかってないのね……」

これ以上なにも言う気がせず、下駄箱の蓋《ふた》を開けると、上履きの上に白い封筒が置いてある。

封を開けると、中に入っていた手紙はワープロ文字で、ただ1行。

「〝君の瞳に乾杯〟……なんやねん、それ」仙太郎が後ろからのぞいて言った。

「おはようございます」と小野寺がやってきた。

仙太郎はニヤリとし「世の中にはいてるなあ、物好きなヤツも」と、意味深に小野寺を見る。

「物好きってどういうこと？」素子はムッとして言った。聞き捨てならないセリフである。

「物好きは物好きやがな？　な、小野寺先生、今週の学年会議のことなんやけどな」

素子を無視して先に行こうとする仙太郎の背中に、素子が怒鳴った。

「待ちなさいよ、仙太郎！」

「あれ？　今なんて言うた？」仙太郎が、トボけた顔をして振り返った。

★仙太郎の格言

いじめたら、
孫の孫まで
いじめます。

デブにはデブの生き方がある

本日は富士見が丘小学校の身体測定の日である。仙太郎は胸囲担当。今、保健室には上半身裸になった5年3組の男子が集まっている。

「岸、胸囲77センチ」

「アアン、もっとさわって」クラス一のお調子者、岸隼人である。その後ろで坂下昇と西原聖也がアハン、ウフンと悶《もだ》えている。おちゃらけトリオの面々だ。

「おまえらな、そんなことばっかりやってるから女子にアホ扱いされるんやぞ?」

一方、素子は体重担当。不安そうな面持ちで順番を待っているのは、クラス一の太っちょ立野勝である。ゴクリと唾《つば》をのみこむと、立野はできるだけそおっと体重計にのった。ビョ〜ン! 勢いよく針が回る。大きく揺れる針がようやく止まった。「100キロ?」

素子はぎょっとして言った。

「まさか……」驚きを飛び越えて顔を引きつらせている立野に、後ろから明るい声がかかった。

「冗談っすよ、冗〜談! 驚かせて悪かったね」

野村が体重計に片足をのせてイタズラしていたらしい。立野はホッと胸をなで下ろした。

「え～っと……それでも60・2キロか。また体重増えちゃったわね、立野くん」

体重を記入した健康手帳を立野に渡しながら、素子はニコッと笑いかけて言った。

「もう少し痩《や》せなきゃね。太りすぎよ」

教室へ戻りながら胸囲を比べっこしているのは、法子・晶・あゆみのご存じ三人娘。胸のふくらみが気になるお年頃なのである。

「ど～れどれ？」3人の後ろから野村がひょっこり現れ、測定結果をのぞき見して言った。

「ダメダメ！　そんな胸囲じゃ」

野村は立野の健康手帳をサッと取り上げると、椅子の上に立って声を張り上げた。

「じゃ～ん、発表します！　立野勝、胸囲94センチ！　驚異的な胸囲？　です！」

「あ……」立野は教室中の視線を浴び、野村のダジャレのネタにまでされている。

「ちょっと見せてよ」法子が立野の健康手帳を野村から奪い、3人は急いで目を走らせた。

「ほんとだ」

「けど、なに？　体重60・2キロ？」法子が思わず声をあげた。

「ウソ。そんなにあんの？」「ほんとのデブじゃん」晶とあゆみは、大げさに驚く。

立野は怒りもせず、「ハハハ」と笑っている。

「あんたさ、その年で成人病にでもなるつもり？」「今、小学生にも増えてるんだってよ？」「間違いなく早死にするわ」

3人の痛烈な毒舌にも、ニコニコするばかり。

「なに言われても笑ってんだから」法子は立野の福々しい笑顔を見てあきれ返っている。

「これだからデブは」「どうしようもないのよねえ」晶とあゆみが、口を合わせて言った。

三人娘が行ってしまうと、後ろで見ていたひろしが立野に尋ねた。

「ねえ、怒らなくていいの？」

「いいっていいって」相変わらずニコニコしている立野である。

「そうそう、なに言われても怒らない、そこがデブのいいとこよ」野村が追いうちをかける。

ハハハ……。悲しいかな、それでもデブは笑うしかないのである。


「最近の子供は発育がええよな」

1日の仕事を終えた仙太郎たちは、今日の身体測定のことを話しながら、職員室を出た。

「食事が欧米型になってきてますからね。ハンバーガーやスパゲティ、ピザが小学生の人気ベスト3ですし、家の食事も肉中心なんですよね」と小野寺。

「オレ、ピザ食うたの中学入ってからやで。スパゲティも、オカンなかなか作ってくれへんかったし」

「大阪ってそんなところなんですか？」

「あ、アホ扱いしたな？　今、大阪を見下したやろ？」

「いえ、ボクはただ素朴な質問を……」

「これやから東京モンとは話ができんのや」

ふたりのくだらない会話に加わる気はさらさらなく、素子はさっさと下駄箱の蓋を開けた。

「また……」このあいだのと同じ、あの白い封筒が入っている。

「おお、アキんやっちゃな」と仙太郎。

「それってもしかして……」小野寺は素子の手にあるソレを見つめている。

「そ、ラブレター」仙太郎はニヤッと小野寺を見た。

素子がその場で封を開けると、前回同様、たった1行の、ワープロ文字の手紙だ。

「〝愛とは決して後悔しないこと？〟」首を傾げる素子に、小野寺が言った。

「それ、『ある愛の詩《うた》』っていう映画の名セリフです」

「前回は確か〝君の瞳《ひとみ》に乾杯〟やったな」仙太郎はまたまたニヤッとした。

「それは『カサブランカ』のリックのセリフですよ。ハンフリー・ボガート扮《ふん》するリックがイルザとの最後の別れに〝君の瞳に乾杯〟って言うんです、とてもいい映画なんですよ」

「キザなセリフばっかり、よお集めたな」仙太郎が、ひじでグイグイ小野寺の脇腹を押す。

素子は、急に手紙をそばにあったゴミ箱に破り捨てた。

「ああ〜！　なにすんねん」と仙太郎が叫んだ。

「差出人の名前も書いてないような手紙、受け取れないでしょ？」

「相手の気持ち考えたれよ。どんな思いでこの手紙を書いたか」

「とにかく、こういうのは嫌いなの」キッパリ言うと、素子はさっさと昇降口を出ていった。

「キッツい女や……ほんまにアレでええんか？」

素子の後ろ姿を惚《ほ》れ惚《ぼ》れと見送りながら、素直に「はい」とうなずく小野寺である。


「あ〜いいな、6年の大崎《おおさき》先輩と撮ってもらったんだ」

休み時間。法子がうらやましそうに見ているのは、吉田めぐみのプリクラだ。

「きのう、待ち伏せしたんだ。先輩のバスケの部活終わるのを待って」

「やるね」と晶。三人娘と、めぐみ、玲奈、まりののギャルチームが集まっている。

「すごい数よね。何人くらいあるの？」あゆみがきいた。

「ざっと100人はね」得意満面のめぐみ。めぐみのプリクラ帳には、カッコいい男の子限定のツーショット写真がびっしり貼ってある。玲奈もまりのも同様で、しかも向こうから声をかけてくるらしく、高校生の男の子と写っているものまである。ギャルチームは自慢たらたらだ。

「あ、6年の木村《きむら》先輩だ」めぐみが突然、廊下を見て立ち上がった。

ギャルチームが新たな標的めがけてドアに殺到すると、教室に戻ってきた立野と鉢合わせになった。

「どきな、デブ」「邪魔なんだよ」「ここから出入りすんなよな」

暴言をはくギャルチームは立野を突き飛ばし、「先輩〜！　待ってくださ〜い！」と廊下を駆けていった。

「ン〜？　〝クロスワードパズルと女は似ている。難解なほど楽しい……〟？　なんや？」

翌朝、仙太郎は職員室で素子にきた3通目のラブレターの文面を読み上げ、首を傾げた。

そこへタイミングよく「おはようございます」と小野寺が入ってきた。

「お、おはよ。これもなんかの映画か？」と、さっそく手紙を見せる。

「〝クロスワードパズルと女は似ている。難解なほど楽しい……〟？　ン？　どっかで聞いたような……」

腕組みをして考えこんでいる小野寺を見て、仙太郎は「またまた芝居っ気多いんやから、アッくん」とひじでグイグイ脇腹を押す。

「痛いですって……」

「けど、ちょっと恐いわね。ストーカーとかだったらどうする？」

西尾に言われ、「ストーカー？」と素子は眉《まゆ》をひそめた。

「大丈夫やて、そんなことするヤツやアラへんて」

「誰だか知ってるの？」と西尾が口を挟んだ。

「それは、よお知らんけど……」仙太郎は言葉を濁し、小野寺にチラリと目をやる。

その時、スピーカーから朝礼を知らせる校内放送が流れはじめた。西尾に追及されてあやうくボロを出すところだった仙太郎は、これ幸いと職員室を出ていく。

「あの、朝倉先生」遅れて出口へ向かおうとした素子を、小野寺が呼び止めた。

「はい？」

小野寺は、ジャケットの胸ポケットからチケットを2枚取り出し、「今度の週末、オペラなんかどうでしょうか？」と颯爽《さっそう》と素子をデートに誘う……つもりだった。が、現実は口ごもるばかりで、ハッキリしない小野寺に、素子は首を傾げながら、職員室を出ていってしまった。

「なんで言えないのかな……ダメダメ」と沈没してしまう小野寺なのであった。


給食を食べはじめてしばらくすると、仙太郎が言った。

「今日のクリームシチュー、おかわりたくさんあるぞ。みんな食えよ」

「オレ、一番！」「オレ、一番！」数人の男子が、飛びつくように列を作った。

「こらこら、オレが一番やったんやぞ」仙太郎も子供たちを押しのけて列に並んでいる。

ふと、仙太郎はなにかが足りないことに気づいた。そう、立野のえびす顔である。

「どうした？　立野。いつもは一番におかわりするのに」

「今日はちょっと……」

その時、同じ班の女子が「あ、立野くんが給食残してる」という驚きの声をあげた。見ると、なるほど、パンをひと口かじっているだけで、ほとんど手をつけていない。

「調子でも悪いんか？」と仙太郎。

「ゆうべまたドカ食いしたんじゃねえの？」男子のひとりが無神経なことを言う。

「まあ、ハハ……」と立野はまたあいまいな受け答えをする。

「たまには小食もいいかもな、いつもおまえ食いすぎだから」仙太郎も仙太郎である。

列に戻った仙太郎は、クリームシチューを器いっぱいよそっている野村を目ざとく見つけ、

「おまえ、そんなに入れたらオレまでおかわりできへんやろ？」と真剣に注意している。

が、大盛りになった野村のクリームシチューを一番恨めしそうに見ていたのは、ほかならぬ立野なのであった。

お昼休み、校庭に出たひろしは水飲み場でゴクゴク水を飲んでいる立野を見つけた。

「おなかすいてるんじゃないの？」

ひろしの言うとおり、いくら水を飲んでも立野のおなかの虫は、鳴きやまない。

「おかしいと思ったんだ、ボク。初めて見たもん。立野くんが給食残すところ……なにかあったの？」

「……じつはさ……オレさ……ダイエットしてんだ」

「ダイエット？　じゃ、やっぱり気にしてたんだ」

「当たり前だろ？　オレだって傷つくよ……デブにだって赤い血が流れてるんだぜ？」

「立野くん……」

「オレ、決めたんだ。絶対痩《や》せるって」立野は丸い顔に決意をみなぎらせて言った。

夜、朝倉家の茶の間ではウルトラ大決戦が繰り広げられていた。スペシウム光線でやられたはずの仙太郎に、「死んだらしゃべるな」と、裕二がエラそうに命令している。

「なんであのガキをうちで預かんなきゃいけねえんだよ」

調理場で後片づけをしながら、長一郎が素子にブックサ文句を言った。

「しょうがないでしょ？　お姉ちゃん、今日は遅番で10時まで働いてるんだから。保育園は7時までだし」と、素子はテーブルをふきながら、姉を援護する。

「だから、なんでうちなんだって聞いてんだよ」

「おい」その裕二が、カウンターから小さな顔を出した。「おい、ジジイ」

「ジジイ？」最初は無視していた長一郎だったが、ジジイと言われてカチンときたらしい。

「ハラ減った、あのうまいラーメン食わせろ」

「おまえな、その言葉遣いなんとかなんねえのか!?」長一郎が叱りつけた。

「お父さん、裕二くん、まだちっちゃいんだから」と素子がなだめる。

「そうですよ、親っさんも大人気ない」仙太郎は自分のことは棚上げである。

「しゃべんなよ、死んでんのに」怪獣役の仙太郎に、裕二のケリが入った。

「イテ！……こいつ、さっきから思いっきり蹴飛《けと》ばしよって」仏の顔もナントやらだ。

「お母さんに言いつけるぞ」

一発食らわそうとしたゲンコを即座にしまい、仙太郎はニコニコ愛想笑いを作って言った。

「さて、次はなにして遊ぼうかな？　ハハ」

「ほんとにどんな教育してやがんだ、綾子のヤツは……」

長一郎はブツブツ言いながら、それでもラーメンを作りはじめた。

その時、店の電話が鳴った。「はい」と出た素子が、けげんな顔で受話器を置いた。

「切れちゃった」そう言ったとたん、今度は素子の携帯の着信音が流れはじめた。

「はい——もしもし？」

『あ……あの……』そう言ったきり、相手はまたしても無言である。

「貸せ——もしもし、あんた誰？」

長一郎が素子の携帯を取り上げて尋ねると、電話はプッッと切れた。

素子の脳裏に、昼間、西尾に言われた「ストーカー」という言葉がフッとよみがえる。

「ジジイ、まだかよ」裕二が、待ちきれないようにカウンターの下から顔を出した。

「ジジイはやめろ、ガキ！」「ガキはやめろ、ジジイ！」……この祖父にしてこの孫あり、である。

ちょうどその頃、小野寺は自分の部屋で、オペラのチケットと携帯を握りしめ、早鐘のように打つ心臓を押さえていたのであった。

「ちょっと、もう寝た？」

もうすぐ日付が変わろうという夜更け。仙太郎の部屋の戸を細く開け、素子が顔をのぞかせた。仙太郎はすでに夢の中だったが、「なんや、こんな夜に……」と、起きてきた。

「さっきからヘンな物音がするのよ」素子が脅えたように言った。

部屋で例の手紙のことをぼんやり考えていた時、階下で妙な物音を聞いたのである。

ふたりは足音を忍ばせて階段を下りた。自宅と店の仕切り戸までくると、仙太郎は用心のためのバットを握り直しながら、パッと店の電気をつけた。

「……誰もおらんがな」

「でも確かに音がしたんだもん」

「ちゃんと鍵《かぎ》もかかってる」念のため出入り口や窓を点検してから、仙太郎が言った。

その時、調理場の勝手口のほうから、ガタガタッと音がした。

「キャッ」素子は思わず跳び上がり、仙太郎の背中に回った。

仙太郎は、そろそろと勝手口へ進みはじめた。今度は両手でバットを握りしめる。

素子はさすがに恐いらしく、仙太郎のトレーナーのソデを思いっきり引っぱっている。

「あんまり引っぱるなよ」ソデを気にしている仙太郎に構わず、素子は言った。

「ストーカーだったらどうする?」

「そんなアホな……」

「わかんないわよ、あの手紙にさっきの電話」

「……大丈夫や」そう言いながらも、仙太郎は少しビビッているようだ。

と、再び勝手口の外で物音がし、ふたりはぎょっとして口をつぐんだ。あきらかに誰かいる。

仙太郎は、唾《つば》を飲み込むと、「なにしとんのや!」と一息に勝手口のドアを蹴り開けた。

突然現れた仙太郎に、腰を抜かしたのは、なんと長一郎であった。

「親っさん……なにしてはるんですか?」

「見りゃわかんだろ? ヌカ床作ってんだよ」

素子は「こんな時間になにやってんのよ!」と悪態をついて、さっさと部屋に戻っていった。

「買ったばっかやのに……」素子に引っぱられ、すっかり伸びきったトレーナーのソデを見て、仙太郎は悔しそうにつぶやいた。

翌朝。通学路でノッポのスーツ姿を見つけると、仙太郎は自転車のスピードをグンと上げた。

「アッくん、おはよ」小野寺に追いついて、ペダルを漕《こ》ぎながら肩を並べる。

「ゆうべ、電話してきたやろ？　2回も。しかも無言電話」

「すいません……でも、最初、店のほうにかけてしまって……慌てて切って、それでもう一度朝倉先生の携帯のほうに……そしたら、お父さんが出られたので驚いて」

「やりすぎやぞ。ラブレターのことかて、はよ名乗れよ。けったいなセリフを送りつけるから、素子もビビッてるんや」

「ラブレター？　ラブレターはボクじゃありませんよ」小野寺は真顔である。

「アッくんでないとしたら、じゃ誰や……」仙太郎は狐につままれたような顔になった。

「だからアッくんはやめてもらえませんかね」

数人の生徒たちが「おはようございます」とふたりを追い越していった。

「おはよう」「おはよ、今日も元気で頑張りや」

どんな時も、生徒の前では教師の顔になるふたりである。

3時間目、5年3組は社会の授業。黒板には大きな日本地図が吊られた。仙太郎が、東海道の宿場町の名前を読み上げている。

「草津《くさつ》、大津《おおつ》、京都三条大橋《きょうとさんじょうおおはし》……以上が東海道五十三次や。昔の人は自分の足で歩いて東京から京都まで行ったんや」

「先生、それってどのくらいかかるんですか？」男子のひとりがきく。

「だいたい男の人の足やと13日くらいやったらしい」と仙太郎。

「よかったね、オレたち、現代に生まれて」

「今だったらのぞみで2時間半だもんな」夢のない意見である。

「エラそうに。あんた、のぞみ乗ったことあるわけ？」

「じゃ、おまえあんのかよ？」

「うちはね、この夏家族でユニバーサルに行ったの。ユ、ニ、バ、ー、サ、ル、にね」

ワッとケンカになり、いつものごとく脱線していく子供たちを、仙太郎が軌道修正する。

「おい、やめ、この宿場町を白地図に写してや」

男子も女子もようやく作業にとりかかったが、ひとりだけ焦点の合っていない目をして、ぼんやりしている生徒がいることに、仙太郎はまったく気づかなかった。


「さあ、3周目やぞ。元気出して走れ！」4時間目は体育、授業はマラソンだ。

マラソン集団からずっと離れた一番後ろを、立野がフラフラしながら走っている。

「立野くん、大丈夫？」心配そうに伴走してるのはひろしだ。

「少し休んだほうがいいんじゃない？」

「体脂肪は20分以上走らなくちゃ減らないから……」

が、立野はすでに意識もうろう、息絶え絶えである。グラウンドが揺れている……と思った次の瞬間、立野の目の前が真っ暗になった。

「立野くん？……先生！」ひろしの叫び声を聞いて、仙太郎が驚いて駆け寄ってきた。

「どうした⁉　しっかりしろ、立野！」

「みんな静かにしてください」副委員長の飯田みゆきが注意した。

「今から緊急の学級会を始めたいと思います」司会役の委員長、白石秀一が言った。

貧血を起こして早引きした立野をのぞく3組では、今から話し合いが持たれようとしていた。

「おい、おまえら、静かにせえ」教室の一番後ろ、ロッカーに腰をかけていた仙太郎が注意して、騒がしかった教室はようやく静かになった。

「今日の議題は先生から提案したいと思てる」

「それでは本日の議題に入りたいと思います。テーマは『太った人の個性』です」

白石が発表すると、生徒たちはまたザワつきはじめた。

「太った人の個性？」「なによ、それ」「デブの個性ってことなんじゃないの？」

「ええか、みんな。先生はな、太ったヤツには太ったヤツの個性があると思てる。そやからな、太ってるいうだけで、からこうたりするもんやないと思うんや」

体育のあと、ひろしから立野が無理なダイエットを始めた理由を聞いて、仙太郎はこの学級会を思いついたのだ。

「先生は立野くんのことを言ってるんだと思いますけど、あたしたち別にからかったつもりはありません」法子が真っ先に手を挙げて言った。

「はい」次に晶が手を挙げ、「あたしたちは、本当のことを言ってるだけです、ね？」

女子の間でいっせいに拍手がわき起こる。

「けどな、相手が傷つくようなことをやな、言うのはよくないんとちゃうか？」

「はい」今度はあゆみだ。「立野くん、いつも笑ってました」

「デブは鈍感だから」「神経も太いのよ」法子と晶の根拠のない意見である。

「イヤなら、意思表示すると思います」とあゆみ。

「そやけどや……」仙太郎が困っていると、ひろしが立ち上がって言った。

「立野くんはやさしいからだよ。だから怒らなかったんだ」

「そうそう、なに言われても怒らないもんね」と野村。

「そや、おまえらに言い返したら倍返しされるし、言うに言われへんかったんと違うか？」

いつも女子にヤラれている男子たちから、「そうだ、そうだ」という共感の声があがる。

「そういうのやさしいっていうより、単なるバカじゃん？」めぐみが言った。

「あたしたち正直」「デブとハゲは一生好きになれないよ」

ギャルチームの統一見解だ。手をたたいて同感の意を表明する女子勢。

「キッツいよな……」これは男子の弱々しいつぶやきである。

「おいおい女子、それはな、あまりにも立野がかわいそうやろ？　あのな、デブ言うても、今、流行《はやり》のなんていうたか……あの、モジャモジャヘアの……そや、え～と、パイナップル鈴木！」

「パパイヤ鈴木ですよ」白石が訂正する。

「どっちでもええやないか。そのパイナップルは人気あるんやろ？　どうなんや？　めぐみ」

「あれは踊れるデブです」めぐみはキッパリ答えた。

「踊れるデブ？」仙太郎にはサッパリである。

「そうよねえ、立野にもなにかひとつでも取り柄があればねえ。運動神経最低だしぃ〜」

「勉強もイマイチ」「根性もイマニ」

女子たちの情け容赦ない立野評を聞いて、なにかあるはずやと考えあぐねていた仙太郎が、あ、と思いついて言った。「あるやないか？　取り柄が。大食いはどうや？」

「それだったらテレビチャンピオンで優勝するくらいでなきゃ、ねえ？」と法子。

「そうそう、中途半端なのよね、やることなすこと」晶が言った。

「立野くんにもいいとこあるよ……ね、先生」

ひろしに振られたけれど、仙太郎は「う、うん……」と返事に窮している。

「あ、あった」ひろしのうれしそうな声。仙太郎はホッと安心して、「なんや？」と尋ねた。

「立野くんがいると冬でもあたたかい」

シーン……教室が一瞬沈黙におおわれた。仙太郎の笑顔も、あいまいなまま張りついている。

「その代わり立野がいるせいで夏は教室の温度が上がんのよ」「デブっているだけで迷惑だね」

女子たちは「デブ反対！」などと口々に好き勝手なデブ批判を始めた。

こうなったら、男子だって黙ってはいない。

クラスは暴走の一途をたどり、必死で制しようとする仙太郎の努力は徒労に終わった。


放課後、仙太郎は住宅街の一角にある立野の家を訪ねた。

「勝、先生がきてくれたわよ。先生、どうぞ」案内してくれた母親は、立野と同じ体型だ。

「よ、どうや、調子は？」

立野は、スナックの空袋やカップラーメンの容器に埋もれるように座っており、たった今食べていたらしい団子をのどに詰まらせている。

「おまえ、ダイエットしてたんやなかったんか？」仙太郎があんぐりして言った。

「ダイエットなんてこの子が続くはずないんですよ、あたしもですけどね」

笑いながら、母親は慣れた手つきで息子の背中をさすってやっている。

「遺伝やったんやな……」母親を見送ったあと、仙太郎は納得したようにつぶやいた。

「これ、みんなおまえが食うたんか？」仙太郎は立野を振り返った。

アンコをつけた口元を閉じ、立野は小さくうなずく。

「……もういいんです……どうせオレはなにをしてもダメなんです……。今度こそは絶対痩《や》せようって思ってたのに……ついつい手が伸びてしまうんです……」

「あのな、先生、思うんやけど、別に痩せようと思わんでもええのと違うか？　太っててなにが悪い？　先生はぽっちゃりしたのもええと思うぞ」

そう言いながら、仙太郎は残っていた立野の団子を勝手にほおばっている。

「先生だけです、そう言ってくれるのは」

「クラスの女子が言うことなんか気にすな。あいつらは、男を見る目がないんや。いくらスマートでカッコようても大事なのはハートや。先生な、なに言われてもいつもニコニコしてるおまえのこと好きやぞ――。そやから気にせんでええよ」

「先生……違うんです」立野はポツリと否定した。

「女子に言われたからじゃないんです」

「じゃ、なんで……」

「……好きな人のためです……」立野が、小さな声で告白した。

「好きな人？　ませてんな、おい。初恋か？」

立野が照れた顔でうなずくと、仙太郎はうれしそうに身を乗り出した。

「で、相手は？　……誰にも言えへんから」

が、立野は太った体を丸めて、大玉転がしの玉のように無言でうずくまっている。

仙太郎はなにげなく部屋の中を見回した。本棚にはギッシリ恋愛映画のビデオが並んでいる。

ふと、机の上に置いてあったビデオを手に取った。

「『ある愛の詩』？『カサブランカ』？」仙太郎はハッとして立野を振り向いた。

「──愛とは決して後悔しないこと？ 君の瞳《ひとみ》に乾杯？ ……そしたら、あの……クロスワードパズルと女はなんやらっていうのも……」

「〝クロスワードパズルと女は似ている。難解なほど楽しい……〟、『髪結いの亭主』の中のセリフです」

「じゃ、おまえが、あのラブレターを？ おまえ……じゃ、素子、いや、朝倉先生のこと……」

立野がコクリとうなずく。

「年上やないか！ それもだいぶ」

「恋に年は関係ありません」

「それもなんかの映画のセリフか？」

「これは自分で考えました。おれ、朝倉先生に言われたんです。もう少し痩せなきゃねって──だから、朝倉先生のために頑張ろうって……なのに……好きな人のためにも頑張れない、いくじのない男なんです。意志の弱いヤツなんです……」うつむいた立野の肩が、小さく震えはじめた。

「こんなオレ、一生デブのままがいいんです。みんなにからかわれているのが一番いいんです……」

「……やればできるよ。おまえかて、やれば絶対できる！」

「先生……」立野は顔を上げ、涙に濡《ぬ》れた目で仙太郎を見た。

「おまえに必要なんは自信や。自分を信じる勇気や」仙太郎は立野の肩をつかんで言った。

「おまえ、自信のあるデブになれ！」

「……自信のあるデブ？」

「ああ」仙太郎は力強くうなずいた。

　翌朝、川沿いの土手に、首にタオルを巻き息を切らせてへたりこんでいる立野と、メガホンでかけ声をかけながら自転車で伴走している仙太郎の姿があった。

「座っとったらお地蔵さんみたいやぞ！　ファイトや！　根性出せ！」

「はい！」立ち上がった立野の目には闘志が燃えている。

「今日は川崎《かわさき》まで目指すぞ！」

　カッコいいデブになるため、仙太郎が考えた計画とは——立野に東海道五十三次を走り抜かせることだったのである！

　教室の後ろの黒板に、仙太郎手作りの地図が貼りだされた。

『めざせ京都！　立野勝が男をかけて東海道五十三次を走ります』と大きくタイトル書き

され、江戸日本橋《えどにほんばし》から京都三条大橋まで、路線図のように宿駅が連なっている。立野は、今日走った距離――まず川崎までの道を赤いマジックで塗り潰《つぶ》した。

「頑張ったね」ひろしがニコッとする。登校してきたクラスメートたちが、「なにやってんだ？」「頑張ったね」とものの珍しそうに群がってきた。

「立野が東海道五十三次、走るんだってよ」「東京から京都までってこと？」

遠巻きにそのようすを眺めているのは、三人娘とギャルチームの面々だ。無理無理、デブにそんな根性あるわけないじゃないと、意見の一致を見て、仲よくうなずきあう6人なのである。


昼休み、立野はさっそく体操服に着替えて校庭を走りはじめた。

「頑張れよ、もうすぐ小田原《おだわら》やからな」仙太郎もつきあって前を走っている。

ひろしや野村たち3組の男子はグラウンドに集まって立野に声援を送っているが、女子のほうは、長続きするかしら、と冷ややかな視線でベランダから見下ろしている。

教室の中では、「さあ、どうだ？　ひとり100円」「三日坊主に賭《か》ける人はもういないか？」と三人娘が女子相手に賭けをはっていた。

そんな周囲の騒ぎを気にするふうもなく、立野は放課後も、ひたすらグラウンドを走り続けた。

「お、やってんな」

職員室の窓から校庭を見ている小野寺に、仙太郎が言った。

「先生のクラスの立野くんですよね。急にスポーツに目覚めたんですかね」

「さあ――さて、オレも走ってくっかな。あ、こないだのセリフわかったぞ。〝クロスワードパズルと女は似ている。難解なほど楽しい……〟これは『髪結いの亭主』や」

「あ、そうだった」小野寺は悔しそうに、ひざをたたいた。

「もっと勉強しなさいよ、アッくん」

仙太郎が行ってしまうと、小野寺は首をひねった。

「なんで、桜木先生が知ってるんだ？」

立野は走り続けた。川の土手、神社の階段、校庭。ひと足ごとに立野の汗がしみこんでいく。

仙太郎も一生懸命励ました。沼津《ぬまづ》、府中《ふちゆう》、藤枝《ふじえだ》。東海道五十三次の道路地図は、どんどん赤い色で塗り潰されていく。

半分の行程を過ぎたある日のこと、さすがに疲れが出てきたのか、立野はグラウンドで転んでしまった。仙太郎が駆け寄ると、立野は「平気です」と立ち上がろうとしたが、すぐに顔をしかめて座りこんだ。仙太郎は背中を向けて屈《かが》みこみ、ためらう立野を促した。

「ええから、遠慮すな」

立野がおずおず背中にのっかってきた。あまりの重さに、しりもちをつきそうになる。

「重いでしょ、ボク……」

「なんのこれしき」言いながら、仙太郎はヨタヨタ歩く。

「すいません……。でも朝倉先生も、ボクをおぶってくれたんです。去年の遠足で足をくじいた時、バス乗り場までずっとおぶってくれたんです。『先生、こう見えてもすごい力持ちなのよ』って。その時から、ボク……」

「初恋が始まったいうわけやな。ええ話や」

立野の目がフッと遠くなった。幸せそうな顔をして、仙太郎の首にぎゅううううっとしがみつく。頭の中で、仙太郎と素子がダブっているのである。

「おい、立野、声が出えへんがな……」仙太郎が苦しそうに言った。


立野は足に何カ所も湿布を貼りつけ、1日も休むことなく、マラソンを再開した。

「よおし、だいぶ走る姿もさまになってきたやないか。めざすは浜松《はままつ》や、行くぞ!」

が、歩道橋を渡っている途中で、立野は痛む左足の太ももを押さえてひざをついた。

仙太郎が自転車を停め、「ペース落としていこか……」と言いかけた時、下の道路脇に、綾子の姿を見つけた。見知らぬ男と楽しそうに談笑しながら、その男の車に乗ろうとしている!

仙太郎のショックは言うまでもない。

　立野を家に送り、鈴木理髪店に立ち寄って、ひろしに洗髪してもらったあと、どうにも気になって仕方ない仙太郎は、綾子が働いている駅向こうのお弁当屋さんまで足を延ばした。

　綾子が笑顔で接客しているのを、電柱の陰からうかがっていた仙太郎は、客がいなくなると、わざとらしく咳《せき》などしながら弁当屋の前を通り過ぎた。

「あら？　桜木先生？」綾子が呼び止めた。気づかないほうがおかしいのである。

「あ……え？　このお弁当屋さんだったんですか？　知らんかったな、ハハハ。いえ、近くまできたもんで」看板を見上げ、白々しいことこのうえない。

「おいしそうですね、お弁当。なにかもらおかな？」

「今日は幕の内がおすすめですよ」

「じゃ幕の内」仙太郎はひじをカウンターにかけ、キザなポーズで注文した。

「この間、裕二と遊んでいただいたそうで。裕二、楽しそうに話してました」

「ボクでよかったらいつでも言ってください。また一緒に遊びますから」

「ほんとにありがとうございます」

「親っさんも、はよう戻ってこいって言うてやったらええのにね」

　仙太郎の言葉に、綾子はちょっぴり寂しそうにほほえんだ。

「あの……それでですね……今日の夕方、ちょっと見かけたんですけど」

「どこで？」

「駅の近くの歩道橋で。声をかけようかと思たんですけど、お連れさんがいたんで、ハハハ」

綾子はすぐに思い出せないらしく、じっと考えこむそぶりになった。

「あの……男の方やったと思うんですけど」

「ああ、このお弁当屋さんの従業員の方です。配達が多くて手伝ってもらっていたんです」

「あ、従業員の方……そう、それはよかった、ハハハ。あ、ついでに、海苔《のり》弁当ももらおうかな！」一転して元気回復、根っから単純な仙太郎なのである。

宿駅はあと数カ所を残すのみになった。が、それに反比例するように、立野の足の湿布は、だんだん数が増えていく。

放課後、左足を引きずりながら廊下を歩いている立野を見て、ひろしが心配そうに言った。

「大丈夫？　今日は走るの休んだら？」

「うん……そうしようかな……」

その時、2組の教室から素子が出てきた。立野はハッとして立ち止まり、固まった。

「あら、立野くん。なんか少し痩《や》せたんじゃない？」素子が明るく声をかけていった。

「……今日もやっぱり頑張るよ」

素子のなにげないひと言により、立野のヤル気はまたしても一気に浮上したのである。

「よし！　もう草津まできてるぞ！　あともう少しで京都や！　根性出さんかい、立野！」

放課後の校庭に、グラウンドを走る立野と仙太郎がいた。帰り支度を終えたひろしや野村たち男子が、玄関からふたりを見ている。

立野は思うように走れないらしく、足がもつれて、顔からグラウンドに倒れていった。全身砂まみれになりながら、ひとりで立ち上がる。

ベランダから立野を見ている女子たちの目が、次第に変わりはじめていた。

立野は痛む左足を引きずりながら、一歩一歩進んでいくが、またつまずいて転んでしまう。

「今日はやめにしとこか？」仙太郎が見かねて言った。

が、立野はキッと前方をにらみ据えると、駆け寄ってきた仙太郎を押しのけて歩きだした。

ひろしがランドセルを放り出し、グラウンドへと駆け出した。ほかの男子たちも次々ランドセルを下ろし、ひろしに続く。

「なんや、おまえら」

立野の周りを取り囲むようにして、みんなが一緒に走りだした。

「なあんか走りたくなってきちゃってさ」とひろし。

「もういいから、先生！」野村が仙太郎を横に押しやる。

立野を励ましながら走る仙太郎と3組の男子たちみんなの影が校庭に長く伸びていた。

とうとう大津までやってきた。京都まであとひとつ。

ハチマキを締める立野の顔に、ささやかな自信が芽生えはじめていた。

昼休み、校庭は一大イベント会場と化した。どのベランダも、鈴なりの見物人である。

3組の男子たちは垂れ幕やノボリを作り、全員一致団結して立野を応援している。

『おいでやす京都へ　はるばる125里の旅　お疲れさんどす』

手作りのゴールゲートがしつらえられ、テープがその瞬間を待っていた。

「もう少しや、立野！　あそこが京都や、京都の三条大橋や！」

立野は歯を食いしばり、全身汗まみれになりながらラストスパートをかけた。

そうしてついに、その瞬間。立野は両手を高々と上げ、テープを切った！

「やったな！　東海道をおまえはちゃんと走り抜いたんやぞ！」仙太郎が立野に駆け寄った。

「おめでとう！」「やったじゃん！」男子が全員で立野を囲み、『勝』コールで祝福する。

その時、空から紙吹雪と大きな拍手が降ってきた。見上げると、ベランダに並んだ3組の女子たちである。

立野は本当にうれしそうだ。自信に満ちた、いい笑顔をしている。

我がクラスの教え子たちを見回す仙太郎も、満足そうにほほえんだ。

——一方、三人娘は大損だった。でも、立野がちょっとカッコよく思えてもきた。

「見直したことにしてやるか？」３人とも少しばかり、男を見る目を養ったようである。

放課後、素子は下駄箱《げたばこ》の前でタメ息をついた。またあの手紙だ。うんざりしながら封を切る。

『放課後、集いの木の下で待ってます』

かぶりを振って手紙を捨てようとした時、仙太郎がやってきた。

「手紙読んだか？」

「え？　まあ」

「そしたら行ったってくれ」

理由を尋ねる素子に「ええから、このとおりや。頼むさかい」仙太郎は頭を下げた。

いつになくマジメな仙太郎の態度にとまどいながらも、素子は集いの木に足を運んだ。

待っていたのは、立野である。緊張でぎくしゃくしながら、素子の前に立った。

「先生、ごめんなさい……あの手紙出したのオレなんです」

「え？」素子はびっくりしている。

「オレ……オレ……」立野はくじけそうになる勇気を振り絞って言った。

「東海道五十三次を走ることができました！」

目はぎゅっと閉じているが、顔を上げ、心はまっすぐ素子に向かっている。

「先生のために走りました！」

息を胸いっぱい吸いこむと、立野は大きな声で、胸に秘めていた思いを告白した。

「オレは朝倉先生のことが大好きです！」そうして最後に、そろっと目を開いて言った。

「先生、こんなオレはどうですか……？」

立野は、ぼんやりと木の下に座っていた。

「まあしゃあないわな、そう落ち込むな……先生もな、何度もそういう目におおてきたんや。ヒトケタでは足らんくらいや」仙太郎は、立野の隣に腰を下ろして言った。

初恋に破れた痛手に、うつむいていた立野がコックリうなずいた。

「けどな、砕け散っても、自分に対する自信だけはなくすなよ。おまえは自信のあるデブなんやからな。それとな、立野」

立野が、ようやく顔を上げた。

「初恋いうもんはな、切ないもんや、誰でもな」

心の傷を乗り越えて、男の子は成長してゆく。赤い夕日がふたりの背中を照らしはじめた。

一件落着、めでたしめでたし……と思いきや、まだまだ話には続きがあるのである。

「ほら、どう？」三人娘がプリクラ帳を広げ、女子たちに自慢気に見せびらかしている。教室に入ってきた仙太郎が、法子のプリクラ帳をひょいとつかみ上げた。

「今度は誰と撮ったんや？　……た、立野？」

「そ」ふたりはあっけらかんとしている。

「けど、おまえらデブ反対言うとったやないか？」

「時代は変わんのよ、先生。立野は今、この学校のちょ〜有名人なんだから」と晶。

「あのマラソンがあたしたちの感動を誘ったの」あゆみが言った。

見ると、立野の席に女子が群がっていて、あきれたことに、めぐみたちギャルチームもいる。

当の立野はキャアキャアおもちゃにされながら、まんざらでもなさそうな顔だ。

一夜明けて人気者となった立野を横目で見ている男子集団の表情は、誰も彼も複雑である。

「日本人はマラソンに弱いからな……そやけど、どう見てもバランスが悪いんちゃうか？」

立野の大きな顔がプリクラの3分の2を占めていて、法子たちの顔は、まるで遠近法のように小さく写っているのである。

教室の後ろでは、ひろしがニコニコしながら黒板を見上げていた。

立野の東海道五十三次の地図が、クラスメートの祝福の言葉で、華々しく飾られていた。

「ビールビールっと……」

今夜もお風呂場《ふろば》から冷蔵庫へ直行する素子である。

「プハ〜、風呂上がりはなんと言ってもこれでしょ？」

うまそうにビールを飲みながら、足で冷蔵庫の扉を閉めると、茶の間に入ってきた。

「いたの？」

「おったよ」仙太郎が、畳に寝転がってテストの採点をしている。

デンとあぐらをかいてビールを飲むスウェット姿の素子を見て、仙太郎はつぶやいた。

「みんな、こんな姿を知らんのや……恋は盲目ってよお言うたもんや」

「なに？」

「ひとつ聞きたいことあんねんけど、おまえ、立野になんて言うたんや？」

言われて初めて思い出したように、素子は「ああ」とうなずいた。

「やっぱり『ごめんなさい』か？」

素子はフフッとほほえむと、年甲斐《としがい》もなく照れたように言った。

「『ありがとう』って言ったの。気持ちはうれしいけど、あなたは生徒で、あたしは先生だからって」

「またそんな教科書どおりのことを……」

「ほかにどういう言い方があるのよ?」

素子はムッとしてビールを飲むと、またプハ〜と息をついた。

「だからせめてやな、そのプハはやめや」

「プハなんて言ってないじゃない」

「今、プハ〜って言うたやないか?」

延々と続くふたりの言い合いに、部屋で夕刊を読んでいた長一郎が、うるせえなあ、と顔をしかめた。

★仙太郎の格言★

おそうじを
サボった人は
ウンコです!!

ガチンコ娘の涙

つるべ落としの秋の夕べ、素子が珍しく店の調理場に立ち、夕食用の野菜炒《いた》めを作っていた。

重い中華鍋《ちゅうかなべ》をぎこちなく扱っていると、茶の間から、「ハハハ」というバカ笑いが聞こえてくる。仙太郎がゴロゴロ寝転んで、テレビを見ているのである。

「なあ、メシまだか？」下宿してまだ2カ月あまりとは思えない態度である。

「もうちょっとだから……え〜と、あとはっと」

調理台は、野菜の切りクズやら調味料の瓶やらでごちゃごちゃだ。合間に三郎の帳簿も見てやらねばならず、キリキリ舞いの素子に、またしても仙太郎の催促がきた。

「はいはいはい！　もうできたわよ！　たく、なんであいつの分まで作んなきゃいけないのよ」

文句を言いながらおかずをよそっていると、仙太郎が待ちかねたように茶の間から出てきた。

「お、野菜炒め！　うまそうやないか？　さすがラーメン屋の娘！」

「まあねー。サブちゃんも、それあとにして一緒に食べよ」素子はイイ気分になって言った。

「けど親っさん遅いな。町内会の集まりやろ？」

「そろそろ帰ってくると思うけど。ちょっと、お箸《はし》」料理を作った素子は大威張りである。

「はいはい……じゃいただきましょか？」仙太郎は箸を手に、いそいそと席についた。

「マズ！　……なんや、これ……」真っ先に食べはじめた仙太郎が、口をゆがめて言った。

素子も急いで食べてみて、自分の手料理に思わずウッとなる。

「見た目はうまそうやったのに……」腹ペコの仙太郎は、肩透かしを食らって文句を言う。

「食べられるわよね？　サブちゃん？」

哀れ三郎は、息を止めて一気におかずを飲みこんだ。

「息止めてまで人に食わせんな。あ〜あ、ここに綾子さんがいたらな……あの人の手料理が食いたいわ……」

「そ、じゃいい。食べなくても」素子はムッとして仙太郎のお皿を取り上げた。

「あ、なにすんねん？」

「あたしの料理は口に合わないんでしょ？」

「ハラへってんのや」と仙太郎は野菜炒めを取り返し、暴言を吐いた。

「しょうゆでもかけたら食べれるやろ。これでも、いい」

「これでもダア〜？」素子の怒り沸騰である。

ちょうどその時、町内会から帰ってきた長一郎が、店の前で足を止めた。中から仙太郎と素子の子供じみた言い争いが聞こえてくる。

「またケンカかよ……」長一郎はうんざりしてつぶやくと、ガラッと戸を開けて怒鳴った。

「うるせえ！　表まで聞こえてんぞ？　にぎやかすぎんだよ、このうちは。野中の一軒家じゃねえんだからよ」

兄弟ゲンカを父親に叱られたあとの子供のように、黙ってにらみあうふたりであった。


街路樹から落ち葉が舞い散る中を、富士見が丘小学校の生徒たちが元気に登校している。

素子が生徒たちと朝の挨拶《あいさつ》を交わしながら歩いていると、「おい、素子って」と自転車に乗った仙太郎が追いかけてきた。

「ゆうべは、オレもちょっと言いすぎたな思て……せっかく作ってくれたのに、ついホンマのことを……」

ジロッ。素子が目に物を言わすと、仙太郎は慌てて口を閉じた。

「どう思ってるわけ？」

「そやから悪かったなあて」

「お姉ちゃんのことよ。本気なのかって聞いてるの」

「！　そんな……おまえ、そんなことな、こんな公衆の面前で……」

そこへ、数人の生徒たちが、「おはようございます」とふたりを追い越していった。

「おはよ、今日も頑張ろな」「おはよ」挨拶を返す仙太郎と素子は、すっかり教師の顔である。

「で、どうなの?」と素子。

「……ホレてるよ、アカンか?」仙太郎はガラにもなく顔など赤らめている。

素子は「そう」とあっさり言い、スタスタ校門をくぐっていった。

「おい、リアクションそれだけなんか?」

その時、5年4組の担任、西尾真理子が、血相を変えてこっちに走ってくるのが見えた。

「朝倉先生、桜木先生。大変なのよ! 先生たちのクラスのコが!」

「中川《なかがわ》さんが坂下くんの頬を殴ったらしいんですよ。グーで」

そう言って、保健の先生は、仙太郎と素子にゲンコツを作ってみせた。

仙太郎のクラスの坂下昇が、頬をタオルで冷やしている。ベッドに座ってソッポを向いている女の子は、素子のクラスの中川真希《まき》だ。

「マジか?」仙太郎は驚いて坂下を振り返った。

「しかも、思いっきりだよ?」いつもひょうきんな坂下が、泣きそうに顔をゆがめている。

「ごめんね、坂下くん。大丈夫?」素子が言うと、真希はフンと鼻を鳴らした。

「そっちが悪いんじゃない? 廊下でぶつかってきたくせに」

「ちょっとだけだろ?」

「まあまあまあ」仙太郎が、ロゲンカを始めたふたりの間に割って入った。

「こんな危険人物、学校のほうで取り締まってくださいよ」と坂下。

「誰が危険人物だよ⁉」カッときた真希が、コブシを握って坂下に殴りかかっていった。

悲鳴を上げる坂下を、とっさに仙太郎がかばう。

「中川さん！　やめなさい」素子がすんでのところで真希の体を押さえこみ、真希のパンチは、仙太郎の顔のほんの数センチ手前で止まっていた。

その日の午後、三人娘が女子トイレでおしゃべりに興じていた。

「ねえねえ、聞いた？　2組の中川さんのお母さんの話」髪を梳《と》かしながら法子が言った。

「最近、ホストにハマってるんだってね」と、これは爪をお手入れ中の晶だ。

「若い男と腕組んで歩いてたって、うちのママたちの間でも評判」リップを塗り塗り、あゆみ。

3人がうわさ話に夢中になっていると、水を流す音がして、誰かがトイレの個室から出てきた。手洗い場の鏡に映った顔を見て、法子とあゆみはハッと口をつぐんだ。

「いい金づるにされてんじゃないの？　あとで泣くの目に見えてんのにね」

晶だけ気づかずにしゃべり続けている。コソコソ逃げ出していく友人たちを見て、ようやく後ろを振り向いたその瞬間——中川真希のストレートパンチが顔面に飛んできた。

その日、5年3組で、緊急学級会が開かれた。

教壇には、クラス委員の白石秀一と飯田みゆき、その横に顔のアザが痛々しい坂下と、鼻にティッシュを詰めた晶が立っている。

「晶をこんな目に遭わせといて謝りもしないのよ」

「今朝だって坂下が殴られてアザ作ってるしさ。これ以上カッコ悪くなったらどうすんだよ」

法子と岸が次々発言した。真希の暴力に腹を立て、みんなで対策を練ろうというのである。

「ほかに被害を受けた人はいますか？」白石がクラスを見回した。

「オレもこの前、掃除の時間、『ホースで放水？』ってダジャレ言ってたら、蹴飛《けと》ばされちゃいましたァ〜」真っ先に立ち上がったのは野村裕太だ。

「あたしも」「オレも」ほかの生徒たちも、口々に真希の暴力による被害を訴えはじめた。

「学校の中で、こんな暴力があるなんておかしいわよ」法子が机をたたいて立ち上がった。

「あたしたちの身はあたしたちで守らなきゃ！」あゆみも続いて立ち上がった。

「これ以上理不尽な暴力を許すな！」机の上に立った野村が、コブシを上げて叫んだ。

「賛成！」今やクラス中が熱病に浮かされたような興奮状態である。

そんなクラスメートたちを、ひろしだけが、ついていけなさそうに見ていた。

ちょうどその頃、職員室では、自分のクラスで起こっていることなどまったく知る由もない仙太郎が、朝のことで素子に文句を並べ立てていた。

「うちの坂下がとぼけてることは認める。けどいくらなんでも、あのゲンコはないやろ?」

「え〜? グーで殴っちゃったの?」教諭歴6年の西尾も、びっくりしている。

「面倒見のいい、よく気がつくコなんだけど、すぐ手が出ちゃって。ちゃんと注意しておくから」忘れっぽい当番の代わりに金魚の世話をする真希の姿を、素子は何度も見ている。

「だいたいやな、担任の気が強いから、生徒も気が強うなんのとちゃうんか?」

今回ばかりは素直にすまなかったという態度を見せている素子に、仙太郎はズケズケ言った。

「教師の背中見て、生徒は育つからな」

「親の背中を見てでしょ?」「同じや、ハゲ」

いつものケンカに発展しそうな気配になった時、小野寺がポン! と手を打った。

「だからか。いや、朝倉先生のクラスの子供たちって思いやりがあるなって思ってたんです。花壇の水やりや、動物の世話もキチンとしてるでしょ? いつも感心してるんです」

露骨なヨイショに仙太郎がシラ〜っとしていると、ひろしが「先生」と顔をのぞかせた。

「なにやってんねん? おまえら」ひろしから急を聞いた仙太郎がかけつけてきた。

「あ、先生。今、抗議しにいくところなんすよ」野村が言った。

クラス委員の白石とみゆきを筆頭に、3組の生徒たちはずんずん2組に乗りこんでいく。

「うちのクラスに、2組の中川さんから暴力を受けた人がかなりいます。みんな泣き寝入りをしているんです」

「それで、このまま中川さんの暴力を見すごすことはできなくなりました」

2組のクラス委員に対して、白石とみゆきが抗議を申し入れた。

「5年3組としては、5年2組の中川真希さんの日頃の行動に対し、厳重なる抗議をします」

3組側から、「おお！」と声援が飛ぶ。

「3組の言いたいことはよくわかりました。でも、うちでも中川さんの暴力については、ホームルームで何回も話し合ってるんです」2組の男子委員が言った。

「うちも困ってるんです、見てください」

女子の委員が指さしたのは、教室に残っている2組の生徒たち。なるほど、足に包帯を巻いていたり、顔に絆創膏《ばんそうこう》を貼っていたり、これはみんな中川真希の仕業らしい。

「正直なところ、ボクたちの手には負えないんです」と、2組の委員長。

「そんなの無責任よ」「2組でどうにかしなさいよ」「はた迷惑もいいとこだよな」

3組の生徒たちから、責任追及の声があがる。

「押しつけんなよ」「注意して殴られるのこっちなんだから」と、対する2組の生徒たちも、もっともな意見を返してくる。

互いに言い合っていると、騒ぎの張本人、中川真希が教室に戻ってきた。

「どうかした？」平然として、真希が言った。

「いや……ボクは3組を代表して言ってるだけで……」白石はもう浮き足立っている。

「あ、鼻血出ちゃったんだ……あ〜あ」晶に気づいた真希が言った。

その言い草にカチンときた晶が、真希の前に進み出る。

「あんたさ、自分がやっといて、よくもそうぬけぬけと言えるわよね！」

「女の顔殴るなんて最ッ低よ！」「反省しなさいよ！」

法子とあゆみも、猛烈に腹を立てている。が、真希はしゃあしゃあと言ってのけた。

「女も男も関係ないよ。殴りたいヤツは殴る」

「なんですって？」怒りのあまり、晶の声が引っくり返った。

「これだから、女のヒステリーはみっともないって言われるのよ」

「もう我慢できない！」ついに女同士の取っ組み合いが始まった。

「やめろて、ふたりとも」仙太郎が慌てて教室に飛びこんだ時、ようやく素子がやってきた。

「なにやってるの？　中川さん、やめなさい！」

素子が真希を引き離した瞬間、パンチが誤って仙太郎の顔面にヒットしたのだった。

放課後、仙太郎と素子はこの騒ぎの原因を究明すべく、三人娘と真希を会議室に呼び出した。

晶たちは目の前の真希をにらみつけ、真希のほうも負けずにフンと無視している。

仙太郎は濡《ぬ》れたタオルで顔を冷やしながら、「暴力はアカンよ、暴力は……」とつぶやいている。

「中川さん、今度はなにがあったの?」素子が聞いた。が、真希は知らん顔だ。

「原因はなんや? 言うてみ」仙太郎は言ったとたん顔をしかめた。口を開くのも痛いらしい。

「あたしが勝手に殴っただけ」真希が代わりに答えた。

「そうなんか? 晶」仙太郎に尋ねられ、晶は口ごもっている。

「あたしがそうだって言ってるんだからいいでしょ?」

「なにか理由があったんでしょ? 話してみて」と素子。

「ないって!」

「あの……あたしたちも少しは悪かったかもしれないかなって」晶がおずおず言った。

「でも、みんな言ってるし……」「あたしたちだけじゃないから……」

法子とあゆみが言いわけを始めたとたん、真希が椅子を蹴って立ち上がった。

「言わなくていいよ!」

「中川さん!」素子が真希を押さえつけた。三人娘はすでに仙太郎の後ろに隠れている。

「知ってるんやったら、ちゃんと言え」

「……じつは……」法子は真希の怒りに燃える目を感じながら、恐る恐る話しはじめた。

会議室を出たところで、仙太郎は3人に念を押すように注意した。

「おまえらな、トイレでそんなこと話すなよ」

「だって……いるとは思わなかったんだもん」

「それは中川にしたらショックやろ？　おまえらかて、お母ちゃんの悪口言われてみ？　イヤな気持ちになるやろ？　もう二度とそんなうわさ話はすんなよ」

「え〜それが楽しみなのに」「じゃトイレでなにするの」3人がブーイングの声を漏らす。

「あのな……」仙太郎もこの三人娘にはかなわないのだった。

一方、会議室に残った素子も、真希に言い聞かせていた。

「お母さんのことで悩んでたんだ。でも、だからって暴力はいけないな」

「違います。手が出るのは生まれつきだから。つい出ちゃうんですよね、自分でも不思議なくらい」まったく悪びれたようすもなく、パンチのマネをする。

「あのね、中川さん……」

「これからは気をつけますから。もう行ってもいいですか？」真希はすでに立ち上がっている。

「ねえ、ホントなの？　お母さんのこと」機先を制された素子は、お説教をあきらめて言った。

「まあね」軽く受け流し、真希は出ていこうとする。

「先生、なにかあったらいつでも力になるから」

素子の言葉を聞いたとたん、真希はピタッと立ち止まり、「ほんと？」と振り向いた。

「ええ」

「今の言葉忘れないでね、先生」真希は意味ありげにニヤッと笑った。


「悪いわね、急にバイトの人がこれなくなっちゃって」綾子が厨房《ちゅうぼう》に向かって言った。

「いえいえ、ヒマでなにしよかなって思ってたとこですから」

駅向こうの弁当屋。店のエプロンをつけ、いそいそ立ち働いているのは仙太郎である。

「学校のほうはもう慣れた？」

「はい、おかげさまで。うちのクラスは今はなあ〜んにも問題はありません」

綾子はほほえむと、少したためらってから尋ねた。「お父さん、元気にしてる？」

「親っさんなら、元気も元気。今日も組合の集まりで出かけていきました」

「そう……」

「綾子さんと裕二くんのこと、ちゃんと話してみますから。風邪でもはよひかんかなと思てるんです。寝込んで弱った時がチャンスやないかと」

「フフ……おもしろい人ね、仙太郎さんって」

「いや、ハハ……あ、それで、今夜の夕食、綾子さんとこのお弁当、買って帰ろうと思いまして。ほんとはね、綾子さんの手料理が食べたいって言うか……その……」

伏し目がちにしゃべっていた仙太郎が顔を上げると、綾子はすでに客の応対をしていた。


「姉妹そろって鈍感やな……」夕飯用のお弁当をぶらさげ、ブツブツ言いながら自転車で帰る途中、いかにも高級そうなレストランの窓際の席に、見慣れた顔を発見した。

「よお、坂下」レストランに入って声をかけると、坂下は口をもぐもぐさせながら顔を上げた。

「あ、先生」

「なんや、ひとりで食うてんのか?」言いながら、テーブルにつく。

「お父さんもお母さんも残業なんすよ」

「そっか、おまえんち、母ちゃんも働いてたんやな」

「保険の外交。なかなか成績いいらしくて、旦那《だんな》の給料を上回ってたりして、ハハ」

「ご注文は?」ウェイターがメニューを持ってオーダーを取りにきた。

「あ、オレは水だけでええわ」

「先生、夕食は?」

「まだやけど——うまそうやな」

テーブルには、ステーキのほかに、サラダやスパゲティなどの料理が並んでいる。

「だったら、食べますか？」

「けど、給料日前やからな、先生は」

「おごりますよ」

「え？　そんな、きみ……生徒におごってもらうなんてやな……」

口では言いつつ、仙太郎はすでにお弁当の入ったビニール袋を足元に隠している。

「おおめにもらったんすよ、今日は」

「そおかア？」10分後、仙太郎は250グラムの分厚いフィレステーキを食べていた。

「お、おまえ、ええ時計してるな」

「ロレックスです。お父さんのプレゼントでね」

「この、山の手のぼっちゃんが」「ただの共働きの息子ですよ」

ふたりがテーブルを囲んでいる姿は、どう見てもただの友人同士なのであった。

一方、朝倉家の台所では、素子が料理本とにらめっこしながら、夕飯作りに取り組んでいた。

「しょうゆ大さじ1と2分の1、酒大さじ1、砂糖小さじ1、片栗粉《かたくりこ》小さじ2分の1と」

素子は額に汗し、一生懸命というより真剣《しんけん》勝負、真剣勝負というよりもはや格闘である。

「今夜はなんなんすか？」

店の調理場に片栗粉を取りにきた素子に、帳簿と格闘していた三郎が聞いた。

「チンジャオロースよ。サブちゃんもたくさん食べてね。今度はバッチリだから」

「……はい」三郎はかなり複雑な顔だ。そこへ仙太郎が「ただいま」と機嫌よく帰ってきた。

「はい、サブちゃん、これお土産」と三郎に弁当をさしだした。

「夕食まだなんやろ？　オレ、もう食うてきたんや。こ～んなデカイステーキ。うまかったわ。これからオレ、親っさんがいてへん時は外ですませることにしたわ」そう言うと、仙太郎は小声でささやいた。

「ゆうべはほんまマズかったもんな……」

「マズいっすよ……」三郎はこわごわ仙太郎の後ろを指さした。

「そお、食べてきたの」いつの間にか、素子が手に木杓子《きじやくし》を持って後ろに立っていた。

「なんや、それ？　あ……作ってくれてたんか？」

素子は返事の代わりに、仙太郎をジロッとにらみつける。

「悪かったな、ハハ……」木杓子がコン！　と仙太郎の頭を直撃した。

「それならそうと、なんで電話ぐらい入れないの？」

「イタ……その、つい……」

「ついじゃないのよ？　それが下宿人の常識でしょ？」またコン！　と頭をたたく。

「暴力はアカン言うとったやろ？」だんだん仙太郎もむくれてきた。

「この程度でなにが暴力よ？」

店の手前まで帰ってきていた長一郎の耳に、今夜も騒々しいふたりの声が聞こえてきた。

「またかよ……」ウンザリしていると、店に入ろうとしているひとりの少女が見えた。

「今日はもう店は閉めてんだ。悪いね」

長一郎は、大きなキャスターつきバッグを引っぱっているその少女に声をかけた。

「お客じゃありません」少女──中川真希は、ニコッと笑って言った。

「だいたいね、人の料理に文句つけといてよ？　ステーキを食べてくるってどういうこと？」

「おいしそうやったんやから仕方ないやろ？　下宿人には外食する自由もないんですかね」

「開き直る気？」

「おい、いい加減にしろよ」戸が開き、長一郎が入ってきた。

「だってね、お父さん」「聞いてくださいよ、親っさん」ふたりが同時に訴える。

「みっともねえ、生徒がきてんのに」

素子が誰と聞く前に、長一郎の後ろから、「こんばんは」と真希が現れた。

「中川さん」「どうしたんや？　そんな大きなカバン持って」

「あたし、先生のお言葉に甘えることにしました。今日からここでお世話になります！」

真希はアッケラカンと言い、ペコリと頭を下げ、スタスタ奥へ上がりこんでいった。

「お母さん、ほんとにホストにハマっちゃって、あたしがなにを言っても聞いてくれないんです。せっかく毎月積み立てていた定期預金のお金も全部貢いじゃって、あげくにそのホストと再婚するなんてバカなこと言い出したんです」

素子たちは茶の間でとりあえず真希の話を聞くことになった。

「うちのお母さん、初めての見合いで知り合ったお父さんと結婚したような人だから、男の人とつきあったことないんです。だから、甘い言葉にすぐその気になってるんだと思います」

「そういうのほど危ないんや。男でもおるわ。ええ年してから女に狂うて家庭を壊すいうパターンや」

子供の前でなんてことを……素子がパシッと手で仙太郎をたしなめた。

「……私、お母さんの目が覚めるまで家を出ることにしたんです。だから、先生、しばらくここに置いてください」

「もう一度、お母さんとよく話し合ってみたら？　先生が一緒についていってあげるから」

「イヤです、帰りません！　先生、力になるって言ってくれたじゃないですか？」

「そうだけど……」真希に詰め寄られて困り果てている素子に長一郎が言った。

「いいじゃねえか？　帰りたくないって言ってるもんを無理に帰すことはねえよ。気の済むまでいさせてやれ」

「お父さん！」娘に耳を貸さず、長一郎は真希に言った。

「おい、娘っコ、素子先生と一緒の部屋使え。階段上がった右側だ、荷物持ってけよ」

「はあい！　じゃお言葉に甘えて」真希の顔がぱっと輝き、さっそく立ち上がると、荷物を抱え2階へ駆け上がっていった。

「ちょっと、無責任なこと言わないでよ」素子は父親に抗議した。

「話聞いてると、あのコが家出すんのも無理ねえよ、母親にはいい薬だよ」

「オレもそう思う」口を挟んできた仙太郎に、「あんたは関係ないの。あたしのクラスの生徒なんだから」と釘《くぎ》をさし、再び父親に言った。

「あたしは教師なのよ？　生徒の家出を認めるわけにはいかないの」

「ほんま、教科書どおりやな……」

「このウチはオレんチだ。そのオレがいいと言ったらそれでいいんだよ！」

　長一郎が、有無を言わさず娘に言い渡した。

「電気消すわよ」素子が言うと、真希は素子が敷いてくれた布団に潜りこんだ。

「お母さんにはちゃんと電話しといたから。心配しなくても大丈夫」

「……いいね、先生のお父さんって。味のある親父って感じ」

「ありすぎだけどね……中川さんのお父さんってどんな人だったの？」

「覚えてないんだ。あたしが3歳の時事故で死んじゃったから。でも、写真で見る限りはやさしそうかな」真希は素子のベッドの反対側に寝返りを打った。

「……今、きっと悲しんでると思うよ。お父さん、天国で」

真希の言葉は、少し寂しげな響きを持って素子の耳に届いた。


今朝はちゃぶ台を囲む人数がひとり増え、朝倉家はいっそうにぎやかである。

「うま！　この卵焼き」仙太郎はひと口食べて、ほれぼれと言った。

「みそ汁もいけるよ」と長一郎。

「いつも食事の支度はあたしがしてるから」真希がニコッとした。

この家で一番早起きの長一郎より早く、真希は台所に立って朝ごはんを作っていた。

「えらいのね、中川さん。ホントおいし〜」もりもり食べている素子を見て、仙太郎が言った。

「見習ったほうがええんちゃうか？　素子」

「大きなお世話だよ。仙太郎」すっかり呼び捨てが定着した素子である。

真希は、仙太郎と素子の掛け合いを楽しそうに見ていたが、その笑顔が時々曇るのを、大人たちは誰も気づかなかった。

昼休みの校庭で、エネルギーの塊と化した子供たちが、元気いっぱい遊んでいる。

「先生、早くきてよ。もう生き残ってるの、ボクを入れて4人だけなんだよ」

「わかってるて」仙太郎は、ひろしに急《せ》かされながら靴を履き、小走りに昇降口を出た。

「桜木先生、朝倉先生知りませんか？　理科の教材の打ち合わせしたくて捜してるんですけど」小野寺が仙太郎を追いかけてきた。

「ちょっと出かけたわ。昼休み終わるまでには帰ってくるて」

「先生、早く」ひろしはじれったそうに仙太郎の腕を引っぱっている。

「あの、どこへ？」

「戦場や」仙太郎は気合いを入れて校庭を指さした。「ドッジという名のな。よおし！」

「そうじゃなくて、朝倉先生はどこへ……？」

いざ天王山《てんのうざん》の仙太郎は、すでに風のように戦場へ飛び出していったあとである。


昼休みの終わるチャイムが鳴る頃、そして小野寺がいつもの胃薬を飲んでいる時、素子は戻ってきた。素子は仙太郎を見つけると、「仙太郎、ちょっと」と会議室へ引っぱっていった。

「仙太郎？」いつから呼び捨てする間柄に？　うろたえる小野寺の前で、ふたりはドアを閉め切り、秘密めいたようすでなにやらヒソヒソ話しこんでいる。

「まさか……まさか、あのふたりがね、ハハハハ」

小野寺は疑念を打ち消して笑ったが、放課後、疑念が疑惑に変わった。仙太郎と素子の姿が見えないのである。小野寺は焦りながら、職員室に戻ってきた西尾にふたりのことを尋ねた。

「ああ、さっきふたりで帰りましたよ」

「ふたりで？　まさか……」恋する男は疑《うたぐ》り深いのである。


その頃、仙太郎と素子は、ふたりきりで怪しげなネオンが灯《とも》る繁華街を歩いていた。

「本気なのよ。向こうも真剣に自分のことを思ってくれてるって信じてるし」

「こうなったら誰がなに言うてもアカンやろな」

じつは昼休み、素子は真希の母親の優子《ゆうこ》が働く市役所を訪ねたのである。

「だから、証拠をつかもうとしてるんじゃない。確か、このあたりだと思うんだけど、あ、あった、ここだ」

優子が通い詰めているというホストクラブ『熱視線』を見つけ、素子は仙太郎の腕を取った。「えっ、オレもかいな」とイヤがる仙太郎を強引に引っぱっていく。

クラブと名のつく場所は、ふたりとも学校のクラブ活動以外入ったことがない。素子と仙太郎は、ゴージャスに飾り立てられた入り口に恐る恐る足を踏み入れた。

「いらっしゃいませ」マネージャーらしき黒服とホストたちがそろってお出迎えだ。

が、仙太郎を見たとたん黒服の笑顔が一瞬にして強面《こわもて》に変わった。男子禁制なのだ。

「あ、あの……この人、女に興味がなくて、じつは男のほうが、ハハ……ね？」

素子につつかれ、仙太郎はとっさにオカマ言葉でペラペラとしゃべりはじめた。

「あ、あの……そうなの。誰かいい男いないかなって、ふたりで捜しにいこうかなんて、そしたらここ紹介されて、ね？」

仙太郎の名演のおかげで、黒服はふたりをうやうやしくテーブル席に案内した。

「誰か指名はございますか？」

「ジュンくんって人います？」と素子。優子の相手である。

「お客様、お目が高い。うちのナンバー1ですよ？　すぐにこちらにこさせますのでお待ちください」黒服は慇懃《いんぎん》に一礼して退《さ》がっていった。

「早くしてね」仙太郎は愛想よく声をかけ、素子とふたりになると、とたんに変身を解いた。

「あ〜なんで、こんなマネしなアカンねん……」

「似合ってるわよ」素子が笑いをこらえていると目当てのホストがやってきた。

「初めまして。ジュンです。隣いいですか？」

ジュンはダークスーツの似合うなかなかのイケメンで、優子よりあきらかに年下である。

「おふたりはどういう関係？」乾杯して飲みはじめると、すぐにジュンが聞いてきた。

「関係は……」言葉に詰まった素子を見て、「職場の同僚なの」と仙太郎が助け船を出す。

「へえ、なにしてんの？」ジュンはオカマとその女友達に興味津々《しんしん》だ。

「一種のサービス業よ。毎日、たくさんの人のお世話してんの」

「わかった。オカマバーで働いてんでしょ？　じつはそっちの彼女、男だったりして」

「ナイスや、ハハハハ！」仙太郎、大喜びである。

「いいじゃない、そんなことどっちでも」素子はムッとしてビールをあおった。

「そうだね、男でも女でもお互いのフィーリングが合えばそれ以上大切なことはないよ」

ジュンは素子の手を握り、熱い眼差《まなざ》しで言った。

「ビール注いでくれる？」素子はニコッと笑顔で返すと、こっそり仙太郎に合図した。

「オッケー」「オッケー」ジュンと仙太郎の声が重なる。

打ち合わせどおり、仙太郎はさっそくジュンにあれこれちょっかいを出しはじめた。その隙に、素子はカバンの中に手を突っ込んで、すばやくテープレコーダーの録音ボタンを押した。


ホストクラブで飲み続けること3時間。店を出た時には、あっちへフラフラ、こっちへフラフラ、素子は完全にできあがって、千鳥足にしゃっくりのおまけまでついてきた。

「ほんまに酒癖悪いな」肩を貸してやっているうえにたびたび頭をハタかれ、仙太郎はいい迷惑だ。

「悪いのは、ヒク、あの男！　最低だね、見た？　あの時計や指輪。ヒク、みんな女からの貢ぎ物だってさ。なめんじゃねえっていうの、女を！　だろ？　仙太郎！」

「はいはいそうです」

「金持ちはいいよ？　金があまってんだから。けど、公務員して、女手ひとつで娘育ててる人間から貢がせることないじゃない？」

「おっしゃるとおり」

「あたしはね、ああいう男、大嫌いだね！　女の敵！」素子は仁王立ちになって前方の暗がりに言い放ってから、フラ～ッと後ろへ引っくり返った。

「またおぶらなアカンのかい……」家までの道のりを考えて、仙太郎は思わずタメ息をついた。

やっとの思いで素子の部屋にたどり着くと、仙太郎は背中の素子をベッドに転がした。

「わ、お酒くさい。朝倉先生って見かけによらないんだね」

仙太郎を手伝って素子に布団をかけてやりながら、真希は鼻をつまんだ。

「イメージこわれるよ」

「……おまえのために、今夜は飲んだんや」仙太郎は言った。「ホストにおおてきた」

「え……」

「母ちゃんが迎えにくるまでここにいるようにて朝倉先生も言うてたぞ。親っさんもええ言うてるし、遠慮せんでええからな」それだけ言うと、仙太郎はおやすみ、と部屋を出ていった。

「……あ、おやすみなさい」

「男がなにさ〜」ふいに素子の声が聞こえて、真希は振り返った。素子は、布団を蹴飛《けと》ばした格好で、ぐっすり眠っている。

ただの寝言か。真希はクスッと笑って、イメージとは大違いだけれど、前よりずっと親近感がわいた先生に、布団をかけ直してやった。


「なんや？」仙太郎が小野寺に言った。

職員室へ戻ってきてから、ずっーと小野寺の視線を感じていたのだ。

「いえ……」と言いながら、またジーッと見ている。

「そやからなんやの？」

「じゃあ思いきって言いますけど……」小野寺が身を乗り出した時、「桜木先生、父兄の方がお見えですよ」と、教頭から声がかかった。

仙太郎が会議室に入ると、椅子に座っていた女性が立ち上がって、丁寧にお辞儀をした。

「坂下昇の母です。いつもうちのコがお世話になってます」

「ああ、坂下の。こちらこそ」

保険の外交員らしく、スーツ姿の、きびきびしたお母さんである。

「それでですね、今日は先生にちょっと転校のご相談を」

「転校ですか？」

「ええ、じつは主人と別れることになりまして」

その時、ノックの音がし、「桜木先生、父兄の方がお見えですけど」と西尾が顔を出した。

間髪入れず、メガネをかけた男性が西尾を押しのけて部屋に躍りこんできた。

「やっぱりここにきてたんだな。昇はオレが引き取る。転校なんかさせないからな」

「昇はあたしが連れていきます。あなたなんかにまかせておけません」

言い合いがエスカレートして罵詈《ばり》雑言《ぞうごん》に発展し、ふたりはついに夫婦ゲンカをおっぱじめた。

「あ、あの……」仙太郎は必死で仲裁しようとしたが、ムダな努力だった。

この頃では、ひろしはそこらの見習いよりずっと洗髪がうまくなった。気持ちよさそうにしている仙太郎の隣の椅子では、坂下がひろしの父親に髪をそろえてもらっている。

「それでおまえ、ぎょうさんお小遣いやプレゼントもろてたんやな」

「そうなんすよ。ふたりともボクを手放したくないみたいなんです。ひとり息子なもんで」

「うちと同じだ。な、ひろし」ひろしの父親がニコニコして言った。

「だから大変なんですよ。あちらを立てればこちらが立たず、こちらを立てればあちらが立たずって。両方に泣きつかれちゃって」

「おまえはどっちと暮らしたいんや？」

坂下はン〜と首を傾げ、お菓子を選ぶような気安さで答えた。

「まあ、いい暮らしをさせてくれるほうを選ぼうかなって。お母さんのほうが気前はいいんですよね、小遣い多くくれるし——でも、今の家、お父さんの持ち家なんで、家賃の心配いらないし」

「おまえな……もっとちゃんと考えろよ」

「考えてますよ、だから、離婚にも文句言ってないし」

「ほんとに、ええのか？　オトンとオカン、別れても」

「本人同士がよければいいんじゃないの？　それぞれの人生なんだし」

坂下が悲しんでいる気配はみじんもなく、さばさばと言って、先に帰っていった。

「冷めてますねえ、今時のコは」「本当にねー」ひろしの両親はあきれている。

「ほんまついていけんわ……じゃ、おおきに」帰ろうとしている仙太郎をひろしが呼び止めた。

「気にしてないフリしてるだけだよ。ほんとはとっても気にしてると思うよ、ボク」

ひろしには、夕暮れの道を帰っていく坂下の寂しそうな後ろ姿が、目に浮かんでくるようだ。

「きっと、子供のほうが親のこと、ほんとは思ってるんだから……」

「……おまえ、時々やけど、ほんまにええこと言うな」仙太郎は心から感心したように言った。

『悟空』はちょうどかきいれ時、調理場の長一郎はフル回転である。

「はい！　お待たせしました！　みそラーメンと餃子《ギョーザ》ですね」

キビキビと料理を運んでいるのは真希だ。長一郎は目を細めて仙太郎に言った。

「助かるね、学校から帰ってきてからずっと手伝ってくれてんだ。こいつよりよっぽどありがたいよ」長一郎にジロリとにらまれ、三郎はコソコソ水を運んでいく。

「こんなできた娘が、家を出るくらい母親のこと心配してるっていうのにねぇ」

「どこもかしこも、子の心、親知らずか……」

「親の心、子知らずでしょ？」三郎が得意そうに言うと、「昔はな」と仙太郎。

「先生代わるから、中川さん、先に夕食食べちゃったら？」素子が店に出てきた。

ちょうどその時、戸の開く音がして、真希は「いらっしゃい」と元気よく振り向いた。

とたんに、真希の笑顔が凍りつく。

「お母さん……」質素なスーツに身を包んだ優子が、ペコッと素子に会釈した。

素子と優子、そして真希の3人は、茶の間に落ち着いた。

「一緒に帰りましょ？　ね、真希。先生にもこれ以上はご迷惑だし」優子が言った。

「じゃ、あの男とは別れたのね？　だから迎えにきてくれたのね？」と真希。

「相手の人に会ってみたら、真希もわかってくれると思うの。とってもいい人よ」

「お母さん……」真希の瞳《ひとみ》に、失望の色が広がる。

「お母さんのこととても大切にしてくれるの。だから真希のことも大切にしてくれるはずよ」

優子は懸命に娘を説得しはじめた。

「あ、今度の休み、3人でどこかに行きましょ。ディズニーシーに行きたいって言ってたでしょ？　お弁当作って、ね？」

「……まだ気がつかないの!?」真希は耐えきれず、大声で叫んだ。

「ああいう男は金の切れ目が縁の切れ目なんだよ？　もうお母さんにお金がないってわかったら、すぐに捨てられちゃうんだよ？」

「どうしてお母さんの言うこと信じてくれないの？」優子もつい語気が荒くなってしまう。

「今のお母さんはお母さんじゃない！　そんなお母さん、見たくないよ！」

真希は立ち上がって、ダッと2階に駆け上がっていった。

優子は、頑《かたく》なな娘を、どう扱っていいのかわからない。

家出までした真希の説得に、もしや優子も思い直してくれるのでは、とわずかな期待を抱いていたのだが、素子は仕方なくテープレコーダーを取り出した。

「お母さん、これ聞いてください」

再生ボタンを押すと、あの夜、素子が3時間ねばって録音に成功した、ジュンのキザなセリフが流れはじめた。

『きみとは仕事抜きで会いたいな』『ボクは今、安らぎがほしいんだ』『きみと一緒なら、本当の自分を見せられそうな気がする』

優子はハッとした表情になった。

テープレコーダーのジュンは甘い言葉をしゃべり続けている。

「同じことを言われたんじゃないですか？」

ジュンにとっては、優子のような男性経験の少ない女性を口説くことなどあまりにもたやすく、「百発百中で落とせる」と豪語していたくらいなのだ。

「それでもまだ信じるんですか？」

真希は階段の途中で立ち止まり、今の話をじっと聞いていた。


「お母さん、確かめてくるって言ってたけど、どうする？　あたしたちも入ったほうが」

素子が心配そうに言った。ジュンの勤めるホストクラブの前。素子と真希、そして仙太郎が、ピンク色のケバケバしい看板の陰に隠れて、入り口のようすをうかがっている。

「あ……出てきた」

3人は急いで首を引っこめる。不機嫌な顔のジュンが、優子の腕を乱暴に引っぱっている。見つからないようにあとを追っていくと、ジュンはそのまま優子を人気のない道に連れていき、怒ったように言った。

「困るんですよ、いきなりこられちゃ。ちゃんと指名してからにしてくださいよ」

「ごめんなさい、でも、話したいことがあって。プライベートなことなの」

「プライベート？　今さら言うのもなんだけど、あんたはただの客なんすよ？」

「客？　本気だって……あたしとだったら、仕事抜きでつきあいたいって……」

「それで？」ジュンは薄笑いを浮かべている。

「将来も考えてるって言ってくれたでしょ？　ほんとよね」

真希はジュンにすがりつく母親を、目をそらそうともせず、ジッと見つめている。

「あんたバカじゃないの？　金払ってくれるから、おつきあいしただけ。誰があんたみたいなおばさんとマジにつきあうっつうんだよ？　冗談キツいよ」

優子はショックでがく然としている。

その時、すごい勢いで真希が飛び出していき、ジュンの足を思いきり蹴飛《けと》ばした。間を置かず、しゃがみこんでスネを押さえているジュンの顔面に向けて、パンチを繰り出す。

「なにすんだよ？　このガキ！」

ジュンは真希のパンチをよけると、まるで犬コロのように、躊躇《ちゅうちょ》なく真希の頬を張り倒した。

「真希！」優子が叫ぶと同時に、素子と仙太郎も物陰から飛び出した。

「中川さん！　大丈夫？」素子は道に倒れた真希を急いで抱え起こした。

「おまえな、よおもこんな子供を殴りよって……」

仙太郎はジュンの胸ぐらをつかみあげ、今にも殴りかからんばかりだ。

「あ、このまえのオカマ……」ジュンの目が丸くなった。

「お母さんをバカにすんな！」真希はジュンをにらみつけた。唇には血がにじんでいる。

「なに？　あんたの娘？　あんたさ、こんな娘いるのにホスト通いはよくないよ」

ジュンが優子をからかうように言った次の瞬間、素子は風のような速さで仙太郎からジュンの胸ぐらをつかみとっていた。

「てめえ、誰のせいだと思ってんだよ？　ああ⁉」

素子の強烈なパンチがジュンの鼻面を真正面から捕えると、最低のホスト野郎は盛大なしりもちをついて引っくり返った。

「ジュンくん！　しっかりして」優子が思わずジュンに駆け寄っていく。

そんな母親の姿から目を背けると、真希はクルリと後ろを向いて走り出した。

「中川さん！」素子が真希を追いかけていく。

娘のことを気にかけながらも、優子は「大丈夫？」と心配そうにジュンの顔をのぞきこんだ。

「いってえ……大丈夫なわけないっしょ？　慰謝料払えよ。大事な顔を」

「慰謝料って……」

「あ、もうそんな金ないか？　ぜ〜んぶ、店で使っちゃったもんね」

「はよ、その口閉じて店戻らんと、奥歯ガタガタ言わすぞ⁉　コラ！　ボケ！」

仙太郎は再びジュンの胸ぐらをつかんで怒鳴りつけると、落ちていた標識を拾い上げ、後ろの金網に思いきり投げつけた。

慌てて逃げ出すジュンの後ろ姿を優子はぼう然と見送り、へなへなとしゃがみこんだ。

「これで、よぉわかりはったでしょ？　あんな男のほうが大事なんですか？　娘さんより」

「………」

「中川真希は男子にも負けんくらい強おて、しっかりしてます。けど、お母さんのことが大好きなやさしい女のコです」

優子は目に涙を浮かべて、仙太郎を見た。

「子供のほうが親のこと、ホンマは思ってるんちゃいますか？　生徒の受け売りですけどね」


5年2組の暗い教室で、真希は電気もつけず、ポツンと座っていた。

「やっぱりここにいた」素子は戸口に立ってニッコリ笑った。

真希は椅子の上でひざを抱えこみ、じっと一点を見つめている。

「先生も殴っちゃった、案外スカッとするものね」素子は教室に入り、真希の前の席に座った。

「……でしょ？　でもさ、あの男の言うとおりだよね。バカな母親……女だからバカなのか、うちの母親だからバカなのか」

　淡々と話しながら、真希は素子から逃げるように、金魚の水槽のほうへ歩いていった。

「最後の最後まで信じるなんてさ、救いようもないよね……先生もそう思うでしょ？」

「……先生の前じゃ強がんなくていいのよ」

　素子はそう言って真希のそばに立つと、真希の両手をそっと頰から離してやった。驚いたように見開かれた真希の瞳から、涙がポロポロこぼれ落ちている。

「悲しい時は泣けばいいんだから」

「……涙じゃないもん」

「じゃ、そういうことにしておこう」素子は、真希の冷たくなった手を、両手で包みこんだ。

「先生……」

「我慢しないの……」

　今まで胸にためこんできた思いが涙となってあふれ出し、真希は声をあげて泣きはじめた。

「中川さんはエラいね、ほんとエラい……」

　素子は、すがりつくようにして泣いている教え子の頭をやさしくなでながら、愛《いと》おしさでいっぱいの胸に、真希をしっかりと抱きしめた。

翌朝、テーブルでうたた寝をしていた優子は、ドアの開く音でハッと目を覚ました。

「そんなとこで寝てたの？　風邪ひくよ。いつもの朝ごはんでいいよね？」

真希はそう言って大きなカバンを置くと、台所に立ち、てきぱき朝食の準備にかかった。

「真希……心配かけてごめんね……」優子は真希に駆け寄って、後ろから娘の体を抱きしめた。

「……もういいよ。お母さんは、なにがあってもお母さんなんだから」

振り返ってニコッと笑う真希の顔に、昨日までの翳《かげ》りは、もうどこにも見えない。ダイニングテーブルの金魚鉢に、母娘《おやこ》のような2匹の金魚が、仲よく寄り添いながら泳いでいた。


「桜木先生に折り入ってききたいことがあるんですけど」小野寺が朝一番に言った。

「なんやねん」仙太郎はのんびりと聞き返す。小野寺は覚悟を決めて言った。

「朝倉先生となんかありました？」

「ないがな、そんなの」

「ほんとのこと言ってくださいよ？　なにかがあったんでしょ？」じりじりと詰め寄る。

「あるわけないやろ？」

「考えたらひとつ屋根の下で暮らしてて、なにもないということはないんじゃないですか？」

「そやから、オレはあいつのことは女として見てないって」

「ウソだ」小野寺の頭の中ではすっかり妄想が広がっているらしい。

次第に嫌気がさしてきた時、仙太郎は教頭から坂下の転校が取りやめになったと聞かされた。


廊下でふざけているおちゃらけトリオの中に坂下を見つけて、仙太郎は声をかけた。

「お、坂下。よかったな、転校せんようになって」ほかのふたりに聞かれないように、こっそりきいてみた。「それであっちのほうは？」

「それもなくなりました」

「よかったやないか」仙太郎が言うと、どうだか……と坂下はあいまいな返事である。

「なんやうれしいないんか？」

「子供ができたんですよ、来年に生まれるんです」

「え？　あんなに仲悪かったのにか？」

「わかんないもんですねえ、男と女は。それでもうオレのことなんか目に入らないって感じで、今から出産準備始めてんすよ、ふたりして仲よく。たく」

口では悪態をつきながらも、坂下はやっぱりうれしそうだ。岸たちと元気におちゃらけている坂下を見て、仙太郎はフッと口元をほころばせた。

「そうか、おっかさんもやっと目が覚めたか。そりゃよかったな」長一郎が言った。

仙太郎と素子はいつものようにカウンターに並び、長一郎の作ったラーメンを食べていた。

「うん。これであとは中川さんのこれが出なくなったらいいんだけどね」

素子が片手でゲンコを作ると、すかさず仙太郎が突っこむ。

「人のことは言えんやろ？　あの時のおまえのパンチ、あれはすごすぎんぞ？」

「アッタマきたんだもの」

「人にはさんざん教科書どおりのことを注意するくせに、自分はなんやねん。教師やいう自覚あんのか？」

「すいません……」珍しく立場が逆転し、素子はしゅんとしている。

「あるんやったら、もっと気をつけよ、ほんまに」

「……なんであんたにそこまで言われなきゃいけないのよ」

大威張りで説教している仙太郎を見ているうち、だんだん腹が立ってきた。

「アカンことはアカンとやな、言うたってるんやないか？」

「だからどうして、アカンヤツに言われなきゃいけないのって言ってんの！」

ふたりはすっくと立ち上がり、ののしり合いながら表に出ていった。

今度は店の中から外のケンカを聞くハメになった長一郎は、ほとほと愛想が尽きて言った。

「よくあれで教師が勤まってるよな……」

★仙太郎の格言★

音楽は

ちゃんとやらんと

オンチやぞ！

偏差値オバケ

秋の夜長。朝倉家の父娘《おやこ》は、茶の間でお笑い番組など見てくつろいでいた。一番風呂《ぶろ》に入った長一郎はもうパジャマ姿で、晩酌のビールを飲んでいる。

そこへ当家の下宿人、すなわち仙太郎が、機嫌よく風呂から上がってきた。

「あ〜いいお湯やった……やっぱり日本人には風呂が一番やな」

「長かったわね」通じないだろうとは思いつつ、素子はチクリとイヤミを言う。

「どうだ？　食うか？」長一郎が、ミカンをカゴごと仙太郎にさしだした。

「遠慮なくいただきます」案の定、仙太郎は悪そうなけぶりもなく、リラックスしている。

「じゃ、あたし、最後に入ろうかな、ヨッコラショっと……」素子は立ち上がった。

「そろそろ風呂掃除したほうがええで、湯垢《ゆあか》ついとったから」この男に気配りの三文字はない。

「自分で掃除くらいしろっていうの……下宿人のくせに大きな顔して……」

脱衣場で服を脱ぎながら、素子は文句たらたらだ。今も茶の間から仙太郎のバカ笑いが聞こえてくる。怒りをなだめつつ湯の中に入ろうとして、素子は目を見張った。

「あ、あ〜！」素子の悲痛な叫びが、風呂場にこだました。

「おまえ、どんなカッコしてんだよ?」娘の姿を見て、長一郎が顔をしかめた。風呂から飛び出してきた素子はトレーナーは着ているものの、腰にはバスタオルを巻きつけて、とても若い娘とは思えない格好なのである。

「お風呂の湯が少ししかなくて入れないのよ」キリキリしている素子に、半身浴してたんや、と仙太郎はケロリとして答えた。

「お湯を3分の1くらいにして20分以上つかってるとな、自律神経が休まってくんのや。わかるか?　自律神経。教師の仕事はストレスとの戦いやからな」

「あたしはね、あんたと暮らしてることがストレスとの戦いよ!」

「じゃ、素子も半身浴したらええねん、ね、親っさん」

「そうそう、最近、怒りっぽいぞ?」

「だから、こいつと暮らしてるからでしょ?」

「こいつてな、教師が言うもんちゃうぞ」

「あんたねえ〜!」素子の怒りが臨界点に達するまさにその寸前、電話のベルが鳴った。

「電話」長一郎に言われ、素子はぐっと腹立ちをのみこみ、しぶしぶ受話器を取った。

「はい、朝倉です……はい、あたしですけど?　え?　先輩?」無愛想だった素子の声が、途中でワンオクターブ高くなった。「お久しぶりです!　お元気ですか?」

「男からかな?」「たぶん……」長一郎と仙太郎は、電話に聞き耳を立てつつささやきあう。

「あたしのほうはいつでも――明日ですか？　ええ、大丈夫です」

素子はウキウキした声で言うと、上機嫌で電話を切った。


すがすがしい朝、富士見が丘小学校の校庭は、落ち葉のじゅうたんを敷き詰めたようである。

いつものようにきっちりとネクタイを締め、学校に向かう小野寺の後ろから、自転車の仙太郎が「アッくん！」と猛スピードで追いついてきた。

「アッくん、大変やぞ」開口一番、仙太郎は言った。「デートや」

「デートって？」小野寺はきょとんと仙太郎を見た。

「鈍感やな、今日、素子がデートするんや」

「ええ～！」これぞ仙太郎の望むリアクションである。

仙太郎は昨晩のいきさつを話してやった。電話の相手は大学の時のテニス部の先輩だという。生徒たちが挨拶《あいさつ》しても、小野寺はもうそれどころではなく、確信に満ちた顔で断言した。

「絶対、キャプテンですよ！　テニス部といえばキャプテンなんです！」

「あの、朝倉先生……」小野寺は、さっきから素子に話しかけようとしては挫折《ざせつ》している。

まごまごしているうちに西尾に呼ばれて、素子は向こうに行ってしまった。

「あの……その……根性ないの」仙太郎がきて言った。「ハッキリせんからアカンのや」

「じゃ、ハッキリ言います。桜木先生」キリッと顔を上げると、小野寺は小声で言った。

「今夜、泊まりに行ってもいいですか？」

「ハハン……素子の帰りが気になるんか？」

「違います！　ボクは日本の教育の現状を語り合いたいんです！」


1時間目、5年3組は算数の授業の真っ最中。黒板の問題を、生徒たちが解いている。今日は分数計算だ。当てられた生徒たちは、解答を書いて席に戻り、最後にひろしだけが残った。

「きのうしたとこやないか？　まず通分してみ。分母はどんな数字になる？」

「ン〜と……」ひろしは、ジ〜ッと穴のあくほど問題を見つめている。

「よし、もうええ」と、仙太郎はひろしの頭をなで、「無理に頭使うとな、知恵熱出てくるからな。ほら、席につけ。ほかの人に解いてもらうから、よお見とくんやぞ。誰か、これできるもん」

「はあい」と手を挙げる生徒たちの中で、白石秀一だけが熱心に机に向かっている。

「委員長、なにしてんのや？」仙太郎の質問に、白石は「勉強です」あっさり答えた。

そばに行って見てみると、机の上に広げているのは、教科書ではない。

「今、授業中やぞ？」

白石によると塾で実力テストがあるのだという。教科書に載ってるようなやさしい問題は出ないので、先生は鈴木くんみたいな人たちの勉強を見てあげてください、という。

「落ちこぼれの面倒ってこと?」「まあ、白石と鈴木じゃレベル違いすぎだもんね」

白石に悪気のないぶん、ギャルチームのめぐみたちがズケズケと言った。

「委員長、偏差値70! かたやひろしくん、偏差値20ってとこ?」野村がすぐ尻馬《しりうま》に乗ってはしゃぎだす。「サル並みだよ、それじゃ」おちゃらけトリオの岸がサル真似を始め、とたんに騒がしくなっていく……という、3組のいつものパターンだ。

クラスメートの軽口に傷ついて、ひろしはしょんぼりうつむいている。

「こらこら、そんなこと言うな。白石もみんな一緒に勉強してんねんから勝手なことはすんなよ」

「わかりました。じゃ、先生、この問題、解いてください。そしたら授業聞きますから」

わかった、と気安く請けあう仙太郎を見て、野村は「先生、大丈夫なんすか?」と、案じている。

「当たり前や。塾の問題いうても5年の問題なんやろ?」

仙太郎は自信たっぷりに問題を黒板に写しはじめた。

「最近の塾のレベル知らないんじゃないの?」と法子。

「バカを証明することにならなきゃいいけど」「ほんと」晶とあゆみが先を見越して言っ

た。

予想どおり、途中で仙太郎の顔色が変わった。クラス一同じっと見守る中、ああでもない、こうでもないと一生懸命考えるが、時間だけが刻々と過ぎていく。

「先生、もういいよ。熱が出ちゃうよ」ひろしが心配そうに言った。ドッと笑い出す生徒たち。

「え〜っと」仙太郎はムキになって黒板に向かっていたが、熱の代わりに鼻血が出てきて、どうにも情けない先生なのである。

その夜、店じまいした『悟空』のテーブルで、仙太郎は例の問題を小野寺に教わっていた。

「そうじゃなくて、こうです」

「あ、そうか……そやけど、これほんまに5年生の問題なんか？　難しすぎぎんちゃうか？　こんなんやってたら、そら教科書なんかやっとれんやろな」

「最近の塾はレベル上げてきてますからね。たぶん3年前に駅前にできた大手の進学塾だと思いますよ。あそこは御三家の合格率は全国でナンバー1ですし」

御三家とは開成《かいせい》、麻布《あざぶ》、武蔵《むさし》の都内の有名私立中学のことである。

「しかも偏差値によってクラス分けがあるんですよ。上からABCDEFって。以前、ボクの受け持ってた生徒も通ってたんですけど、ノイローゼになって辞めました」

「ノイローゼ？　小学生が？」

「今は、偏差値という物差しでしか自分を許れない子供も多いんです。そんな子供たちは、テストでいい点がとれないと自分が否定されていると思いこんでしまうみたいで」

「ふぅ〜ん、オレにはよおわからんけど……」

「偏差値のプレッシャーを受けたことがない人には、わからないんです。ボクはいちおう、学習院でしたから」

自慢そうにしゃべっている小野寺を無視して、仙太郎は再び問題に取り組んでいる。

「じゃ、先に休ませてもらうから」と、長一郎が店に顔を出した。

「あ、そうだ、アッくんよ。今夜、うちに泊まるってちゃんとママにお電話しといたかい？」

長一郎は小野寺をからかって、クククックッと笑っている。もちろん、仙太郎もだ。

「……朝倉先生のお父さん、まだボクのことマザコンだと思ってるんでしょうか」

「そうなんちゃうん」

仙太郎のすげない返事にムッとしたらしく、小野寺は急にトゲトゲしくなって言った。

「こんな問題ができないなんてね、だから教員採用試験にも落ちるんですよ？」

「教員免許は持ってるで」

「当たり前ですよ。でも、来年も危ないんじゃないですか？」

「人の弱いとこをつきよって……」

「ほんとのことを言ったまでです」

「素子にもそれくらい強気で言えよ」

「そういえば……遅いですよね、朝倉先生」

「そやな、もう10時過ぎてるな。久々の再会で盛り上がってんのとちゃうかァ～？　なんせ相手はテニス部のキャプテンやからな」

その時、店の前でブレーキの音がした。仙太郎と小野寺が大急ぎで戸の隙間から外をのぞくと、シルバーメタリックの車の前に素子と長身の男性が立っている。素子の大学時代の先輩――キャプテンこと、山岸俊輔《やまぎししゅんすけ》である。

「今日はどうもごちそうさまでした」

「どういたしまして。あ、朝倉」素子より3つ年上の山岸は爽《さわ》やかな好青年という感じである。

「『朝倉』『先輩』やて、なかなかええムードやないか？」

「さっきの話、ちゃんと考えててくれよ。オレ、真剣なんだから」山岸が真面目な顔で言った。

「はい……わかってます」

意味深な会話をしたあと、山岸は「じゃ、おやすみ」と車に乗って帰っていった。

素子が先輩の車を見送っていると、背後でガチャーン！　と大きな音がした。のぞきに出てきた仙太郎と小野寺が、店の自転車を倒してしまったのである。

笑ってごまかしたものの、小野寺の胸には、どんよりと暗雲が立ちこめていた。

「さっきの話ってなんなんでしょうね？　真剣に考えてほしいって言ってましたよね……？　もしかして、プロポーズなんてことないですよね……？」

夜、仙太郎と枕を並べながら、小野寺はひとり言のようにつぶやき続けている。

「あ〜寝られへん……」仙太郎は、うるさそうに寝返りを打った。


翌日の国語の授業中、仙太郎はあくびをかみ殺しつつ、生徒たちに教科書を読ませていた。

「はい、続きを読んでくれる人」

子守歌のような朗読の声を聞きながら机の間を歩いていると、白石がまた塾のテキストを勉強している。しかし、きのうと同じ失敗を繰り返す気はないので、ここは見て見ぬフリをする。

仙太郎は気づかなかったが、栄光《えいこう》進学塾に通うお嬢《じょう》グループ――すなわち、副委員長の飯田みゆき、関菜摘《せきなつみ》、宮下真理子の3人も、こっそり塾の勉強をしていたのである。

放課後、白石たち塾グループに対してほかの生徒たちが仙太郎に抗議を申し立ててきた。

「最近ムカつくのよ、エラい進学塾に行ってるかもしんないけど、私たちはエリートでございますって顔してさ」法子である。

「それにね、授業中に塾の勉強していいわけ？　校則違反じゃないんですか？」と晶。

「先生、ちゃんと注意してよ」あゆみが仙太郎に詰め寄った。

「わかってるよ……」

「しかも、掃除までサボっちゃダメダメでしょ？」と、これは野村だ。

「それは、ボクがいいって言ったから……」ひろしはシュンとしている。塾の宿題があると言って、白石とお嬢グループは気のいいひろしに掃除を押しつけ、帰ってしまったのだ。

「先生、これはれっきとした偏差値差別だと思います」坂下が言った。

いっせいに「そうだそうだ」と声があがる。

「先生は賢いからって、あいつらを特別扱いするんですか？」晶が猛然と食ってかかる。

「ちゃうよ、ちゃうがな……」

「だったら、ビシッと言ってやってくださいよ、ビシッと！」法子が言った。

「そうっすよ、塾の問題なんか、ビシッと解いてやって、『問題が解けたぞ、どんなもんだい』って、言ってやってくださいよ」これは野村である。

「それができたら苦労するかいな……」ボソボソひとりごちる仙太郎。

「偏差値差別反対！」「平等に扱え！」「えこひいきするな！」

あれやこれや責められ続け、仙太郎はほとほと疲れてしまった。

「ここやな……」仙太郎が見上げているのは、栄光進学塾の大きな看板だ。自動ドアをくぐると立派なロビーがあり、『御三家合格率ナンバー1』の垂れ幕の文字が飛び込んでくる。その下に、御三家の合格者の名前がずらりと並び、中学の入試合格実績のグラフなどが壁一面に貼り出されている。

「……よお調べてんな……」仙太郎は素直に感心している。棚に置いてあった塾のテキストをなにげなく手に取り、パラパラめくってみた。今まで見たこともない図形や数式が並んでいる。

「見んほうがよかった……」クラクラしてきた頭を抱えていると、「ご父兄の方ですか？」と、事務員らしき女性から声をかけられた。

「授業のようすは、そちらのモニターでご覧になれますので」

見ると、壁に埋めこまれた6台のテレビモニターが、各教室の授業風景を映し出している。

「金もかかっとんな……」驚いて眺めていると、そのうちのひとつに白石の姿を発見した。

「お、委員長、やってんな……ン？　どっかで……」講師の顔を見て、仙太郎は考えこんだ。

「あ、素子のキャプテン……？」

白石のいるAクラス——すなわち、この名門塾でもトップクラスの教室では、キャプテンこと講師の山岸が黒板の問題の解き方を解説していた。

「いいか？　じゃ、次の問題」いいも悪いも、生徒の返事を聞く前に、山岸はすでに先へ進んでいく。

教室の中は緊張感にあふれ、聞こえるのは、チョークの音と、生徒たちのエンピツの音だけ。

白石もほかの生徒たち同様、黒板の問題を必死に書き写している。うっかり消しゴムを落としてしまったが、エンピツを動かす手は休めず、片手で筆箱から別の消しゴムを取り出す。

「じゃ今日はここまで。今から、今日の復習のプリントと、計算プリント、それに開成の入試問題から抜粋した応用問題を配るから、あさっての授業までには必ずやってくるように」

生徒たちはまだ黒板を写しているが、山岸は構わずプリントを配った。

授業を終えて帰っていく生徒の中から、山岸が白石を呼び止めた。

「あ、きみ、131番の生徒だよね。難しかっただろ？　宿題に出した平面図形の応用問題」

「あ……だいぶ苦戦しました」

「あれはおととしの麻布の入試問題を数字だけ入れ替えてみたんだ。きみだけだったよ、このAクラスでも正確に答えが出ていたのは」

「そうなんですか？」寝る間も惜しんで取り組んだ甲斐《かい》があった。昨日もベッドで寝ていない。

「当然、御三家を狙うんだろ？　きみなら大丈夫だ。今度の実力テストも期待してるよ」

「はい！」白石は頰を紅潮させ、うれしそうに答えた。


一方、ロビーの仙太郎である。椅子に座って、帰っていく生徒たちの賢そうな顔を眺めていると、廊下の向こうにみゆきたちお嬢グループの顔が見えた。

声をかけようとしたとたん、先に3人が「あ、先生！」と叫んだ。が、3人は笑顔で立ち上がった仙太郎の前を素通りし、「山岸先生〜」と猫なで声で駆け寄っていった。

「なんだい？」キャプテン山岸は、縁無しメガネを人さし指で押し上げてニコッと笑った。

「質問があるんですけど。先生、彼女とかいるんですか？」みゆきが代表して言った。

「そういう質問か」山岸が苦笑した。

「あたしたち、今、今度の実力テストに向けて頑張ってるんです。絶対、山岸先生のいるAクラスになりたくて」みゆきが積極的にアピールする。

「カッコいい先生だとヤル気が出るもんねえ」「そうそう。ヤル気って先生によるんだって初めて知りました」菜摘と真理子が言った。

「悪かったな……」植え込みの陰に隠れている、ヤル気が出ないほうの先生がつぶやいた。

「どうなんですか？」とみゆき。「いるんですかあ？」と真理子はカワイコぶりっこしている。

「さあね、ヤル気なくされると困るしな。じゃ、こうしよう。きみたちが、ボクのクラスに入れたら教えてあげるよ。だから、今度の実力テスト、頑張ってくれよ」

「じゃ頑張れるように握手してください」「あたしも」３人はキャッキャはしゃいでいる。

仙太郎はまったくもっておもしろくない。その時、いきなり後ろから声をかけられた。

「桜木先生？　なにやってるんですか？」白石が立っている。

「あ……いやな……」オタオタしていると、みゆきたちも気づいて振り返った。

仙太郎は仕方なく植え込みから姿を現し、なるべくピシッと見えるように姿勢を正した。

「遅くまで大変やな。なんか、うちの子供たちがお世話になってるようで。あの、わたくし、このコたちの小学校で担任してます、桜木と申します」

「で、なにか？」

「いや、塾がどんなとこか思いまして、ちょっと近くまできたものですから、ハハ」

「塾は学力をあげる場所です。本来なら、学校がその目的を果たすべきなんでしょうが、レベルが年々落ちてきてますからね」

「まあ……そうですかね……」

「落ちこぼれって言葉がありますね。今は勉強ができない子供だけでなく、勉強ができる、優秀な子供も学校の教育から落ちこぼれているんです。そういう偏差値の高い子供たちに十分学ぶ場を与えるのが私たち塾の仕事だと思っています」

滔々《とうとう》としゃべっている山岸を、白石は尊敬の眼差《まなざ》しで見ている。

「今の学校の現場では、せっかくの才能をつぶしかねませんからね。私はひとりでも多く、優秀な子供たちの才能を伸ばしたいんです。じゃ、失礼します」言うだけ言うと山岸は足早に去っていった。

「はあ……どうも……」仙太郎のほうは、居残りをさせられている生徒のようだ。

「さすが、言うこと決まってる」「やっぱりカッコいい」みゆきと菜摘は目をウルウルさせている。

「塾の問題ひとつ解けない、どっかの誰かさんとはちょっと違うわよねえ」

真理子が皮肉っぽく言うと、お嬢グループは「ねえ」と口をそろえて仙太郎を見た。

仙太郎はひとつ咳払《せきばら》いし、いいところを見せようと声をかけた。

「あ、みんな、ハラすいてるやろ？　どうや？　ラーメンでも食いにいけへんか？」

「いいです」みゆきが零コンマの速さで即答した。

「おい？　遠慮せんでもええのに……委員長、おまえは食べるやろ？　お金は先生が……」

「悪いんですけど、帰って宿題したいんですよ。1日気を抜くと、ほかのヤツらに追い越されてしまいますから。じゃ」

「なんかさみしい気分やな……」誰もいなくなったロビーで、仙太郎は思わずつぶやいた。

『悟空』に戻ってから、仙太郎はひとりで遅い夕飯をとった。

「こんな時間まで塾に通ってんのかい？　今のコは」長一郎があきれて言った。

「そうなんすよ、オレらの子供の時からは考えられませんけどね」

「子供はな、遊んでたらいいんだよ。学校から帰ってきたらランドセル放り投げてよ、近所の友達と駆け回ってんのが一番なんだよ」長一郎はそう言うと、今度は三郎に向かって言った。

「おまえは遊びすぎたんだろうけどよ。ほら、また帳簿間違えてるじゃねえか、バカヤロ」

「今はそうはいかないの。私立への中学進学を考えてるなら、やっぱり塾で勉強しないと。学校の勉強だけじゃ受かんないの」片づけを手伝っていた素子が言った。

「じゃ、おまえら学校でなに教えてんだ？」

「クラスにはね、いろんなコがいるの。同じことを教えても、すぐにわかるコもいればわかんないコもいる。出来るコはもっと早く進みたいだろうけど、そしたらついていけないコも出てくるの。今の学校では、落ちこぼれって言われてるついていけない子供と同じに勉強がよくできる子供の受け皿がないのよ」

「キャプテンと同じこと言うてんな」と仙太郎。

「キャプテン？」素子がけげんな顔をした。

「このまえ、車で送ってきたテニス部の先輩や。あの塾で講師しとったわ」

「あ〜、あの時やっぱりのぞいてたんだ、ヤラしい。そういえば、先輩、教師の質も落ちてきてるって言ってたな。塾のテキストが解けない教師がいるって、先輩、嘆いてた」

「……先輩、先輩ってな、どいつもこいつも……」詰まりつつ言い返す。

「先輩はいい人よ。今の日本の子供たちのことも真剣に考えてる」

「ははあ～ん。そこまで肩もつとこみたら、やっぱりアレは別れ際のプロポーズやったんか」

「プロポーズ？　聞いてねえぞ、オレは」とたんに長一郎が血相を変えて、娘を振り返った。

「違うのよ、あれはね」説明しようとする素子をさえぎり、仙太郎が言った。

「『さっきの話、真剣に考えてほしい』って言われてたんですわ」

「そうなのかよ？　だったら、なんで親のオレに黙ってんだ？　どんなヤツでも、オレの眼鏡にかなわなかったら許さねえからな」

すっかり仙太郎の話に乗せられた長一郎は、えらい剣幕で小言と質問を繰り返している。

「ごちそうさまっと」仙太郎は知らん顔で立ち上がり、さっさと階段を上がっていった。

「ちょっと」あとを追おうとする素子を、長一郎がしつこく引き止める。

「待て、素子！　そいつとはどういうつきあいしてんだ？　ン？」

「違うって、ホントに久しぶりに会っただけで」素子はウンザリしている。

逆襲に成功した仙太郎は、階段を上りながら、クククッとほくそ笑んだ。

翌日、休み時間の女子トイレ。お嬢グループが集まって、ヒソヒソ話をしていた。

「白石くん、絶対仮病よ」「実力テストまで時間ないもんね」「だからあたしたちもさ……

……」

頭を突き合わせて相談していると、三人娘が入ってきた。パッと口を閉じ、知らん顔で行こうとするお嬢グループに「待ちなさいよ」と、法子がハナからケンカ腰で言った。

「あんたたち、授業中に塾の勉強するのやめなさいよね」

「先生の立場も考えてやったらどうなの？」これは仙太郎びいきの晶だ。

「なあんで考えなきゃいけないのよ？　それならもっと賢くなりそうな授業してくれりゃいいのよ。ねえ？」真理子が得意の憎まれ口で反撃する。

「じゃ、学校こないで塾だけ行ってれば？」とあゆみ。

「あたしたちもそうしたいとこ。でも義務教育だから仕方ないでしょ？」

そう言って出ていこうとしたみゆきに、法子が舌鋒《ぜっぽう》鋭く言い放った。

「知ってんのよ？　カッコいいカリスマ講師がいるから行ってるって。ミーハーのくせにお高くとまってんじゃないわよ」

「あんたに言われたかないの。落ちたくせに」みゆきは勝ち誇ったように言った。

「落ちたって？」と晶が法子にきく。

「あの塾は入るのにテストがあるの。それに受かんなきゃ入れてもらえないの」

みゆきが説明すると、晶とあゆみは、あんぐりして法子を見た。

「文句あんなら、受かってから言ってよね」と、お嬢グループはツンとしてトイレを出ていった。

「ハハ、なあんかさ、あたし、カリスマって言葉に弱くてさ、ハハ……」

晶とあゆみは、ヘタな言いわけをする法子に、シラ〜ッとした目を向けた。

「熱なんかないやないか?」3人分の体温計を見て、仙太郎が言った。

昼休み、お嬢グループの3人が、次々に体の不調を訴えてきたのだ。

「ノドも赤くなってないわよ」保健の先生が、3人の口をペンライトでのぞきこんで言った。

「じゃ早退できないんですか?」みゆきはガッカリしている。

「当たり前や、どこも悪うないのに。さ、はよ教室戻れ」

「最初から休んだらよかった……」真理子がついポツリと漏らした。

「え? 真理子、どういうことや?」

菜摘がダメじゃない、と真理子を突ついている。

「なにかあるんか?」仙太郎に問い詰められ、真理子は観念したように答えた。

「……もうすぐ塾の実力テストなんで、それで家で勉強しようかなって……」

「白石くんだって、だから休んでるんです」みゆきも開き直って言った。

ここへきて、仙太郎はようやく事実を知ったのである。

放課後、仙太郎は白石の家を訪ねた。レンガ色の新しいマンションである。

「わざわざきていただいてほんとにすいません。うちでもね、そこまでしなくてもいいって言ってるんですけど」白石の母親が、お茶を出しながら言った。

「どうしても御三家に入りたいらしくて、今度の実力テストで合格圏の偏差値をとりたいって頑張ってるんですよ」

そこへ、塾の支度をした白石が入ってきて、ペコッと仙太郎に会釈した。

「お、委員長。風邪やなかったんやな、それはよかった」仙太郎が笑顔で言った。

「あんまり時間がないんです。もうすぐ塾の時間なので」白石は立ったまま言い、「お母さん、お弁当」と、母親を急《せ》き立てた。

「今日くらい休んだら？　ゆうべからろくに寝ずに勉強してるじゃない」

「行くよ。1日休むとその倍以上ほかのヤッらに引き離されるって山岸先生に言われてるから」

「……ちょっとだけええかな。話したいことあるんや」

「なんですか？」白石はしぶしぶソファに座った。

「おまえはできるヤツや。勉強もできるしスポーツもできる。おまけにリーダーシップもある。けどな、だからというて、学校のルールを守らんでもええいうわけやないんや。明日からはちゃんと学校にこい。それと授業にはちゃんと参加しろよ」

「……退屈なんですよ、わかりきったことを……」

「おまえからするとそうやろけど」

「ボクは、塾の勉強のほうが楽しいんです。どんどん知らないことを教えてもらって、やればやるほど認めてもらえる」

「けどな、学校は勉強だけするとこやないんや。いろんな友達とつきあっていく中で、お互いにわかりおうたり、ケンカしたりしながら、助け合う気持ちとか思いやる気持ちを学んでいく場所でもあるんや」

話を聞いているのかいないのか、白石はさっきから時計ばかり気にしている。

「先生の言いたいことわかるやろ？」

「どうして先生の言うこと聞かなきゃいけないんですか？」白石はイライラしたように言った。

「どうしてって……」

「先生には悪いけど、ボクには学校の先生より塾の先生のほうが信用できるんです」

「秀一！」母親が慌てて言った。

「山岸先生はボクの可能性を伸ばしてくれる尊敬できる先生なんです」

そう言って立ち上がり、仙太郎と母親にそれぞれ「じゃ、失礼します。行ってくるから」と玄関を出ていってしまった。

気を悪くされたんじゃと、謝る白石の母親に「大丈夫ですから、お母さん」とは言ったものの、仙太郎は大大大ショックを受けていたのである。

その夜、仙太郎と小野寺は盛大に酔っぱらい、肩を組んで商店街を歩いていた。

「もう一軒、行きますか？」

「そうしよ、そうしよ。なんや、人生のヤル気がうせてしもたわ……」

「ボクもです、朝倉先生とキャプテンがもしも……もしも……そうだったら……」

今日、素子にふたりの関係を聞こうと予行演習までしたのだが、例によってタイミングを外してしまったのである。

「ぜ〜んぶ、あのキャプテンのせいや」「そうです、キャプテンのせいですよ」

「アッくん……」「センちゃん……」道路の真ん中でひしと抱き合っていると、誰かが仙太郎の足をキックした。

「イタ！　……誰や？　人の足を」

見下ろすと、裕二が仙太郎を見上げている。「スペシウム光線、ビ〜！」

「やられた〜」条件反射でつい怪獣と化した仙太郎だが、ふと我に返った。

「ン？　なんでおまえがいるんや？　おまえがいるいうことは？」

「こんばんは。今お帰りですか？」買い物をしていたらしい綾子が、ニコニコしてやってきた。

仙太郎はピシッと背筋を伸ばすと、小野寺を指さしながら言った。

「ハハ、いえ、ちょっと、つきあえつきあえって無理にお酒を飲まされまして」

「ボクは別に……」口をとがらせている小野寺を見て、「こちらは？」と綾子が聞いた。

「うちの主任の小野寺先生です。こちら、朝倉先生のお姉さんや」

「お姉さん？」小野寺も急に居ずまいを正し、挨拶《あいさつ》した。「初めまして、小野寺と申します」

「初めまして。いつも素子がお世話になってます」

「今、帰りですか？」と仙太郎。

「ええ。晩ごはんにお鍋《なべ》でも作ろうかなって、買い物を」

「いいですねえ、これからの季節お鍋は。ボク大好きなんですよ、ハハ」

「それだったら、今度うちに食べにきませんか？」

「え？　いいんですか？」仙太郎の顔がぱあっと輝く。

「いつも裕二とふたりだけだから少し寂しくて」

「そうですよね、鍋は大勢で食べたほうがうまいんですよね、ぜひ声をかけてください！」

　先に駆けていった裕二が大声で母親を呼ぶと、綾子は笑顔を残し、息子のほうへ足早に歩いていった。

「綾子さんの手料理が食べれる日も近づいた……なんか人生のヤル気がまた湧いてきたな」

「幸せな人ですね……」小野寺のイヤミも、もちろん仙太郎の耳には入らない。

栄光進学塾で、実力テストが始まった頃、鈴木理髪店では、仙太郎がひろしに髪を洗ってもらっていた。

「ひろし、おまえは塾とかは行けへんのか？」

「うん、勉強そんなに好きじゃないし」

「いいんですよ、うちは。将来、床屋継ぐんですから、お金の勘定できるくらいの頭がありゃね」

ひろしの父親がニコニコしながら言うのを聞いて、母親のほうは、顔をしかめている。

「なに言ってんのよ、こんな店継いでどうするって言うの？　あたしはね、塾に行かせたいんですけど、本人がねえ」

「ボク30分以上勉強してると、ホントに頭が痛くなってくるんだよ」

「おまえと委員長を足して2で割れたらな……」と、仙太郎がタメ息をついた。

数日後、仙太郎は、実力テストが終わったあとも病欠が続いている白石のマンションを再び訪れていた。

「秀一、先生がきてくださったわよ。秀一？」母親が息子の部屋をノックして言った。が、返事はない。ドアは、中から鍵《かぎ》がかかっているらしい。

「ずっとこん中に閉じこもったままなんですか？」

「はい……食事だけは、ドアの前に置いておけば、食べてはくれるんですけど」

「そうですか……あ、ちょっとふたりで話させてもらってもいいですか？」

母親がうなずいて行ってしまうと、仙太郎は、閉まったドアに向かって話しはじめた。

「委員長、聞こえてるか？」

物が散乱している部屋の中で、白石は壁にもたれてぼんやり座っていた。

「あのな、たった1回や2回くらいよおない成績とったかて気にせんでもええんやぞ？　今度また頑張ればええんちゃうんか？　……そんな落ちこまんかてやなあ」

今日、女子のうわさで白石の欠席の本当の理由《わけ》を聞いたひろしたちが、仙太郎に知らせてくれたのだ。

「……うるさい！」中から声がして、ドアに物が投げつけられた。

「ボクがどれだけ勉強してきたか知ってんのか？　ほかの誰より勉強したんだ。なのに、AからBに落ちちゃうなんて……いつもみんなよりできて、みんなにうらやましがられていたのに……チクショ……」

白石は涙をこらえるために、手近にある物を次々ドアに投げつけた。

「委員長、おまえの気持ちわかるから。ここ開けて先生と話し合お、委員長？」

「わかるもんか！　落ちこぼれの先生になにがわかんだよ！」

仙太郎はどうすることもできずに立ち尽くしていた。

その日の夕方、塾にやってきたお嬢グループの3人は、ロビーの隅に仙太郎の姿を発見した。

陰に隠れてのぞきこむと、仙太郎は山岸とテーブルを挟んで向かい合い、なにか深刻な話をしている。

「白石ですか？　たくさんいるのでいちいち名前を覚えてなくてね」

山岸がファイルを広げて言った。たった今、仙太郎に聞いた生徒の書類を探すためだ。

「ああ、ありました。131番の生徒ですね。確かに、この前までは私のクラスでしたけど、今はBに落ちてますね。それでこの131番のことでなにか？」

「白石秀一です。すごく落ちこんでるんです。勉強したのに成績が下がってしもうて。それで山岸先生のほうから励ましてやってもらえないかと思いまして」

「私がですか？」山岸は迷惑そうな顔を隠そうともせず言った。

「はい、お忙しいと思いますが、なにかやさしいひと言でもかけていただけたらと」

「御三家が希望だと131番は書いてますが、毎年、何千何万の子供たちがその頂点を目指して死に物狂いで頑張ってるんです。勉強についていけない者はもちろん、精神的に弱い者も脱落していくのは当然です」

「でも、先生は子供たちの能力を育ててあげたいと……」

「私についてこれる子供たちのね。落ちこぼれは別です」

「白石は落ちこぼれじゃありません」仙太郎はムッとして言った。

「落ちこぼれですよ。現に、もう逃げ出してるじゃありませんか？　131番はもうダメです」

　みゆきたちは、山岸の口から出たその冷たい言葉に思わず顔を見合わせた。

「言っておきますけど、私たちはビジネスでこの受験産業の仕事をしているんです。とくにうちは有名私立の合格率が全国でトップの塾なんですよ。優秀な生徒たちを偏差値の高い、いい学校に入れるのが私たちの仕事なんです」そこで山岸は、フッと片頰に薄笑いを浮かべた。

「学校の先生方みたいに、適当に子供の相手をしてそれですむ仕事じゃないんですよ」

「……それでもお願いします。白石は、山岸先生のこと尊敬してるんです。オレより山岸先生のほうを信用してるんです。励ましてやってください、頼みます」

「どうしてそこまで」山岸は少しあきれて言った。

「それは——オレのクラスの生徒やからです」と、仙太郎は椅子を下り、床に土下座して頭を下げた。「お願いします、励ましの言葉、かけたってください」

　山岸が困惑しきった顔でやめさせようとするが、仙太郎は頭を上げようとしない。

「……時間があったら、電話でもしときますよ」これ以上関わり合いたくないという態度をあからさまに見せ、山岸はそそくさと行ってしまった。

「ありがとうございます！」

　そんなぶざまな仙太郎の姿を見ても、みゆきたちはなにも言わず、ただじっと陰から自分たちの先生を見守っていた。

夕方、白石の家に上がりこむと、仙太郎はさっそく部屋のドアに向かってしゃべりはじめた。

「よ、委員長、元気にしてるか？……今日は先生、おまえにとことんつきあうつもりできたからな。覚悟しとけよ！　なあ〜んちゃってな、ハハ。餃子《ギョーザ》やチャーハンもたくさん持ってきたんや。おまえのぶんもあるぞ」

仙太郎は岡持ちから長一郎に作ってもらった料理を取り出し、その場に座りこんだ。

「委員長よ、人生はな、山あり谷ありなんや。今が一番谷底やと思てるやろ？　それはじつはええことなんや。考えてみ、あとは上しかないやろ？　今より悪なることはないってことや」

仙太郎は腰を据えて語りはじめた。部屋の中で大の字に寝転んでいた白石は、聞きたくもない話を聞かされて、「勘弁してくれよ……」と閉口している。

「先生もな、一番底の底を経験したことがあるんや。あれは、二度目の教員採用試験に落っこちてしもうた時や、先生になってクラス持つことが夢やったのに、2年続けて落ちてしもうた。ショックやった、あの時は。でもな、やっぱり、自分のクラス持つんや思って、絶対、あきらめたらあかん思って、東京きたんや、それで、5年3組のみんなに会えたんや。ええこともあるんやぞ……」

クッションで耳をふさいでも、仙太郎の大声はいやおうなく聞こえてくる。外はすっかり暗くなり、仙太郎はチャーハンをもりもり食べながら話し続けている。

「……先生の初失恋は中1の時や。あの時はメシ3日くらいノド通らんかった。あ、おまえ、ほんまに食わんでええんか？」

そこへ、帰宅してきた白石の父親が妻と一緒に現れ、当惑したようすで仙太郎に会釈した。

「あ、お邪魔してます」仙太郎は少しも悪びれず、ニコッと挨拶《あいさつ》を返す。

「あの……もう遅くなってきましたし、そろそろ……」

父親が遠回しに切り出したが、婉曲《えんきょく》的表現とは無縁の仙太郎である。

「大丈夫です。晩メシもこうして食べてますから、気にせんといてください。すんません」

白石のぶんの料理は、手つかずのままラップをかけて置いてある。自分のぶんの食事を終えると、仙太郎は廊下の大きな出窓から、澄み渡った暮秋の夜空を見上げて言った。

「今日はぎょうさん星が出てるわ。おまえの部屋からも見えるか？」

仙太郎の穏やかな声音につられて、白石はふと部屋の窓を見上げた。大小の星が一面に瞬いている。星なんて、久しぶりに見たような気がする。教科書の天体図以外では。

「宇宙はな、終わりがないほど広いらしいわ。そんな宇宙から見たら、地球なんかちっぽけな星やろな。その地球にいるオレらなんかもっともっとちっぽけな生き物や」

「…………」

「そやのにな、みんな悩み持って生きてるんや――先生な、おまえの言うとおり、落ちこぼれや思てる。いつも誰かに助けられて今まで生きてきたんや。それが友達やったり、親やったり、ガッコの先生やったり。そやから、自分も人を助けられる人間になりたいと思てるんや。誰かが苦しんだり悲しんだりしてる時、励ませる人間にな」

白石は、窓からドアへと目を移した。

「けど、なあんにもでけへんな、おまえのために……ごめんな。でもな、先生、おまえが出てくるまでここにおるから――ずっ〜とおるで」

「……先生……」白石が、小さくつぶやいた。


体の節々が痛みだして、仙太郎は「ン？」と目を覚ました。一瞬、自分がなぜ廊下に寝ているのかわからなかったが、ハッと気づいた。「寝てしもうたんや……」

仙太郎はふと部屋の前を見た。ラップをしていたチャーハンと餃子がきれいになくなっている。そういえば毛布も……。仙太郎の口に笑みがこぼれた時、ガチャッとドアが開いた。

「おはようございます」ランドセルをしょった、いつもと変わらぬ白石が立っている。

「委員長……おまえ、学校へ？」

「いつまでも先生に居座られると困りますから」

「そっか」仙太郎はほほえんで言った。

「でも、塾はやめません。またAクラスに戻って御三家を狙います。それがいちおう、今のボクの目標ですから」白石はそう言って、ニコッとした。

「それより、早く先生も学校へ行く支度をしたほうがいいんじゃないんですか？」

「今何時や？」仙太郎がハッとして言った。「8時ちょうどです」と白石。

「ヤバい……あ、器はあとから取りにくるから、オカンに言うとけ、じゃ」

仙太郎はバタバタ玄関を出ていった。まったく朝から騒々しい先生である。

白石は、そんな仙太郎をとびきり明るい笑顔で見送った。


5年3組の教室では、みゆきたちお嬢グループが机に集まって、キャアキャア騒いでいた。

「あ〜ら、勉強しなくてもいいの？」法子が近くに寄ってきて、当てつけがましく言った。

「塾やめたから」あの熱中ぶりはどこへやら、みゆきはこともなげに答えた。

「あのカリスマ先生、ブスでも美人でもなんでもいいのよ。頭さえよけりゃ」

「いい金づるにされてたんだよね、あたしたち」

菜摘と真理子も、きのうと180度意見が逆転している。三人娘はあ然と顔を見合わせた。

「できた」というみゆきの声。カラフルに色を塗り上げられたポスターを見て、三人娘はまたまたビックリ仰天だ。

「桜木仙太郎、ファンクラブ〜？」

「そ、桜木先生、なかなか頼り甲斐《がい》ありそうだし」「ダサいとこもあるけど、そこは大めにみることにしたの。ね？」と3人でうなずきあっている。

塾で目撃した一件以来、お嬢グループはすっかり仙太郎派に転んでしまったのだ。

「あんたたち、先生のことバカにしてたくせに」「あたしたちに相談もなく、勝手なマネしないでよ」晶とあゆみが文句をつけはじめた。いつにも増して、騒がしい朝である。

今日は満員御礼（？）の5年3組である。算数の授業は、前回に引き続き分数計算だ。

「できたヤツは、まだわからんヤツにちゃんと教えたれよ」仙太郎が言った。

「こうするんだよ」白石が、ひろしにもわかるように、ゆっくり丁寧に説明してやっている。

「あ、そっか。わかった」ひろしはうれしそうに言った。

「白石くん、教えるの上手だね。でもいいの？　自分の勉強しなくて」

「人間、これくらいの余裕がなくちゃ。じゃ、次の人」

仙太郎はほほえんで、教室の窓から空を見上げた。夜空もいいが、気持ちよく晴れ上がった空は、もっといい。

「あのキャプテンに塾の講師に誘われてたんか？」

カウンターで夕飯のラーメンを食べながら、仙太郎は素子の話を聞いてえっとなった。

「そ。お給料も今よりいいし、労働時間だって短いし」素子がいつものスウェット姿で言った。

「ガッコの先生辞めて、塾の先生なるつもりやないやろな？」

「アカンの？」と素子。「当たり前や」と仙太郎の即答が返ってくる。

「なんで？」

「そんなん、そんなん……ガッコの先生のほうがええに決まってるんや」

山岸のように理路整然と論破したかったが、結局考えつかない仙太郎である。

「理由になってない。バカ丸出し」

「バカ？　バカ言うたな？　アホは許すけど、バカは許せんぞ」

「はいはい、どっちでも一緒でしょ？」素子は仙太郎を相手にせず、ラーメンをすすっている。

「で、どうすんだ？」と長一郎。

「もちろん、断ったわよ。あたしは好きで今の仕事してるんだって」

「おいこら、無視すんな。バカはアカンていうことハッキリさせとこ。言うとくけど、関西人にとってはな、アホよりバカのほうがキツいねんぞ？　わかってんのか？」

「バカバカしい」素子はうるさそうに言った。

「あ、2回も繰り返したな。よおしわかった、表に出ろ、今日という今日はほんま……」

「よさねえか、いつもいつも」長一郎が、毎度うんざりして言った。

★仙太郎の格言★

赤信号
みんなで渡れど
事故でっせ！

イジメられていた先生

冬が駆け足でやってきそうな気配の、寒い朝である。

「大丈夫か？」仙太郎は、自転車をゆっくり漕《こ》ぎながら、素子に聞いた。

「平気」と言ったその口で、素子はコンコン咳《せき》をしている。風邪を引いてしまったらしい。

「またハラ出して寝てたんちゃうか？」

「見たの？　見て言ってんの？」素子がムッとして言い返すと、「見るわけないやろが……」と仙太郎はまったく関心なし、という顔。

「じゃ、あたしがハラ出してるかどうかわかんないでしょうが！……」

思いきり怒鳴りたいのだが、大声を出そうとすると、咳がコンコン邪魔をする。

「ほらほら。今日くらい静かにしとき」

素子はぱっとマスクを外し、仙太郎の顔の前でコンコンコンコンとやりはじめた。

「人にうつしたら治るって言うでしょ？」

「なにすんねん？　アホ、やめとけ――やめ言うてんのに」

逃げ回る仙太郎を追いかけていると、子供たちが「おはようございます」と登校してきた。

「おはよ」「今日も元気にいこな」生徒の前では、先生の顔に戻るふたりである。

その日、富士見が丘小学校の校庭では、後期児童会役員の選挙運動が繰り広げられていた。

タスキをかけた各クラスの立候補者があちこちに立っており、中でも、5年1組はひときわハデな応援で注目を集めていた。プラカードやチラシ、女子によるチアガール団までいる。

「富士見が丘小学校のみなさん、おはようございます！　このたび生徒会の副会長に立候補しました5年1組の水野利紀《みずのとしき》です！　水野利紀をよろしくお願いします！」

水野は、メガホンを片手に、登校してくる生徒ひとりひとりに握手している。

「すごいな、1組は」

「一致団結ね。あ、うちもやってる。2組もごくろうさま、頑張ってね」

「ところで、うちのクラスはと……」

仙太郎がぐるっと見回すと、いた、いた。校庭の一番端っこに、男子がふたり、ポツンと恥ずかしそうに立っている。3組の立候補者、若林大悟《わかばやしだいご》と応援のひろしである。

「このたび……副会長に立候補した……5年3組の若林大悟……です……」

若林はしどろもどろ、ひろしのほかはクラスメートの応援もプラカードもなく、唯一選挙の立候補者とわかるのは、ヘタクソな字で名前を書いたヨレヨレのタスキだけ。

「ショボすぎやないか……」情けない我がクラスに、ガクッとする仙太郎であった。

職員室に入ると、ちょうど小野寺が白い錠剤を大量に口に入れたところだった。

「おはよ、なんやそちらも風邪か?」

「あ、おはようございます。胃薬です、ちょっと胃の調子が……」

そこで、小野寺は素子のマスクに気づいた。

「朝倉先生? 風邪ですか? 気をつけてくださいよ、風邪は万病のもとっていいますから」

「ありがと」素子にニコッと礼を言われ、小野寺はポオ〜ッとしている。

「けど、1組はやるな。クラス全員で盛り上がってるやないか」

「ええ、子供たちがみんなで水野くんが当選するために頑張ろうって」

「小野寺先生の指導がいいからよ。どこかの誰かと違って」素子の目は仙太郎を見ている。

ムッとしている仙太郎の横で、なぜか小野寺はあいまいな笑顔を浮かべた。

「うらやましいわ。うちは男子と女子の候補がぶつかっちゃって。最後は多数決で女子に決まったんだけど。そうなると男子を応援していた子供たちが手伝わないのよねえ」と西尾。

「うちは、3人立候補したい人がいたんだけど、よく話し合って決めたから」と素子。

「桜木先生のクラスは?」

「あ、うちはなり手がおらんかったんで……まあ、一番あとくされがない方法で決めました」

「まさか、クジなんかじゃないでしょうね？」素子が鋭く突っこんだ。

「ええ、まさかそんなこと、ハハ……」仙太郎は弱々しい声で否定したのだった。

　小野寺は廊下の鏡に顔を映し、ネクタイを締め直すと、にわかに緊張した表情になった。

「おはようございます。今日は、ほかのクラスの先生たちにホメられました。みんな選挙運動を頑張っているようですね」

　小野寺が教壇に立っても、1組の生徒たちは席にもつかず、ガヤガヤ騒いでいる。

「それでは出席をとります――安藤《あんどう》くん」小野寺は教室を見回し、「きてますね。石井《いしい》くん」と、また見回し、生徒の姿をひとりひとり確認しては、出席簿にマルをつけていく。

　小野寺はそうやって、返事をしない生徒たち――クラス全員の名前を読み上げていった。

　一方、5年3組の教室では、仙太郎が子供たちにハッパをかけていた。

「若林はうちのクラスの代表やないか？　みんなで、力を合わせて選挙運動を盛り上げていこうや？　な？」

「けど、アレで選んだ代表じゃあね」三人娘の法子が、後ろを振り返って言った。

「このクラスで一番、運の悪いヤツってことでしょ？」と晶。

「そんなヤツ、全然応援する気にもなんない」あゆみはそう言って、若林をチラッと見た。

法子の言うアレとは、後ろの壁に貼り出されている、32本のアミダクジである。大当たりのマークを下から赤ペンでたどっていくと、若林大悟の名前が大きな花丸で囲んである。

「それは運が悪いんやない。32分の1の確率で、運よく当たったんや。な、若林」

「……でも、やっぱり運が悪いと思う」と若林。

「もっと自信を持て。副会長ぐらいなれる。やったらできるんやぞ？」

「……無理っす。だって、ボク、学級委員ですらやったことないんだよ？　どうして副会長ができんのさ……」

「先生、やっぱり話し合いで決めたほうがよかったんじゃないですか？」

委員長の白石がもっともな意見を言った。

「委員長の言うとおりっすよ。おもしろがってアミダなんか作っちゃうから」野村も同意見だ。

「アミダクジ、アミダクジって先生の子供の頃、流行《はや》っとったんや、そやから、つい……」

クラス中から冷ややかな目で見られて、仙太郎は居心地悪そうにゴショゴショ小声で言った。

「……みんなも賛成したやないか？　今になってそんな目で見られても……」

「みんな、やろうよ。若林くんが副会長になれるように応援しようよ」ひろしが立ち上がった。

「そうや。先生が言いたいんは、選挙運動をみんなで頑張ってやっていこうということなんや」

「選挙なんて興味ないし」「面倒くさいだけじゃん」「誰がなっても一緒だし」「なにが変わるってわけでもないっしょ？」——男子も女子も、口々に不服を言いはじめた。

「そんなことじゃな、このニッポンはどうなるんや？　おまえらみたいなヤツが選挙行けへん大人になるんやぞ？……」

仙太郎の説得も空しく、結局、放課後のポスター作りに残ったのは、仙太郎とひろしのほか、立候補者の若林、そして野村と立野の計5人である。

「これでいい、先生？」と、ひろしが描き終えたポスターを見せた。

「ああ、ええんちゃうか」

「じゃもう1枚っと」さっそく下描きにとりかかっている。

「ひろし、おまえ、ヤル気やな」

「うん。ボク、若林くんに絶対！　副会長になってもらいたいんだ」

「なれるわけないって言ってんのに……恨みますよ、先生。あんなアミダなんか作って……」

張りきっているひろしとは逆に、若林は陰気な顔をして、出てくるのは泣き言ばかり。

「大当たりを引いたおまえの責任やないか？」

「若林くん、ボク、一生懸命応援するから。頑張ろうよ、ね？」

ひろしが励ましても、「やるだけ無駄だよ……」と、若林は後ろ向きである。

「まあ、若林くんの言うとおりっすよ。いくら頑張っても人には器ってもんがあるし」

野村が、ポスターに色を塗りながら言った。「そうそう」と立野が合いの手を入れる。

「それにボクたち、4人だけじゃあね」

友人たちから言われて、ひろしはちょっぴりしゅんとなった。それを見ていた仙太郎が、

「そんなこと言うなよ——よし、わかった！　今度、『悟空』のラーメンおごったろ？

これでどうや？　ン？」

「今時ラーメンくらいで……な？」野村はバカにしたように言い、立野を振り向いた。

「おかわりしていいの？」立野の表情が、生まれ変わったように生き生きと輝いている。

「ああ、ええぞ」

「手伝うよ、ボク、ヒマだし」ニコッと笑顔の立野。「野村くんも、ね？」とひろし。

「……わかりましたよ」野村はタメ息をつき、机からエンピツを取りあげた。

「じゃ、先生、ここに一筆お願いします」

「なんや？」

「先生、言ったことよく忘れるから。ちゃんと書いといてくださいよ」

「相変わらずおまえはしっかりしとんな……」つぶやきつつ、エンピツを取る仙太郎であ

る。

ひろしの苦心の作の似顔絵に比べ、1組は水野の写真や、ちゃんとしたワープロ文字が使われていて、本物の選挙ポスターみたいである。

「これ、差がつきすぎやな……」仙太郎が、思わず本音を漏らした。

「1組のヤッら、どこかの印刷屋で作らせたんじゃないの？」

野村が八つ当たり気味に言った時、後ろから声がかかった。

「そんなことないよ。みんなでパソコンを使って作ったんだ」

水野たち1組の生徒が立っていた。

「きみが3組の候補者の若林くんだね。今度の選挙、正々堂々とお互いに頑張ろうね」

水野は感じのいい笑顔で、若林に手をさしだした。

「あ……ども……」

「ほんとは会長に立候補したかったんだけど、5年は副会長って決まってるだろ？　ボクが当選したら、誰もが会長に立候補できるようにまずは規則を改定したいんだ」

「ほお、もうそこまで考えてるんか？」と仙太郎が感心する。

「ええ。選挙の公約のひとつに入れてるんです」

「公約って？」若林に小声で聞かれ、立野は「さあ……」と首を傾げている。

「じゃ、桜木先生、失礼します。みんな、行くよ」

「失礼します」1組の生徒たちは、まるで訓練された犬みたいに、水野に従って歩いていった。

「あれがリーダーいうもんなんかな、さすがやな……」

水野が率いる一団を見送りながら、ひろしだけが、水野の後ろ姿をにらんでいた。


仙太郎たちが夕飯を食べていると、『悟空』の調理場で、長一郎が立て続けにクシャミをした。

「親っさんの風邪、ひどなってんのとちゃいますの?」仙太郎がカウンターから言った。

「一度病院に行ったら?」自分も風邪引きの素子は、いつものスウェットの上下に、色気のないあったかそうなハンテンを着こんでいる。

「これくらいどうってこたねえ、大げさなんだよ。はい、餃子《ギョーザ》2人前あがったよ」

三郎にお皿を渡そうとして、また大きなクシャミがひとつ出た。

「あ……」とっさに手で餃子をおおう三郎。素子が「それ出すの?」と声をひそめた。

「大丈夫や」と小声で仙太郎。長一郎に至っては「早く持ってけ」と手振りで急《せ》かしている。

その時、「こんばんは」と、小野寺が長身を屈《かが》めながら店に入ってきた。

「おお、アッくん。なんや?」

「ちょっとお話というか……よろしいですか?」小野寺は礼儀正しく長一郎に聞いた。

「どうかしたの？」素子が、思い詰めているような顔の小野寺に気づいて言った。

「まあ……その……大したことじゃないんですけど……」

「なにかクラスで問題？」

「問題なんかあるわけないやん。あんなええクラス担任してて。とくに水野、あの年でしっかりしてるな。ああいうのがクラスにおったら教師もラクやろ？」

　が、小野寺の返事はなんだか歯切れが悪い。

「それにひきかえ、うちのクラスときたら……なんかいまいち団結力に欠けとるんや」

「3組はいいクラスですよ。みんな伸び伸びしてるみたいですし」

「伸び伸びしすぎやねん。ま、そこがあいつらのええとこでもあるんやけどな」

　口では文句を言いながら、そのじつ、満足そうな仙太郎である。

「……いいですね、桜木先生は」

　と、いきなり後ろのテーブルでガチャンと音がした。長一郎が、皿を片づけようとして立ちくらみを起こしたらしい。

「大丈夫だ、大したことじゃ……」言い終わらないうち、長一郎はその場にくずれた。

「親っさん！」仙太郎が駆け寄って、長一郎を抱き起こす。

「騒ぐなよ、みっともねえ……」と、ガンコ親父は白目を剝《む》いて倒れてしまった。

　翌朝、仙太郎が理科の教材ポスターを運んでいると、小野寺が廊下を小走りにやってきた。

「おはようございます。どうですか？　親父さんの具合は」

「まあ熱は少し引いたけど、当分寝こむんちゃうかな。もう年やいうのに無理するから」

「そうですか……」小野寺は心配そうに眉《まゆ》をひそめた。

「あ、それでゆうべなにか話あったんちゃうんか？」結局、あの騒ぎで話ができなかったのだ。

「あ、いえ……別に……」

「待てよ、このアリンコ！」「先生、助けて！」おちゃらけトリオの坂下たちが、めぐみたちギャルチームに追われて走ってきた。仙太郎を取り囲んで、たちまち言い争いが始まる。

「おいおい、朝からまたおまえら……ちょっとは仲ようできんのか？　あ〜〜うるさい……」

無視して行こうとする仙太郎に、6人が大騒ぎしながら、鈴なりになってついていく。

「3組は朝からテンション高いわね」西尾がやってきて言った。

「ええ……」小野寺は、うらやましそうに仙太郎たちの後ろ姿を見つめている。

「あら、ネクタイがちょっと曲がってるわよ」

西尾に言われて、小野寺は力なくネクタイを締め直した。

よく晴れた午後、5年1組の生徒たちが跳び箱の練習をしている体育館へ、小野寺が息を切らせて走ってきた。ジャージの上着の下には、ネクタイがのぞいている。

「みんな、今日の体育は運動場でマラソンをするって言ったはずだけど」

着替えて校庭に出たのだが、見渡せど見渡せど、生徒たちの姿は誰ひとりなかったのだ。

「いいえ、先生は体育館だって言いました。みんなもそう聞いたよな？」水野が言った。

「そんなはずは……」

「うん」「先生、体育館だって言ったよ」生徒たちは、口をそろえて言った。

「さ、続けよう」水野の号令で、生徒たちはまた跳び箱を再開した。

小野寺も気を取り直し、うまく跳べない生徒を見つけて、丁寧に指導しはじめた。

そんな小野寺をチラッと見て、水野が言いだした。

「——おい、みんな。先生に跳び箱の見本をみせてもらおうよ」

小野寺は、え？　と水野を振り向いた。

「先生、ボクたちに跳んで見せてください」

「でも、ほとんどのクラスの人たちはもう跳べるし……」

「みんな見たいよな？」と水野。「見たい」「先生、やってみて」いっせいに声があがった。

小野寺が躊躇《ちゅうちょ》している間に、水野たちは体育座りをして、小野寺が跳ぶのを待っている。

「……じゃ、いいですか？　跳びますから」

小野寺は助走をつけて跳び箱を跳び、着地まで決めてみせた。生徒たちの拍手が起こる。

「さあ、これでいいですね」

「もう1回、お願いします」水野が言った。言葉遣いは丁寧だが、水野は小動物をいたぶって楽しんでいるような目をしている。

「もう1回、もう1回」生徒たちのコールが、まるで打ち合わせしていたように始まった。

その声に押されるように、小野寺は跳んだ。また「もう1回」のコールが続く。

「先生ばっかり跳んでいたら授業になりませんから、みんなも練習をしましょう」

「さっさと跳べよ」突き刺さるような声が返ってきた。

ハッとして見回したが、その時、ひときわ大きな「もう1回」コールが始まった。

体育館にこだまする生徒たちの声。体育館から逃げ出すこともできず、まるで生徒たちの声に操られているかのように、小野寺は繰り返し繰り返し、跳び箱を跳び続けた。


夕方、長一郎のいない『悟空』は、猫の手も借りたいほどの忙しさである。

素子が客の注文を聞き、三郎が調理場に立つ。猫よりは多少マシと手伝いに借り出された仙太郎は、お盆を持ったまま戸口に立ち、キョロキョロ外をうかがっている。

「遅いな……」つぶやいていると、すぐ後ろで、眉を吊り上げた素子がイライラと言った。

「なにしてるのよ？　早く空《あ》いた丼《どんぶり》下げて、テーブルもきれいにふいて」

「わかってる……ほんま人使い荒いんやから……」

ちょうどその時、子連れの客が入ってきた。と、思ったら、綾子と裕二である。

「いらっしゃい！　……お姉ちゃん」

「あ、綾子さん。遅いからなんかあったんかと心配してたところです」

仙太郎はいそいそ駆け寄り、「よ、元気にしてたか？」と裕二の頭をぐりぐりなでた。

「見りゃわかるだろ」裕二は相変わらずかわいくない。

「仙太郎さんから電話いただいたの。それでお父さんの具合は？」

「うん、少しはよくなったみたいだけど」

「さ、奥へ」仙太郎はさっと道を作り、素子に「あとは頼むで」と言い残すと、綾子を連れて奥に入っていった。

「ちょっと！」素子のもとには、注文を待つ客と、猫の手以下の裕二が残された。

「人間、気が弱なってる時こそ、本音が出るもんです。そやから今が仲直りするチャンスや思いまして」長一郎の部屋に向かいながら、仙太郎が綾子に言った。

「いつも気にかけてくれてありがと、仙太郎さん」

「そんな、ハハ……」

「……でも、逢《あ》ってくれるかしら。お父さん」綾子はつと立ち止まり、不安そうに言った。

「大丈夫ですて。まかしといてください」仙太郎は胸を張り、「親っさん、お加減のほうはどうですか？」と、声をかけながら、部屋に入っていった。

長一郎は氷枕をして、布団に横になっている。

「ああ、ゆうべよりはましになったみたいだよ。なんだ？」

「いや……ちょっと、お見舞いに――その、お姉さんが」と、仙太郎はふすまを開けた。

「お父さん、大丈夫？」綾子が顔を見せると、長一郎はとたんにむっつりして横を向いた。

「まあ、こういう時こそ心を落ち着かせて話しおうたらええんちゃうか思いまして。ここは親子水入らずで、綾子さんの話をゆっくり聞いてやってもらえんもんかなと。それに親っさんも寝こむと心細うなりはるでしょ？　そんな時はやさしい娘さんの看病が一番ええ薬やないかと思うんですわ……」

仙太郎が調子に乗ってペラペラしゃべっていると、長一郎がムックリ起き上がった。

「親っさん、まだ起きたら……」

「……仙太郎、おまえ、またよけいなことしやがったな」

特大の雷が落ちそうな気配に、仙太郎はすくみあがった。

「今度、こういうことしたら追い出すって言っただろうが！　出てけ！」

寝巻き姿の長一郎に追いかけられ、仙太郎は慌てて店に逃げこむ。

「親っさん、そんなに興奮したらまた熱が……」

「出てけってんだ！」長一郎はカンカンに怒って、仙太郎に氷枕を投げつけた。

「すんませんて……勘弁してください……」

「給食当番の人たち、手伝ってくれませんか？」

小野寺が、教室に食器を運んできて言った。

「言ってませんでした？　これからは給食当番は先生の担当にしようって、みんなで決めたんです」水野が、当たり前のように言った。

「よろしくお願いします」水野はつけ加えるように言い、「おい、みんな、昼休みにもう1枚プラカードを作りたいんだけど」と、クラスメートを引き連れて行ってしまった。

黙って教室を出ていった小野寺のあとを、ひとりの男子生徒が追いかけてきた。

「先生、手伝おうか？」この内気そうな少年は、村田友也《むらたともや》である。

「先生はひとりで大丈夫だから。きみは手伝わなくていいよ。ありがとう」

小野寺は村田にニコッと笑いかけ、重いおかずの容器を運びはじめた。が、教室に入ったとたん、小野寺は誰かに足をかけられ、床一面こぼれたカレーの中に引っくり返った。心配そうに見ている村田以外の生徒たちは、何事もなかったような顔で、振り向きもしない。

慌てて片づけようとして、小野寺はハッと気づいた――ネクタイが汚れてしまっている。

…………。小野寺の中で、ずっと張り詰めていたなにかが弾《はじ》けた。

小野寺はぼう然と自分のネクタイを見つめ、立ち上がることもできずにいた。

翌日、5年1組の教壇には、仙太郎が立っていた。

「え〜〜小野寺先生は今日はお休みや。そやから、みんな自習やぞ」

朝、職員室で教頭から聞いた話によると、病院に行くという連絡があったらしい。素子が治ったのと入れ替わりに、風邪でも引いたのだろうか。

「どこか悪いんですか?」水野が聞いた。

「心配せんでええ、大したことないやろから。1時間目は算数やな。今からプリントを配るから」

「はい」1組の生徒たちは私語もなく、きちんと前を向いて待っている。

「ほんまに出来のええクラスやな」仙太郎は、配りながらニコニコしている。

「桜木先生」水野が手を挙げた。「プリントが早くすんだら、学級会を開いてもいいですか? 児童会の立ち会い演説のための原稿の打ち合わせをみんなでしたいんです。いいだろ?」

水野がほかの生徒たちを見渡すと、「そうしよ」と賛成の声があがった。

「好きにしてええよ。きみにまかせるから、水野くん」

——が、水野の統制力に感心している場合ではないのである。3組では、学級委員の白石とみゆきがいくら注意しても、自習などどこ吹く風で、みんな勝手にワイワイ騒いでいる。

「みんな、静かにしてくれよ。先生に言われたとおり、プリントをしなきゃいけないだろ?」

「もうほっとこうよ」みゆきはすでにあきらめて、席に戻っていった。

似顔絵を描いて遊んでいるめぐみたちギャルチームのところへ、三人娘が寄っていった。ゲジゲジ眉《まゆ》の仙太郎、泣き顔のひろし、風船のような立野にひとしきりウケて笑ったあと、法子がめぐみの手もとを見てうらやましそうな声をあげた。

「あ〜〜そのペン。ほしかったんだ」

「もらったの、水野くんに、ね？」ギャル3人はいっせいに同じペンをさしだして見せた。

「それって賄賂《わいろ》なんじゃないの？」「今度の選挙で自分に入れてもらおうと思ってんのよ」

三人娘がとがめたが、玲奈は「だとしてもいいじゃない？」と涼しい顔をしている。

「クラスを裏切る気？」法子が憤然として言った。

「あたしたち、最初からあいつに入れる気はないもの」

まりのがあごをしゃくったほうを見ると、若林がおちゃらけトリオとおふざけをして遊んでいる。とてもクラス代表とは思えない、緊張感のなさである。三人娘はげんなりとした。

「おまえら、廊下の端にまで声が聞こえてんぞ」

ガラッとドアが開き、仙太郎が戻ってきた。みんな慌てて自分の席につく。

「授業中やてわかってんのか？　……なんや、全然やってないやないか？」

プリントはどれもこれも真っ白だ。

「委員長、オレがおらん時はおまえがちゃんとさせろよ」仙太郎がタメ息をつきながら言った。

「注意したんですけど……」

「けどやないやろ。もっとしっかりせえよ」頭ごなしに言われて、白石はムッと口をつぐんだ。

「みんなな、1組を見習え、1組を。あんなクラスやったらな、先生、ほんまにラクや。ほん〜まに楽勝ですわ」

仙太郎が手放しで1組をホメると、3組に嵐のようなブーイングが巻き起こった。


休み時間、法子たちが廊下を歩いていると、「ねえ、きみたち」水野が三人娘を呼び止めた。

「ボウリングなんか行ったりする？」

3人の足が同時に止まった。「まあ、行くけど」と法子。

「じゃよかったら、これ使ってくれないかな？」ボウリング場の優待券だ。

「え？ いいの」晶が目を輝かせた。

「うん。何枚かもらったんだ。どうぞ」と水野に言われ、「ありがと！」と三人娘の手は伸びていた。

三人娘が喜んで歩いていったのと入れ替わりに、3組の男子生徒、日向響《ひなたひびき》が通りかかった。

「あ、日向くん」水野が言った。

た。

「なに……？」日向は廊下の隅で、ビクッと立ち止まった。

「3、4年、同じクラスだったよね。今度の選挙よろしくね」

爽《さわ》やかな笑顔で去っていく水野を、日向はその場に立ち止まったままジッと見送っていた。

「またオレたち4人だけ？　頼むよ」野村が言った。

誰の仕業か、せっかく作った3組の選挙ポスターがボロボロに引きちぎられていて、放課後、ひろしたちはポスターを作り直すことになったのだ。

「相手が水野じゃ、みんなやるだけ無駄だって思ってるんだよ」これは立野の現実的な意見。

「だから、初めからそう言ってるでしょ？　やるだけ無駄だって……」今日もイヤイヤ残っている若林である。ひろしだけは、「そんなことないよ」とポスター作りに取りかかった。

「あの……ボクも手伝っていいかな？」日向が、おずおずと教室に入ってきた。

「そりゃいいけど」いつも大人しいクラスメートの申し出に野村は意外そうな顔をしている。

「じゃ、日向くんはこっちに色を塗って」ひろしは喜んで日向を引っぱってきた。

日向はさっそくポスターの色を塗りはじめた——ゆっくりと、ゆ〜っくりと。

る。

「……あのねえ、そんなんじゃ日が暮れるよ？　わかる？　日が暮れるの」

野村がイライラして言うと、日向は、一生懸命してるんだけどォ、と目をクリッとさせる。

「男でしょ？　もっと大胆にやれば？」野村に再度キツく言われて、今度はウッとうつむく。

「いいよ、好きに塗って」ひろしが急いでフォローすると、日向は涙をひっこめ、「ありがと、鈴木くん」と、ひろしにペトッと体を寄せている。

「あいつ、やっぱりコレ？」手でオカマのマネをしながら、野村たちはヒソヒソ話している。

「……1組の水野くんには負けてほしくないんだ、ボク」日向が、ポツンと言った。

「ボクと同じだ」ひろしはハッとした。「じゃ、日向くんも、もしかしたら水野くんに……」

日向は答える代わりに、キュッと唇を結んだ。

その時、戸口からクラスの男子たちがワイワイ言いながら教室になだれこんできた。

「よお、やってるね」「ほい、さし入れ」岸がお菓子やジュースをさしだした。

「みんな……」ひろしはうれしそうにクラスメートの顔を見回した。

「オレたちも手伝うよ。ムカつくんだよな、あの水野」

「女子ばっかり買収してさ、やり方が汚いっすよ」

水野の悪口で一気に盛り上がっていると、最後に白石が教室に入ってきた。

「あれ、委員長？　塾じゃなかったの？」と野村がきいた。

「そうだけど、1組には負けたくなくなったんだ――1組がそんなにいいクラスなのかね？　さあ、みんなやるぞ！」白石はソデをまくり上げ、ヤル気満々だ。

「委員長、先生にプライド傷つけられたからね」野村が、立野にコソッと耳打ちした。

3組の男子が全員集合し、チラシやプラカードを作りはじめた。ひろしは、そんな仲間たちの姿をニコニコしながら見ている。ただひとり、若林だけが、「だから、やるだけ無駄なんだって……」とつぶやいていた。


「やっぱり、若林には荷が重すぎたかな、副会長候補は……」

夜、鈴木理髪店でひろしに髪を洗ってもらいながら、仙太郎はついグチをこぼした。

「やればできると言うたものの、やっぱりリーダーとしてはな。とくに水野みたいなヤツと比べると」

「水野？」ひろしの両親が、その名前を聞いて即座に反応した。

「今度の生徒会の副会長に1組から立候補してるヤツなんですよ。教師のオレから見ても、こいつがまたよおできとるんですわ」

「……先生、なにもわかってないよ」ひろしが突然怒ったように言った。

「ほんと、そうですよ」ひろしの父親も、手荒く仙太郎の頭をふきはじめた。

「ちょっと乱暴なんちゃいますか？」わけがわからない仙太郎である。

翌日の放課後、小野寺が学校を辞めるという寝耳に水の話を聞き、仙太郎と素子は驚いて家を訪ねた。母親の美智子がお茶を出しながら言うことには、小野寺の病気は胃潰瘍《いかいよう》だという。

「お医者様の話だとストレスが原因だそうです」

美智子は憤まんやる方ない表情である。つい数時間前、校長室に怒鳴りこみ、こんな学校に大切な息子を置いておけません、と特大の癇癪玉《かんしゃくだま》を破裂させてきたばかりだ。

「胃に6つも穴があきかけてるなんて。いったい、なにがあったらそんなことになるんですか？」

「小野寺先生はなんて？」と素子がきいた。

「なにをきいても話してくれないんです。よほどショックなことがあったんですよ。かわいそうに……」と美智子は涙ぐんだ。

「なにもストレスの原因になるようなことはないはずやねんけどな」

その時、パジャマにカーディガンを引っかけた小野寺が居間に入ってきた。

「大丈夫？　少しは調子よくなった？」美智子が甲斐甲斐《かいがい》しく息子をソファに座らせる。

「わざわざきてもらってすいません……」

「辞めるて聞いたもんやから、驚いてきたんや」

「ほんとなの？」素子も驚いている。

「ほんとです。こんな状態で教師の仕事を続けてたら、ホントに胃に穴があいてしまいます」と美智子。

「なにかあったんか？」

「それは……」

「話したくなかったら、話す必要ないのよ。無理することないんだから」

仙太郎と素子が話を聞こうとするたび、小野寺の代わりに美智子が横から口を挟んでくる。

「あの、お母さん、すいませんけど、お茶のおかわりを」

仙太郎が体よく美智子を台所へ追いやり、やっと落ち着いて話せそうな雰囲気になった。

「1組の生徒らも心配してんねんぞ。とりあえず風邪で休みや言うてる」

「あたし、これ預かってきてるの」素子がカバンの中から出したのは、寄せ書きの色紙だ。

『先生の顔が見られないのが寂しいです』『先生、無理はしないでください』『小野寺先生、1日も早く学校へきてください　水野利紀』……小野寺はものも言わず、ジッと5年1組の生徒たちからのメッセージを見つめている。

「どうしたんや？　ほんまに」

「あたしたちで力になれることがあったら、ちゃんと力になるから」

「……自信がなくなったんです、教師を続けていく」小野寺は疲れ切ったように言った。

「ボクは教師失格なんです」

「なんでや?」仙太郎には、小野寺がそう思う理由が、見当もつかなかった。

黙りこんでしまった小野寺を残し、仙太郎と素子は仕方なく小野寺の家を辞した。

「しばらく、ようすを見る以外なさそうね」

「そんなのんびりしたこと……ほんまに辞める気かもしれへんねんで」

「小野寺先生が本気で辞めたいなら仕方ないじゃない」

「東京モンは薄情やな」

仙太郎のイヤミに取り合わず、夕暮れの道を歩きながら、素子はしんみりと言った。

「理想を持っている先生ほど、挫折《ざせつ》しちゃうのよ……元気で明るいクラスにしたい。思いやりのあるクラスにしたい。でも、現実、そうはいかない。30人もの子供たちをまとめていくだけでも大変なのに、そのうえ、いじめ、登校拒否、引きこもり、いろんな問題が必ず起こる」

「けど1組に問題は……」

「なんの問題もない教室なんて、この日本中どこ捜したってないわよ」素子はきっぱり言った。

「教師がヤル気を出して頑張れば頑張るほど、理想と現実のギャップが広がるばかり……ま、あんたみたいに『富士山のような日本一のクラスにしたい』って、そこまで思えれば現実離れして却《かえ》ってラクなんだろうけど」

「オレは真面目に思とるんや」仙太郎は反論したが、素子は取り合わずに遠くを見て言った。

「もしも、小野寺先生がそんな現実に耐えられなくなったとしたら――もう教師は続けられないでしょうね」

「また教科書みたいなことを……」

「なにがよ？」

「そんな現実や理想やてわけのわからんことばっかり言うてるから、アカンのや。肝心なのはハートや！　教育いうんはハートとハートのぶつかりあいなんや！」

「じゃ、ぶつかってもどうにもなんなかったらどうすんのよ？」

仙太郎は返事に窮した。マイナス方向には、まったく考えが及ばないのである。

「どうすんのよ？」

「それは……どうにかなるまでぶつかったらええんや」

苦し紛れの答えを聞いて、素子は「話にならないわ」とタメ息をつき、先に行ってしまった。


その頃、小野寺はベッドに座り、ハンガーに吊るされたネクタイを見つめていた。汚れて染みがついてしまったネクタイは、二度ときれいにならないのだ……。

児童会の選挙が終わり、昼休みには早くも選挙結果を報告する放送部のアナウンスが流れた。

「後期児童会役員の選挙結果を発表します。会長6年2組の福島尚哉《ふくしまなおや》くん。副会長、5年1組の水野利紀くん」

1組で拍手と歓声があがった。「みんなありがと」と、水野は満面の笑みだ。

一方、3組の教室は、当然のごとくドンヨリとした空気が流れていた。

「いい笑い者よ、3組は」「あんた『ボクが…』『ボクは…』しかしゃべってないじゃん」

午前中に体育館で行われた投票前の立ち会い演説で大失態をやらかした若林に、女子のキツいセリフが一斉掃射される。

「原稿、トイレで落っことしちゃったんだよ……」若林は蚊の鳴くような声で言った。

壇上にのぼってから、白石が書いてくれた原稿をなくしてしまったことに気づいた若林は、完全に舞い上がって思考がストップしてしまったのだ。

「だいたいね、大事な演説の前に大なんかしてんじゃねえよ」

「だって、おなかが急に痛くなって……」

緊張のあまり、若林のお腹は朝から何度もビッグウェーブに見舞われていたのである。

「どっちにしろさ、恥だよ、恥」

「若林くんのせいじゃないよ」申しわけなさそうにしている若林を、ひろしがかばった。

「そうだよ、若林くん、トイレの中に閉じこめられてたんだから」野村も言った。

じつは、ひろしたちが、演説の直前になっても戻ってこない若林を捜しにいった時、当の若林はトイレの個室の中で泣き叫んでいたのだ。ドアにつっかえ棒がされていたのである。

「じゃ誰が閉じこめたっていうのよ?」「ほんとは、隠れてたんじゃないの?」「根性なし」

女子はひろしたちの釈明をきこうともしない。と、その時、日向が爆弾発言をした。

「ボク、見た――1組の男子が何人か、水野くんの演説の途中に抜け出して戻ってくるとこ」

「それほんとかい?」と委員長の白石がきく。

「うん」若林の返事に、男子たちは色めきたった。

「1組ならやりかねないよ」「あいつら監禁したってこと?」「抗議しにいくぞー!」

関心なさそうな女子を残し、3組の男子たちは、5年1組の教室に押し寄せていった。

対する1組の生徒たちも、負けてはいない。

「証拠はあんのかよ?」「負けたからって言いがかりつけんなよな」

「どっちにしろ、結果は同じだったんだ。ボクと3組の若林くんじゃね。ね、若林くん」

水野は、若林が言い返せないのは百も承知していて、フンと鼻先で笑った。

「結果は同じじゃないよ。もしそうだったとしたら、間違いなく、選挙違反だ。水野くん、きみの副会長当選は取り消しになるよ」

「おお〜!」3組の男子軍団は、白石の理路整然な言い分に感激してどよめいた。

押し問答しているところへ、仙太郎がやってきた。

「どうしたんや? おまえら人のクラスで」

「先生のクラスの男子が、若林くんをトイレに閉じこめたのが1組だって言ってきてるんです」水野が迷惑そうに訴えた。

「でも、うちのクラスは誰もそんなことしてません。なあ?」

1組の生徒たちがいっせいにうなずく。水野は「誰か見たのかな?」と平然として言った。

「言ってやれよ、日向」

3組の男子の間から、緊張した顔の日向が前に押しだされてきた。

「日向くんか。どうなの?」相手の切り札が日向と知って、水野は勝ち誇ったように尋ねた。

「それは……」水野の視線に負けまいと、日向が思いきって言おうとした時。

「あ、そうか。きみ、まだ根にもってるんだ、あのこと。3、4年同じクラスの時、ボク、いけないこと言ったよね——オカマとか」

「!……」日向の体が一瞬にしてこわばった。

「それだったら謝るよ」水野の目に射すくめられ、日向は完全に硬くなっている。

「どうなんや？　日向」

日向は歯を食いしばり、廊下に駆け出していった。「日向くん！」ひろしが叫んだ。

「ほら、ウソじゃないか？」「人騒がせなこと言うよな」1組の反撃が始まった。

「日向くんはウソなんかつかないよ！」悔しそうなひろしを制して、仙太郎が言った。

「ひろし、もうええて。見まちがえたんかもしれんし。すまんかったな、騒がせて」

「いいえ。気にしてませんから」水野はなに食わぬ顔で答えた。

「ほら、おまえらも教室に戻れ。ほら、はよ」

3組の男子たちはおさまらない気分のまま廊下に追いやられ、ぞろぞろと教室に戻っていく。

「……なんであんなヤツが副会長なんかになるんだよ！」ひろしが、思い余ったように叫んだ。

「おまえ、なにムキになってんねん」仙太郎が振り返って言った。

「先生はなにもわかってないんだ！」

「だから、なにがやねん？」

「ボク、ずっと水野くんにいじめられてたんだ。1、2年、同じクラスだった時、ずっと」

真剣に訴えるひろしの瞳《ひとみ》から、涙があふれた。

「ひろし……」仙太郎はハッとなった。――若林の応援に、人一倍熱心だったひろし。

た。


「日向くんも、いじめられてたんだよ」

いつぞや鈴木理髪店で、ひろしの両親が水野の名前を聞いて不機嫌になったこと。

「人をいじめるヤツが当選するなんておかしいよ！……絶対、おかしいよ！」

涙を溜《た》めたふたつの目で問うように見つめられても、仙太郎には答えが見つからなかった。


「オレや、入るぞ」仙太郎が小野寺の部屋に入ると、小野寺は教科書をダンボールに片づけているところだった。

「今日はちょっとききたいことがあってきたんや。ええかな」

仙太郎が床にあぐらをかくと、小野寺もベッドに腰を下ろした。

「ぶっちゃけて話さしてもらうけど、うちのクラスのひろしと日向が水野に以前いじめられてたそうや……アッくんが辞めんのも、そこらへん関係あるんか？　正味の話、どうなんや？」

「……どうしてボクがいつもネクタイを締めていたか知ってますか？」

否定の言葉の代わりに、小野寺はポツリポツリと話しはじめた。

「ボクはほんとに頼りなくて、自信のない人間なんです。そんなボクが教壇に立って生徒たちを教えるためには勇気が必要だったんです。一種の変身ですかね？　ネクタイをするとその勇気が出そうな気がして」小野寺はそこでいったん言葉を切り、改めて言った。

「――5年1組にも水野くんによるいじめがありました」

「やっぱり……」

「彼はクラスのリーダーでみんなを引っぱっていく力を持ってるんです。でも、誰も水野くんに逆らえない状況も作りだしていて――なんとかいじめをやめさせようとしたんですが、力が足りずに……」

「でも、見たとこ、1組にいじめられてるようなコはいてへんかったぞ。休んでるコもおらんかったし」

「少し前にそのコへのいじめはなくなりました」

「じゃ解決したんやないか？」

しばらくの沈黙のあと、小野寺は、組んだ指先にきゅっと力を入れて言った。

「……そのコを救うには、誰かが代わりにいじめの標的になる以外なかったんです……だから……だから、ボクは……」

小野寺はなにを言おうとしているのか。仙太郎は、黙って小野寺の言葉を待った。

「ボクがいじめを受けている間は、1組の生徒は誰も傷つかないんです！　ボクが耐えていればそれですむんです！」

小野寺の血を吐くような告白を聞いて、仙太郎は一瞬、頭の中が真っ白になった。

「でも、もう無理です」

小野寺は放心したように、ハンガーに吊るされている染みのついたネクタイを見上げた。

「ボクにはもう勇気が出せないんです……恐いんですよ、あのコたちの前に立つのが……教壇に立つのが今はとっても恐いんです……！」

仙太郎は言葉もなく、顔をおおって泣きだした小野寺を見つめていた。小野寺のような心のやさしい人間を、なぜここまで追いつめることができるのか……。

仙太郎の握りしめたコブシが、怒りで震えていた。

仙太郎は、翌朝一番に、5年1組の教壇に立った。

「今日は1組のみんなに大切な話があってきた」仙太郎はニコリともせず言った。

「どうかしたんですか？　先生」いつもと違う仙太郎を察して、水野がけげんそうに質問した。

「みんな、小野寺先生が辞めるかもしれんいうことは知ってるか？」

ざわめくクラスを見渡しながら、仙太郎は一語一語はっきりと言った。

「このクラスにはいじめがあった」

瞬間、1組の生徒たちはハッとなり、教室は水を打ったようにシーンとなった。

「小野寺先生はそれをやめさせようとしていた。でも、いじめは続いた。それで小野寺先生はその生徒の代わりにいじめを受けることになった」

いじめられていた生徒——村田友也が、今にも泣きだしそうな顔でうつむいている。

「おまえらみんなグルになって、先生をいじめてたんか？」仙太郎は怒気を含んだ声で言った。

「人間として一番最低なことしてたんか？」

1組の生徒たちはまともに仙太郎を見ることができず、黙って下を向いている。

「答えろ！」仙太郎がコブシで黒板をたたいた。生徒たちがビクッと跳び上がる。

「そうだとしたら、どうだって言うんですか？」水野がふてぶてしい笑いを浮かべて言った。

「あの先生は、確かにいい先生だとは思いますよ。けど、生徒にナメられちゃおしまいでしょ？」水野はいじめがばれた今も動じたようすはなく、しゃあしゃあと続けた。

「辞めたいって言うんなら、そのほうが小野寺先生にとってもいいんじゃないですか？ボクも心配してたんですよ。このままじゃ、小野寺先生、自殺でもするんじゃないかってね。もし、そんなことされたら後味悪いでしょ？　そうだろ？　なあ、みんな？」

仙太郎はつかつかと水野に歩み寄り、胸ぐらをつかむと、平手で水野の頬を張り飛ばした。

ほかの生徒たちが、アッと息をのんだ。

「……殴りましたね」水野は頬を押さえて仙太郎をにらみつけている。

「ああ、殴った。そうせな、目が覚めんやろ」仙太郎は吐き捨てるように言った。

ちょうどその時、チャイムが鳴った。

「明日またちゃんと話しよ」

教室を出ていこうとした仙太郎の背中に、水野が鋭く言葉を放った。

「これは体罰だ。みんなも見たよな？」確認するようにクラスを見回す。

仙太郎は水野を振り返った。クラスメートを支配している水野の奢《おご》った視線とぶつかる。

ふたりは、無言でにらみあった。

★仙太郎の格言★

2人乗り
サーカス団しか
許しません！

先生を救え、みんな

『悟空』のカウンターで、仙太郎と素子はいつものように長一郎の作った夕飯を食べていた。

「え？　殴った⁉」突然、素子がすっとんきょうな声をあげた。

「ほんとに生徒を殴っちゃったの⁉」

「そうや……ごはん粒が飛んだやないか？　親っさん、おかわりお願いします」

仙太郎は素子の気も知らず、空になった茶碗《ちゃわん》をさしだしている。

「あんたね、どういうことしたかわかってんの？　それって体罰よ？」

「おおげさな」

「教師の体罰って言ったらね、新聞にも載るくらいの大したことなの！」

「子供を殴ったくらいで、なに言ってんだよ？」長一郎があきれたように言って、大盛りのごはんをカウンターに置いた。すかさず素子が横からそれを取り上げる。

「なにすんねん？」

「学校教育法でね、どんな時も先生は生徒に手を上げちゃいけないって決まりがあるの！」

「……許せんことがあったんや」思い出すたび、腸《はらわた》が煮えくり返る。

「なによ？」とムキになる素子から茶碗を取り返すと、仙太郎はムスッとして言った。

「いじめや。あいつら、クラス全員でいじめしてたんや」

仙太郎は吐き捨てるように言って、ごはんをかきこんだ。

客が引け、三郎が後片づけを始めた店で、仙太郎は素子と長一郎に詳しく事情を話した。

「じゃ、1組の生徒がいじめてたっての……」素子は、あ然として言った。

「ああ、小野寺先生や」

「なんてガキどもだよ。オレたちの時代はな、先生って言ったら、ずっと目上の存在でよ、口応《くちごた》えすら許されなかったっていうのによ」長一郎には想像もつかない。

「誰が中心なの？」さすがに素子は教師の視点で尋ねた。

「水野や」

「水野くん？　副会長に当選した？」えっと驚く素子に、仙太郎は説明した。

「オレもまさかと思た。けど、あいつ今までにもうちのクラスのひろしとか日向をいじめてたらしいんや……オレが問い詰めたら、なんて言うたと思う？」

仙太郎は、教室で水野が言った言葉を、ふたりに繰り返して聞かせた。

「……それでついカッとなって殴ってしもたんや」

「エラい！　よくやった仙太郎！　そんなガキはな、ぶん殴ってやらなきゃいけねえんだよ」

「気持ちはわかるけど、さっきも言ったように教師が手を上げるのは……」素子が繰り返す。

「理屈ちゃうんや。オレは水野にとってもええクスリになったと思てる」

「そうだよ、それこそ愛の鞭《むち》ってもんだ」

「けどね」反論しようとする娘を、長一郎がビシッと制した。

「おまえは黙ってろ。だいたい、最近の親や教師は恐がって殴ることをしなさすぎんだよ。言ってわかんねえ時は殴ってやったほうがいい時もあんだ」

「さすが、親っさん。いや、親っさんならきっとそう言ってくれる思てました」

「そうかい？　ま、ビールでも飲め。今夜はオレのおごりだ」

素子の心配をよそに、ふたりは意気投合して、さしつさされつ盛り上がっている。

「知らないから、もう……」素子は小さく首を振った。

翌朝、学校に向かいながら、素子は仙太郎に、くどいくらいに念を押した。

「校長先生には報告しときなさいよ」

「わかってるよ、けどその前にやらなアカンことあるんや」

「またよけいなことするつもりじゃないでしょうね？」

「１組との話し合いや。水野だけ殴ってしもたけど、そんな水野と一緒になっていじめに加わったヤツ、見て見ぬフリしてたヤツ、今度のことはあのクラス全員の責任や……そやから、1組の連中と今日一日、とことん話し合いたいんや。それこそハートとハートのぶつかり合いや！」

「ほかのクラスにまで首突っこんで……まあ、好きにすれば？」素子はタメ息をついて言った。

「じゃ、3組よろしくな」仙太郎が言った。「え～？」と素子が抗議の声をあげる。

「え～って、仕方ないやろ。オレは1組行くんやし」

「ちゃんと言うこと聞くんでしょうね、あんたのクラス」

「当たり前や。安心し」

「安心なんてできるわけないでしょ？　担任が担任なんだから」

「なんやて？」

「おはようございます」ほっぺを赤くした子供たちが、元気に登校してきた。

「おはよ」「今日も元気でいこな」どんな時も、教師の顔に戻るふたりである。

仙太郎たちが校舎に入ろうとした時、下駄箱《げたばこ》の前に垢抜《あかぬ》けたスーツ姿の女性が立っていた。

「覚悟しておいてください。またのちほどご連絡します」

えらく憤慨しているようすで、校長と教頭がそろって「ははあ」と平身低頭している。

「1組の水野くんのお母さんよ、なにかあったのかしら？」西尾がきて言った。

「あのお母さん、やり手の弁護士なのよ。テレビのコメンテーターもしてるし」

……ヤバい。仙太郎は急いで建物の陰に隠れ、帰っていく水野の母親をやり過ごした。

ホッとしたのもつかの間、「桜木先生、ちょっと」と校長の重々しい声がかかる。

「だから、言わんこっちゃないのよ……」素子はひとりつぶやいた。

「納得イカンよ、納得が……」30分後、仙太郎は憮然《ぶぜん》とした顔で店に帰ってきた。仕込みをしていた長一郎が不思議そうに仙太郎を見る。

「おお、エラく早いじゃねえか？」

「それが親っさん、水野んとこの母親が校長に文句言うたらしいて、自宅謹慎なりましてん……連絡あるまで学校くるなて」

「そりゃまた、なんだな」

「あ〜あ……ヤル気もしぼみますわ」仙太郎はタメ息をつきながら、ドサッと座りこんだ。

「しょげんなよ。校長だって建前が必要だろうしよ——おまえんとこの校長はよく知ってんだ。ガキの頃から腐れ縁でよ、今でこそエラそうにしてるけど、昔は泣き虫でいつもオレがかばってやってたもんだ。ま、父兄に文句言われて仕方なしだろうよ」

「それやったらしょうがないですけど」

長一郎に励まされて、仙太郎も、だんだん気分が上向きになってくる。

「気にすんな、おまえは別に悪いことしちゃいねえんだから」

「そうですよね？」仙太郎の顔がパッと明るくなった。「そうだよ」とうなずく長一郎。「そうです」とたんに自信を取り戻す仙太郎である。

一方、素子は自分のクラスに加え、仙太郎のクラスと小野寺のクラスを行ったりきたり、席の暖まるヒマもないくらい、教室を駆けずり回っていた。

「どう？　プリントでわからないところない？」

1組に顔を出すと、生徒たちはちゃんと静かに自習している。

「大丈夫です。ちゃんと自分たちで教え合っていますから」水野利紀が、ニコッとして言った。

「ボクたちのクラスのことは心配しないでください」

「じゃ、なにかあったら呼びにきてね」

これ以上望めないくらいの〝いい子〟。素子はいまだに信じられない思いで水野を見つめた。

自分のクラスに戻ろうとして、素子は廊下に漏れ聞こえてくる騒音を聞きつけた。3組である。素子がこっそりドアの窓から中をのぞくと、おしゃべりしたりふざけたり、みんな好き勝手なことをしている。素子はムッとしてドアを開け、大声で言った。

「あなたたち、今は授業中よ？　自習のプリントはしてるの？」

「してませ～ん」「先生が休みの時くらい自由にさしてちょ」「ちょちょちょ」

事情を知らない生徒たちは自習と聞いて大喜び、おちゃらけトリオは朝から絶好調だ。

「あのね」注意しようとすると、「ボクは問題を解きましたァ！」と男子生徒の声。

「ほら、ちゃんとしてる人もいるじゃない」

「解いたよ、どんなモンダイ？　な〜んてね」野村である。

「だから、そのダジャレ、やめてくんない？」「笑えないの」「一種の公害よ、公害」

女子の総攻撃を食らって、ずんと落ちこんでいる野村のために、男子が立ち上がった。

「女子はキツいんだよ」「男はな、繊細な生き物なんだよ。おまえたち鈍感な女と違って」

「なによ？」と女子。「やる気かよ？」と男子。いつものケンカが始まった。

「ちょ〜っと、ちょっと！　いい加減にしなさいよ？　今は授業中だって言ってるでしょ？」

が、間に入って止めようとする素子もおかまいなし。騒ぎは大きくなる一方だ。素子は教壇に舞い戻り、教科書で思いきり黒板をたたいた。「静かにしろ！」

クラス全員の動きがピタッと止まり、教室は一瞬にして静かになった。

「ここは教室なの。騒ぎたければ、校庭でどうぞ」素子はそう言って、ニコッとした。

「先生、止めないわよ」

さすが朝倉先生……。生徒たちは真面目にプリントをやりはじめた。

手持ちぶさたの仙太郎が、大ハリキリで店を手伝っていると、素子が学校から帰ってきた。

「よお、お帰り。なんや疲れてるみたいやな」

「どうもこうも、あんたのクラスは……」疲労困ぱい、ヘトヘトである。

「みんな元気やったか？」と仙太郎。「元気すぎんのよ」素子がキッとなって言った。

「ハハ、やっぱり？」

「あ〜今日一日で一年分疲れた感じ……」素子は倒れるようにカウンターの椅子に座りこんだ。

「お水！」素子の声に、「はいはい……ごくろうさま」今日ばかりは仙太郎も下手に出て水を運んできた。

「ほんとにごくろうさまよ……」ブツブツ言いながら素子が凝った肩を回せば、「あ、気がつきませんで」と後ろに回ってマッサージする。

「やることやらないわ、よくしゃべるわ、ふざけるわ、あげくにケンカ。どうなってんの？」

「まあまあ、あ、凝ってるわ、ほんまに」

「そこそこ、あ〜」素子は気持ちよさそうに息を吐いた。

「ほんまオッサンみたいやな……」聞こえないように口の中でつぶやく。

「それで、どうなったんだい？　こいつのことは」長一郎が聞いた。

素子は言いづらそうに、チラッと仙太郎を見た。

「明日から行ってもええんやろ？」と仙太郎。楽観的と言うか、能天気と言うか……。

「今週中に緊急のＰＴＡ総会が開かれるらしいわ」

「どういうことだよ？　そりゃ」

そんな大事になろうとは、夢にも思っていなかったふたりである。

「全校の父兄に対して、このたびの不祥事のお詫《わ》びと今後の対応を話し合うのよ」

「不祥事って……一度こっきり殴っただけでか？」

「一度でも体罰は体罰なの。だから新聞に載るくらいのことだって言ってるのに、ええクスリやとか愛の鞭《むち》とか言っちゃって。それまであんたは自宅謹慎。処分はその時決まるはずよ」

「そんな……」ここへきて、ようやく仙太郎はうろたえはじめた。

「さあ、着替えてこよ」役目は終わったと言わんばかりに、素子は2階へ上がっていった。

「大丈夫だよ、大丈夫」という長一郎の言葉も、今の仙太郎には気休めにもならないのである。


「え？　桜木先生が？　……ほんとですか？　ええ……わかりました。はい、失礼します」

電話を切ると、ひろしの母親が「大変よ」と店に飛びこんできた。

「先生がどうかしたの？」ひろしが不安そうに聞いた。

「今、連絡網が回ってきたんだけど、桜木先生、1組の水野くんを殴っちゃったらしいの」

「うちのひろしをいじめてたあの水野？」ひろしの父親がびっくりして振り返った。

「やってくれるよな、桜木先生！　よかったな、ひろし」

喜んで息子の肩をたたく夫に、ひろしの母親は顔を曇らせて言った。

「それがよくないの。今度そのことでＰＴＡ総会が開かれるのよ。問題にするつもりみたい」

確かに今朝学校で見かけたはずの仙太郎が休みだったわけを、ひろしは理解したのだった。

その夜、５年３組の子供たちの間でも、電話連絡網が回った。

「桜木先生、謹慎になっちゃったんだよ」「えっ？　妊娠したの？」「妊娠じゃないよ。キ、ン、シ、ンだよ。謹慎処分」「先生が謹慎？　学校くるのキンシン、ってわけ？　マジ〜？」「ＰＴＡ総会が開かれるらしいんだよ」「辞めさせられるらしいの。誰かを妊娠させて」「え〜？　不潔。相手、誰よ？」「そうじゃなくて、謹慎なんでしょ？」

まるで伝言ゲームのように、仙太郎の一大事が伝わっていった。

店じまいしたあと、仙太郎たちは茶の間に集まって、善後策を話し合っていた。

「こっちには殴るだけのちゃんとした理由があったんだよ。それ知ってて言ってんのかよ」

長一郎は、仙太郎に対する不公平な処置に憤慨している。

「それがね——教頭先生が1組に聞きにいったの。そしたら、桜木先生は水野くんが気に入らないから殴ったんだって、1組全員がそう言ったらしいの」素子が説明する。

「あいつら、ウソつきやがって……」

「あたしだって、いまだに水野くんがいじめをしていたなんてピンとこないもの」

「じゃオレがなにもしてない生徒を無理やり殴った言うんか？」

「そうは言ってないでしょ？」

「オレ、校長とこに行ってもう1回説明してきますわ。理由ものう殴った思われたら、かなわんからな」仙太郎は居ても立ってもいられぬふうで立ち上がった。

「ちょっと」「落ち着けよ、仙太郎」素子と長一郎が慌てて止める。

その時、店のドアが開く音がして、「こんばんは」と声が聞こえてきた。

「小野寺先生だ」素子が言った。素子が電話をして呼んだらしい。

「桜木先生——このたびはボクのためにすいませんでした」

店に出てきた仙太郎の顔を見るなり、小野寺は長身を折り曲げて、頭を下げた。

「ボクが教師としてふがいないばかりに、桜木先生にまでご迷惑をおかけすることになってしまって……ほんとに、すいません」

「ええて、アッくんのせいやない」「そうだよ、さ、小野寺先生、顔を上げな」

仙太郎と長一郎が言っても、まだ恐れ入っている小野寺を、まあ座り、と椅子に座らせた。

「ほんとに申しわけありません……」

「悪いのはあいつらや。いじめなんて最低なことしよってからに」

「ボクが教師としてキチンと指導できなかったせいです」

「教師や生徒なんて関係ない。人間としてやってはアカンこと、あいつらはしたんや」

「そうだよ。先生をいじめるなんてな、不届き千万なんだよ」長一郎が大きくうなずいた。

「ボクのことはいいんです。ただその巻き添えで桜木先生が辞めさせられることになったら、ほんとにどうしていいか……」

「心配いらんて。一度殴ったくらいで教師辞めさせてたら、教師なんか日本中おらんようになってしまうわ」

「まだそんなこと言ってんの？」素子が顔を曇らせた。

「桜木先生、ほんとに水野くんを殴ったんですね」小野寺が、思い詰めたように言った。

「ああ、ついな」

「ボクは……ボクは教育とは教えて育てるものだと思うんです。決して脅えさせて育てる脅育《きょういく》じゃないと思うんです」

首を傾げている仙太郎と長一郎のために、素子が『教育』と『脅育』を並べて書いて見せた。

「なるほど」長一郎は腕組みして感心している。小野寺は仙太郎にまっすぐ向き直った。

「教師は生徒に手を上げちゃいけないんじゃないでしょうか？」

「けどな、言うてもわからんヤツには……」

「それでも、教師は生徒を殴っちゃいけないんです！」小野寺が叫ぶように言った。

「体罰なんか与えちゃいけないんですよ！」

自分がいじめの標的になってまで守ろうとした小野寺の信念が、ひしひしと伝わってきた。

「あたしもそう思うわ」素子は静かに、だがきっぱりと言った。

「おまえまでな」長一郎が言いかけるのをさえぎり、「あんたの理想の富士山のような日本一のクラスって、生徒を殴って脅えさせて作るものなの？　そういう脅育をしたいの？　そうじゃないでしょ？」素子は仙太郎を見て言った。

夜、仙太郎は机の前に座り、『教育』と『脅育』――ふたつの言葉をノートに書いてみた。

水野を殴った手を見つめ、小野寺のひたむきな目を思い出し、そして素子に言われたことを考えに考えて、『脅育』の2文字を×で消した。

朝陽が射しこむ、豪華マンションの一室。

「もう行くの？」出かける支度をしている母親に、少年が聞いた。

「今日は裁判の打ち合わせがたてこんでるの。帰りは今夜も遅くなると思うから、先に夕食食べててね。家政婦さんにはちゃんとお願いしてあるから。学校のほうはどう？」

母親は、少年ではなく、鏡に向かってイヤリングをつけながら言った。

「別に……」少年は、食べかけのオムレツをフォークの先でつつく。

「心配しなくてもいいからね。あなたを殴った教師、絶対辞めさせてあげるから。親の私でさえ、ぶったことないのに……あ、もうこんな時間。じゃ行ってくるから」

時計を見て、母親は慌ただしく出ていった。

「いってらっしゃい」少年――水野が言い終わらないうちに、もうドアは閉まっていた。

水野がいつもの時間に家を出ると、マンションの前に、仙太郎が立っていた。

「なんか用ですか？」愛想のない水野に、「おはよぐらい言えんか？」と仙太郎が軽く返した。

「早く用件言ってください」水野は少しイラついたように言った。

「謝りにきたんや――殴ってすまんかったな、水野。ごめんな」仙太郎は深々と頭を下げた。

「辞めさせられるのが恐くなったんですか？　大した給料もらってないのに同情しますよ」

「ほんまに悪いことしたと思たから謝りにきたんや」仙太郎は、まっすぐ水野を見て言った。

「小野寺先生に言われたんや。先生は生徒に絶対、手ェ上げたらアカンて……小野寺先生、真剣にそう言うてたわ」

「……本気でそう思ってるなら、土下座してみてくださいよ」

「ええよ」仙太郎はアッサリ言い、躊躇《ちゅうちょ》なく地べたに土下座して頭を下げた。

「ほんとに申しわけありませんでした。深く反省してます。ごめんなさい」

小学生に土下座している男を、通行人が何事かと見ていく。仙太郎はまだ頭を下げたまま。

「最低ですね、先生」水野は、仙太郎を見下ろして言った。「プライドないんですか？」

「ほんまに悪い思た時は誰に対しても素直に謝る、それがオレのプライドや」

水野は仙太郎をまじまじと見ていたが、すぐにいつもの皮肉っぽい薄笑いを浮かべた。

「……どっちにしろ、もう決まってるんですよ。先生の処分は。じゃ」

「おい……水野……」仙太郎の声に振り返ることなく、水野は朝の道を駆けていった。

「じゃ、今説明した熟語問題をやってみてください」素子が言った。

今日の3組はいつになく静かで、真剣に国語のプリントに取り組んでいる。

「やればちゃんとできるじゃない、3組も」素子はニコニコと満足そうである。

「委員長、副委員長。チャイムが鳴ったらプリントを集めて職員室まで持ってきてね」

素子の姿が消えたのが確認されると、クラス全員が寄り集まってきた。

「辞めるなんてことになったら、あたしショック」「あたしたちのことは一生懸命だったもんね」みんなの話題はもちろん仙太郎だ。

「ボク、イヤだよ。先生がいなくなるなんて」ひろしが泣きそうな顔で言った。

「殴るのはマズかったすよ」「そうそう」野村と立野が言った。

「オレは先生が水野を殴ったって聞いてせいせいしたよ」ひとりご満悦な若林である。

「委員長、どうしたもんですかね」珍しく真面目な顔の野村が、白石に意見を求めた。

「親たちは相当ヒートアップしてるからな……このクラスの父兄はボクたちでなんとかできても、学校全体となると難しいよな」白石の冷静な状況分析を聞いて、野村はタメ息をついた。

「ほんとに困ったことしてくれましたよ、桜木先生も」

「この事態、わかってんのかな?」「ちゃんと自宅謹慎はしてんでしょうね?」

「わかんないよ、先生は」ひろしが不安そうに言った。

その時、ドアがガラッと開き、教室中に素子の怒鳴り声が響いた。

「コラ！　静かにしろ！」

ひろしの予想どおり、仙太郎は元気よく出前に走り回っていた。

「まいどありがとうございました！」

威勢よく言い、自転車に乗ろうとした仙太郎の目に、綾子の姿が飛びこんできた。とっさに隠れようとすると、後ろから「なにしてんですか？」と出前から店に戻る途中の三郎の声がした。

「あ、いや……ちょっとな」

「あ、お姉さん」三郎が声を張りあげた。「アホ」慌てて三郎の口を押さえたが、時すでに遅しである。

「仙太郎さん？　サブちゃんも」綾子が振り返った。

「いや、こんなとこで会うなんて、ハハ……」

謹慎がバレないようにしたい仙太郎だが、綾子は「今日、学校は？」とけげんな顔できいてくる。

「あの、その……あ、創立記念日でして」

「創立記念日？　あたしたちの時は6月だったのに」

「あ、綾子さんもうちの学校の卒業生ですか？」

「ええ、と言っても、もう10年以上前の話だけどね」

「そんな全然見えませんよ、ハハ」

「でも、いつ変わったのかしら？」と、綾子はやっぱりゴマかされない。

「あ、そうやのうて、その……つまり……」言葉を探していると、道を通りがかったおばさんが大きなクシャミをした。「風邪で学級閉鎖になりましたんです！　みんな熱出してしもて」

三郎が、はあ？　と仙太郎を見ている。

「おとつい10人休んでたのが、きのうは15人、今日になったら20人も。今年の風邪はひどいですね。40度くらいの子供もいて、うんうんうなってるそうですわ」

「まあ……かわいそうに」

「ほんまにね、綾子さんも気をつけてくださいよ」仙太郎は調子よく言った。

出前から戻ってくると、3組の生徒たちが店の前で仙太郎を待っていた。

「あ、先生だ」ひろしが真っ先に声をあげた。野村と立野、クラス委員の白石とみゆき、法子、晶、あゆみの三人娘の顔も見える。

「おお！　みんなきてくれたんか？」仙太郎はさすがにうれしそうだ。

「やっぱり謹慎なんかしてないだろ？」野村がやれやれ、というふうに言った。

『悟空』の店内がいっぺんににぎやかになった。

「さあ、遠慮せずにどんどん食えよ」仙太郎は上機嫌で子供たちにラーメンを振る舞っている。

「お金あんですか？」「お給料前じゃないの？」野村とひろしが言った。

「気にすな。ここやったらつけにできるんや。ね、親っさん」

「今日はオレのおごりだよ」長一郎が気前よく言った。「ええんですか？」と仙太郎。

「当たり前よ。先生を心配してきてくれるなんて、うれしいじゃねえか？」

「それにひきかえ……」三郎がチラッと仙太郎を見た。「よくうんうんうなってるなんて……」

「……さあ、みんな食べよ」仙太郎は聞こえなかったフリをして言った。

「おいし」「うまいっす」「おかわりしていい？」最後はもちろん立野である。

「オレたち、ラーメン食べにきたんじゃないんだよ」白石がたしなめた。

「そうだった。先生、謹慎中に出歩くなんて不謹慎っすよ？」野村が、仙太郎に言った。

「うまい。謹慎に不謹慎やろ？」

「これはダジャレじゃないんです」

「先生、今、どういう立場に立たされてるかわかってるの？」ひろしの不安は倍増したようだ。

「自覚してもらわないと困るんですよね」と白石。

「そうそう」うなずきながら、立野はしっかりラーメンを食べている。

「こっちは心配してるっていうのに」「行動に責任持ってくださいよ」

法子と晶に言われて、仙太郎は気まずそうに弁解した。

「すまん……けどジッとしててもすることないしヒマで……」

「それが謹慎なの」あゆみにビシッと釘《くぎ》をさされ、「はい……」と縮こまる仙太郎である。

「こんなことが親に知れたら、ますます先生の立場悪くなるんですよ？」

「いいですか？　もう二度と勝手に出歩かないでくださいよ？」

みゆきと白石のお説教に続き、野村とひろしが言った。

「これ以上なにかあったら面倒見きれませんから」「そうだよ。自分のためなんだからね」

「そうそう」と、立野はやっぱり食べている。

「これじゃどっちが先生かわかんねえよ……」長一郎が情けなさそうにつぶやいた。

「朝倉先生のお父さん」と、ふいに法子が立ち上がり、カウンターの中の長一郎に向かって言った。「お父さんもちゃんと先生のこと監視しといてくださいよ」

「保護者代わりなんでしょ？」「人手が足りないからって出前させないでくださいよ」

晶とあゆみも法子のあとに続いて、厳しく言い渡した。

「はい……」頭の被《かぶ》り物を取り、小さくなる長一郎である。


「あ〜退屈や……」仙太郎は部屋に寝転がり、さっきから同じセリフを何度もつぶやいている。

何十回目かのセリフを仙太郎が口にした時、ひろしの父親が店に飛びこんできた。

「桜木先生、大変ですよ。ちょっと」ひろしの父親は靴を脱いで茶の間に上がりこみ、慌ただしくテレビのスイッチをつけた。お昼のワイドショーの話題は教育問題らしく、数人のコメンテーターが出演していた。

画面に大きく映し出された女性コメンテーターを見て、仙太郎は思わず声をあげた。

『……うちの息子も今回の被害者の方と同じ目に遭ったんです』

『と、言いますと体罰ですか？』

まさしく水野の母親が、司会のアナウンサーに意見を求められている。

『はい、理由もなく殴られたそうです。気に入らないというだけで』

「まだそんなこと言うてんのか？」仙太郎は画面に向かって文句を言った。

『それ以来、朝、登校する時間になると胃のあたりが痛いって』

「それはアッくんのほうやろ？　勝手なことばっかり言いよってからに、こら！」

「先生、壊れますから」テレビを揺さぶりはじめた仙太郎を、ひろしの父親が慌ててなだめた。

『この件に関しては、徹底的に糾弾するつもりです。周りの父兄の方たちも、全員が私に同意してくれていますし、たぶん、その先生は免職になるんじゃないでしょうか？』

仙太郎の手がピタッと止まった。免職？

「……そうなんですよ、桜木先生。とても分が悪いんです……」

画面の中で得々としゃべり続けている水野の母親を、仙太郎はぼう然として見つめた。

しおしおと部屋に戻った仙太郎だが、もはや退屈どころではない。どんより落ちこんでいると、しばらくして、小野寺が遠慮がちにやってきた。

「……ボクはどうしたらいいでしょうか？　ボクが辞めたところであのクラスは変わりません。そしたらまた前にいじめられていた生徒が同じ目に遭うかもしれません。それが心配で……」

先ほど、学校を休んで小野寺に会いにきた、村田友也のすがるような目が頭から離れない。

「……ねえ、先生、もう学校、こないの？　……先生がこないんだったら、ボクも行かない」

公園のブランコに並んで座り、村田は「先生がいなくなったら、またいじめられるかもしれない……助けてくれる人、もう誰もいなくなっちゃうもん」と涙まじりに訴えたのだ。

「……もうわからなくなってきたんです。どうしたらいいか」小野寺の引き出しの中には辞職願いがしまってある。

「……あのな」

「はい？　なんでしょうか？」

「なんでオレに相談するねん。オレは辞めさせられるかもしれんねんで？　それも辞めとうないのに。アッくんは自分が辞めようかどうしようか迷てるだけやないか？　オレから言わせると贅沢《ぜいたく》な悩みや」

「ボクは、もうあのクラスで教師としてやっていく自信がないんです。今朝だって、なんとしても学校に行くつもりだったのに胃が痛みだして……体は正直です。もうダメなんですよ、ボクは。教師になんてふさわしくなかったんです」

うだうだと弱音ばかり吐いている小野寺に、仙太郎の堪忍袋の緒が切れた。

「あ〜！　ムカつくやっちゃな！　そんなごたくはどうでもええんや！　肝心なんは、たったひとりでも、必要としてくれてる生徒がおるんやろ？　そのコどうするんや？　見捨てていくつもりか？」

「それは……」

「教師ならな、たとえどんなことなっても、体張ってでも守ってやれよ！　自分の生徒を！　それができんのやったら、とっとと辞めてしまえ。あほんだら！」仙太郎は、ついに背を向けてしまった。「ついでに、ぼけなすや！」

小野寺は、村田になにも答えてやることができなかったように、仙太郎にも、ひと言も言い返せないまま部屋を出た。「お邪魔しました……」しょんぼりと帰ろうとした小野寺を、長一郎が小野寺先生、と呼び止めた。

「……この前のことなんだけどよ。脅育ってヤツ。あれからオレもよ、ない頭でちょっとは考えてみたんだけどね、どう考えても仙太郎が間違ってるとは思えねえんだ……確かに、生徒を殴ることは悪いかもしんねえけどよ、でも、あいつは体ごとその生徒にぶつかっていったんだ」長一郎はそこまで言うと、改めて小野寺を見て言った。

「あんた、その勇気があるのかい？」

「！」

「生徒に体ごとぶつかる前に、いつも生徒から逃げてたんじゃないのかい？」

そしてまた、小野寺は長一郎にも、なにひとつ返す言葉がなかったのだった。

「署名にご協力くださ〜い！」「桜木先生を辞めさせないでほしいんです」「お願いしま〜す！」その日の夕方、富士見が丘小学校の昇降口では、5年3組が全員総出で、下校していく生徒たちの署名を集めていた。

「だって、水野くんを殴ったんでしょ？」「そういう先生、イヤだ」

世の常でうわさはすぐに広がり、あからさまに仙太郎を嫌悪する生徒もいる。

「そこをなんとか、頼みますよ」「ボクたちが責任を持って、二度とこういうことさせませんから」

頭を下げ、泣きつき、拝み倒す。みんな、仙太郎のために一生懸命だった。

「そんな署名集めたって、どうにもならないよ」

意地の悪い言葉に振り返ると、小馬鹿にしたようなニヤニヤ顔が3組の生徒たちを見ていた。

「水野だ。イヤなヤツ……」

「きみたちもかわいそうだね、あんなヤツが担任だなんて」

「先生はいい先生だよ」ひろしが水野をにらみつけて言った。

「教師の採用試験、2回も落ちたうえに体罰じゃ、ろくなもんじゃないよ」

「先生の悪口は言うな」

「へえ、言うようになったじゃない。いつもボクの前じゃ泣くことしかできなかったくせに」

ひろしは思わず水野に飛びかかっていったが、逆に体ごと突き飛ばされてしまった。

「おまえのせいで先生が辞めることになったら許さないからな！」

地面に転がりながら、ひろしはまだ水野をにらみつけている。と、その時。

「ボクも」日向響が、前に出てきて言った。「ボクも許さない」

「誰に言ってんの？　またいじめられたいのかな？　オカマちゃん」

「……ボクはオカマじゃない！」日向は勇気を振り絞り、初めて水野に言い返した。

「日向くん」そんな友人を、ひろしはうれしそうに見ている。

「ひろしや日向はオレたちのクラスメートなんだ」「なにかあったら、承知しないからな」

3組の仲間たちが、ひろしや日向をかばうように、ずらりと立ちはだかった。

「オレたちのクラスにいじめはないの」

「そ。いじめはサイテ〜な人間がすることだって、先生に言われたんだよ」

「へ〜え、美しい友情ゴッコだね」水野が皮肉で応酬した。

「そんなヤツ相手にしなくていいよ」いきりたつクラスメートたちに、白石が冷静に言った。

「そうだよ。無視が一番。みんな署名続けようぜ」野村はさっさと水野に背を向けて、呼びかけを再開した。3組の生徒たちも、そうだそうだと署名運動に戻っていく。

とり残された水野にひろしが言った。

「水野くんて、傷つけたり、いじめることでしか、友達とつきあえないんだね……いじめられてたボクなんかより、よっぽどかわいそうだよ」

ひろしはそう言うと、3組の仲間たちの輪の中へ戻っていった。

ひとりで帰っていく水野の後ろ姿は、どこか寂しそうだった。


お風呂《ふろ》から上がってきた素子が茶の間をのぞくと、仙太郎が縁側でぼんやり座っている。

「なによ、しょんぼりしちゃって」素子は、はい、と缶ビールをさしだした。

「……正味の話、こんなことになるなんて思わんかったわ」

「元気出しなさいよ、あんたらしくない。なるようにしかなんないんだから」

「人事やな……あいつらかて、一度きてくれただけであとは知らん顔やし……あ〜」

なにもかもイヤになったように、仙太郎は畳の上に引っくり返った。

「生徒たちのこと?」

「もっと会いにきてくれてもええのに……あ〜会いたいな〜」すねてゴロゴロ転がっている。

「あのコたちね」素子は言いかけて、思い直した。「……仙太郎って幸せ者かもね」

「なにがや? こんな不幸の真っ最中に。ほんま、おまえ意地が悪いな」

やり場のない気持ちを持て余している仙太郎を見ながら、素子は、今日の放課後に見た昇降口の光景を思い出してフッとほほえんだ。

翌日、放課後の体育館で、PTA総会が始まった。校長と仙太郎が、大勢の父兄と向かい合っている。司会役は教頭だ。素子と西尾も、5年の担任として出席していた。

「体罰を受けた子供たちがどういう精神的苦痛を受けるかを考えると、私はとても許すことができません」

水野の母親が、先ほどから仙太郎を吊るし上げている。

「今、私たち親は断固として体罰を認めるわけにはいきません。それは子を持つ親の権利でもあるんです。そこのところを学校としてはどうお考えになっていらっしゃるんですか？」

矛先が校長に向けられた。校長はしきりに額の汗をふきながら、

「おっしゃることはごもっともです。今回のことはひとえに私共の落ち度であり、校長としての私の監督不行き届きでございます」と、米つきバッタのごとく何度も頭を下げている。

「桜木先生はどうなんですか？」

「はい、申しわけないことをしたと思ってます……」仙太郎は神妙に答えた。

「私たちは、謝ってほしいのではありません。体罰を行う教師には、すぐに辞めていただ

きたいんです。ねえ、みなさん」

父兄たちの賛同の拍手が沸き起こった。仙太郎はすっかりしおれている。

「やっぱり、こうなると思ってたんだよな」「最悪の結末」

体育館の扉から、3組の生徒たちが重なり合うように中をのぞきこんでいる。

「ちょっと待ってください。そんな辞めさせるまでは……」「そうです。桜木先生はうちのコも慕ってるし、いい先生なんですから」

ひろしの両親が発言すると、水野の母親は、ここぞとばかりに主張した。

「じゃ気に入らないという理由だけで、生徒を殴ってでもですか？　そんな教師のいる学校に安心して子供を通わせることなんかできるわけがないじゃありませんか？」

「おい、さっきから聞いてりゃ一方的によ？　あんたとこの息子もたいがいのことしてんだぜ？　知ってんのか？」出し抜けに、場違いなべらんめえ口調が飛び出した。

「どちらのご父兄ですか」水野の母親は、上品に眉《まゆ》をひそめている。

「父兄じゃねえよ、この学校の卒業生だよ」長一郎である。

「関係ない人は黙っててください」

「なんだと？　桜木先生がおまえんとこのガキ殴ったのには、ちゃんとした理由があんだよ、な？　ヨッちゃん」長一郎は、壇上にいる、幼なじみの校長に迫った。

「……どうなんだい？」困った校長は、教頭にゲタを預ける。

「私の聞いたところではですね……1組の生徒たちは今、水野くんのお母さんがおっしゃっていたとおりのことを」水野の母親は勝ち誇って言った。

「ほら、ごらんなさい」「この場で採択をお願いします。校長先生」

「もっとよく調べろよ、おい！」

校長は板挟みになって「いや…そのですな……」ともごもご言葉を濁している。

「じゃ教頭先生！」水野の母親がジロリとにらみつけた。

「それでは……挙手をお願いします」

「待てよ！」長一郎が言うのに取り合わず、教頭はマイクに向かって言った。

「桜木先生の辞職に賛成の方」

数名をのぞいて、大多数の父兄が手を挙げた。水野の母親は満足気にほほえんでいる。

二度目の採用試験に落ちて以来、仙太郎が三度目の絶望のどん底を見た、まさにその時。

「遅くなってすいません」小野寺が、肩で息をしながら体育館に飛びこんできた。

「アッくん……」

「5年1組の担任の小野寺です。今回のことは、桜木先生のせいではありません。ボクのせいなんです。ボクが教師として未熟なばかりにこういうことが起こってしまったんです」

小野寺は腹を据えると、父兄に向かって真実を告げた。

「ボクには、ほんとの勇気がありませんでした。そのせいで、クラスからいじめをなくすことができませんでした。でも、いじめられてた子をなんとか守りたくて、それで、結局、担任であるボクが生徒たちからいじめられるようになりました」

父兄たちはこの突拍子もない話に驚き、いっせいにざわめきはじめた。

「情けない話です……。桜木先生はボクの代わりに殴ってくれたんです。決して暴力がいいと言ってるわけではありません。でも、体ごとぶつかりあえば絶対にわかりあえる、そう信じて殴ったんです」

仙太郎は、弱さという殻を一枚脱ぎ捨てた小野寺の姿を見た。

「ボクももう逃げることはやめます。これからは、桜木先生のように生徒たちに体ごとぶつかっていくつもりです」

長一郎も、足を踏ん張って立ち向かっていこうとする小野寺の姿を見た。

「だから、桜木先生を辞めさせないでください！　お願いします！」

「もう決まったことなんです。採決も済みました、ねえ、校長」

分が悪くならないうちに、水野の母親は半ば強引に立ち上がった。

「今日はこれで終わりにしましょ。答えが出たんですから」

「待ってください、もう一度話し合ってみてください」「待ってください」

素子と小野寺、西尾や長一郎、ひろしの両親らが懸命に引き止めるが、父兄たちは水野の母親に引きずられるように、どんどん席を立って帰りはじめた。

——と、体育館の出口で、水野の母親が騒ぎだした。

「靴は？　確かにここに脱いだはずなのに」

父兄の靴が全部なくなっている。出るに出られず、ふと視線を上げた親たちは、運動場の真ん中で、横一列に並んでいる3組の生徒たちに気づいた。

「靴は全部、ボクたちが預かってま〜す！」野村が大声を張りあげた。

見ると、父兄たちの靴が大きなボールかごいっぱいに詰めこんである。

「早く返しなさい」水野の母親が金切り声をあげた。

「その前に、ボクたち5年3組のお願いを聞いてください」白石が言った。

「せーの」みゆきの合図で、3組全員が声をそろえて言った。

「桜木先生を辞めさせないでください！」

「確かに、採用試験二度も落ちてるし」「これでも先生かって思う時あるけど」

「ボクたち」「わたしたちは」

「桜木先生にいてもらいたいんです」「桜木先生が大好きなんです」

「もう一度考え直してください」全員が、もう一度声をそろえて、いっせいに頭を下げた。

「お願いします！」

仙太郎が身じろぎもできずにその光景を見ていると、白石とみゆきが走ってきて、校長に分厚い紙の束を渡した。

「校長先生、これは桜木先生を辞めさせないでほしいというボクたちの気持ちをわかって、名前を書いてくれた人たちの署名です」

「全校児童の3分の2以上の432人分あります」

「あのコたち、放課後残って署名集めてたのよ、一生懸命」素子が、仙太郎に教えてやった。

「あいつら……」涙がこみあげてきて、仙太郎は運動場に駆けだしていた。

「先生」生徒たちが駆け寄ってきて、仙太郎を取り囲む。

「ありがとうな……こんなオレのために……おまえらに心配かけてすまんかった……」

仙太郎は子供たちと抱き合い、涙をぬぐおうともせず、父兄たちに言った。

「オレ、この子らの先生でいたいです。お願いします！　もう一度だけチャンスください」

「お父さん、お母さん、お願いします」「桜木先生を辞めさせないで」「お願いします！」

子供たちは口々に言い、涙をボロボロ流しながら訴えた。

「こんな慕われてる先生を辞めさせる気かい？」長一郎が、校長の肩をポンとたたいた。

校長がどうしたものかと考えこんでいると、母親のひとりが言いだした。

「あたし、さっきの挙手取りやめます」「あたしも」

もらい泣きしている父兄たちから、次々と意見をひるがえす声があがった。

「ちょっと、みなさん……」水野の母親の顔色が変わった。

「理由もあったことだしね」「誰がそんないじめなんかしてたのかしら？」

「心当たり、あたしはあるんですけどねえ」ひろしの母親が、チラッと水野の母親を見た。

「校長先生、父兄のみなさんもこう言ってるんですから」ひろしの父親が言った。

「おい、ヨッちゃん」長一郎も詰め寄った。

「……わかりました。桜木先生の処分は改めて考えますが、先生は辞めさせません！」

「ワア〜イ」校庭に生徒たちの歓声があがった。小野寺、素子、そして西尾もホッとしている。

仙太郎は涙でぐちゃぐちゃの顔をほころばせ、大喜びの子供たちをぎゅっと抱き締めた。


——さて、大仕事を終えて、帰っていく3組男子たちである。

「ほんとにクサい芝居させられちゃいましたよ」野村がやれやれと肩を回した。

「けど、そのおかげで親たちの涙がさそえて、先生、辞めなくてすんだんだから」と白石。

「え……あれ、お芝居だったの？」ひろしが目を丸くした。

「当り前っしょ？　今時、誰があんなお涙ちょうだいマジにするんすか」

野村に言われて、ひろしと立野は小さくなって答えた。

「ボク、本当に泣いちゃったよ」「ボクも……」

一方、こちらは法子たち三人娘である。

「ちょー恥ずかしかったよ」「あんなの、幼稚園ん時のお遊戯会以来」

「でも、先生、マジに泣いてなかった？」

「単純だから」「そこが、かっわいい〜の！」晶とあゆみがキャアキャア言った。

数日後、学校の校庭に、転校の手続きを終え、母親と一緒に帰っていく水野の姿があった。

「水野くん」名前を呼ばれて立ち止まると小野寺が追いかけてきた。

「こういう終わり方になって残念に思ってるよ……もっときみとはわかりあいたかった」

「……本気で言ってるんですか？」

「ああ。それと」小野寺はニコッと笑って言った。「きみは、いつまでも、ボクの生徒だから」

　ネクタイを締めていない小野寺を、水野は初めて見た。

「行くわよ」母親に呼ばれて、水野は門に停まっているタクシーに向かって歩きだした。

途中で振り返ると、いつまでも水野を見送る小野寺の姿があった。

「あたし、小野寺先生のこと見直したな」教室に向かいながら、素子が小野寺に言った。

「PTA総会の時……勇気あるわよ」

「……そうですか？」小野寺はうれしそうだ。

「うん。あら、ネクタイは？　いつもしてるのに」素子が気づいて尋ねた。

「もう変身する必要がないのではずしました」小野寺はきょとんとしている素子に言った。

新たな決意をもう一度胸に刻み、小野寺は、教え子たちの待つ教室へ向かっていった。

こちらは、相変わらず騒々しい5年3組の教室である。

「ほら、おまえら聞け！　今度、水野の代わりに、うちの若林が副会長になることになった」

「えっ！」若林は仰天して椅子から転げ落ちそうになっている。

「お～スゲえ！」寝耳に水のビッグニュースに、男子は大騒ぎである。

「おめでと、若林くん」「おめでと」ひろしや日向が口々に祝福した。

「なんで若林なわけ？」一方の女子たちは、そんな男子たちを冷めた目でけなしはじめた。

「ほかのクラスの男子たちがおもしろがって入れたらしいわよ」

「ホント、男って、いい加減よね」

「じゃ新副会長からひと言！」仙太郎が景気よく言った。

「いや～ア、ボクなんて無理っすよ」口とは裏腹に、若林はうれしそうだ。

「そんなことない。若林だってやればできる。何事もや！」

仙太郎を筆頭に、バンザイ三唱で盛り上がる男子勢を見て、女子は深々とタメ息をついた。

★仙太郎の格言★

誰のでも
意味があんねん
涙には。

おとなびた恋心

北風ピープーなんのその、5年3組の教室では、男子どもが机の周りに人だかりを作って、なにやら興奮気味に騒いでいる。

「飯田みゆき、飯田みゆき――これも飯田みゆき」

野村がふたつに折り畳んだ紙を開いて名前を読み上げ、ひろしがノートに正の字をつける。

「やっぱ、副委員長はいいよな」みゆきを盗み見し、男子たちはささやきあった。

「美人だし」「やさしいし」「勉強もできるし」立野やひろしも、みゆきに1票を投じたらしい。

「それに、なぜかいい匂いがすんですよねえ」野村が、みゆきのほうに鼻を向けてスーッと息を吸いこんだ。男子全員、トローンとした目でみゆきを見つめている。

「……え～っと、続けるよ」野村が作業を再開しようとした時、「みんな掃除終わったか？」と、仙太郎が教室に入ってきた。

「先生、あいつらになんとか言ってやってよ」すぐさま法子が駆け寄っていった。

「ゴミ捨ても行かずにあんなことしてんだから」「ほんと最低」晶とあゆみもぶうぶう言

った。

先ほどから、おもしろくなさそうに野村たち男子を見ていた三人娘である。仙太郎は「ン？」と人だかりに近づき、机の上をのぞきこんだ。「なにしてんねん、おまえら」

「みんなで投票してたんすよ。うちのクラスのマドンナ決めようって」野村が答えた。

「マドンナ？」たちまち興味を示す仙太郎を、三人娘がジッとにらんでいる。

「……おまえらな、そんな女のコを比べるようなことしてええと思てんのか？」仙太郎は声を大にして言い、最後にコソッとつけ加えた。「で、誰になってん？」

「飯田みゆきっす」野村が言い、ひろしが「ダントツだよ」とノートの統計を見せた。

「ほお、副委員長か。セクシーやからねえ」仙太郎はふむふむと納得の顔。

「先生も、そう思います？」「男はみんな一緒ですよねえ」

仙太郎と男子勢は意気投合して、ワッと盛り上がった。が、仙太郎は再び三人娘の視線に無言の圧力を感じ、ゴホンと咳払《せきばら》いして言った。

「ほら、早くしまえ。終わりの会始めるぞ」

野村たちが教室から出てくると、三人娘が待ち構えていた。

「ちょっと」法子が、野村を呼び止めて言った。「いい加減にしてよね。ミスコンだって、反対運動にあってなくなる時代なの」

「女性差別ってわかる？」「大ヒンシュクよ」晶とあゆみが、腕組みをして前に出てきた。

「鈴木くん、さっきのノート」野村は、ひろしから受け取ったノートを開いて言った。

「え〜っと、菊地あゆみ、2票、栗田晶、1票、おふたりにはちゃ〜んと票が入ってるよ」

晶とあゆみの動きが「え」と止まる。

「ひそかに思ってる男がこのクラスにもいるってこと」

「え〜」ふたりの顔は、すでに五分咲きくらいにほころんでいる。

「そんなことで、ごまかさないでよ」法子はひとりムッとして言った。

「別にごまかしてなんかないよ。事実を言ったまで」と野村。

「開き直る気？」

「あ、それってブスのひがみ？　そうだよね、1票も入らなかったんじゃあね」

「野村くん……」ひろしが慌てて野村のソデを引っぱった。

「……言ったわね、ブスって」法子が怒りに顔を引きつらせている。

「あ……ごめん……つい、ほんとのことを……」言いながら、野村は一歩あとずさった。

「待ちなさいよ」法子が一歩前へ。「許してください！　許して〜！」悲鳴をあげてノートをひろしに放り投げると、野村は脱兎《だっと》のごとく駆け出した。

「待てって言ってんのよ！　コノヤロー！」

「ちょっと法子」晶とあゆみも、ふたりのあとを追いかけていった。

「……今のは野村くんが悪いよね」「うん」廊下に残された、ひろしと立野である。

「けどさ、木下さんも確か……ほら、1票入ってるよ」ひろしが、ノートを開いて首を傾げた。

仙太郎は、仕事を終えて駐輪場にやってきた。鍵《かぎ》をさしこもうと屈《かが》みこんだとたん、車輪の向こうに、すんなり伸びた長い脚が見えた。「お……!」男の習性で、つい声が出てしまう。

「先生」呼ばれて見上げると、クラスのマドンナ、飯田みゆきである。

「なんや副委員長か」

「先生、あたしのことセクシーって言ってくれたでしょ?」みゆきが出し抜けに言った。

「ほんとにそう思ってる?」

「あ、ああ。そのルックスは、小学生にしとくのもったいないくらいや」

調子に乗ってホメあげる仙太郎に、みゆきはニコッと笑顔になった。笑い方も大人っぽく、色気まで漂っていて、男子にモテるのもうなずける。

「じゃあな、気をつけて帰れよ」仙太郎は鼻歌を歌いながら、自転車に乗って帰っていった。

その場にたたずみ、ジッと仙太郎を見送っているみゆきの、その眼差《まなざ》しの意味を、女心のおの字もわからないこの男に、気づけというほうが無理なのである。

翌日の登校前、仙太郎と素子は、ちゃぶ台に向かい合って朝ごはんを食べていた。

「おい、どうなってんねん」仙太郎がタクワンを箸《はし》でつまみあげた。見事につながっている。

「切るくらいちゃんと切れよ。ほんまにこれでも女か」

「急いでたの。そんなに言うなら、あんたが朝食作れば？」

憎まれ口にムッとして言い返していると、長一郎が、大きなカバンを持って茶の間に入ってきた。

「親っさん、どこか行くんですか？」

「言っただろ？　町内会の慰安旅行で熱海《あたみ》だよ。みんなで飲んで食って、楽しんでくんのよ。店は三郎にまかしてるけど、おまえたちも手伝ってやれよ」

先に食事を終えた仙太郎は、荷物を運ぶのを手伝いながら、長一郎にコソッと耳打ちした。

「親っさん、困りますわ。オレ、夕食どうしますねん」

「素子に作らせりゃいいだろ？」

「アキませんて。素子の作ったのはマズうて食べられません」

3日の辛抱だよと受け流す長一郎に、仙太郎は「勘弁してください」と悲鳴を上げた。

「なあ、素子、名案があんのや」素子と並んで学校に向かいながら、仙太郎が言いだした。

「姉ちゃん、呼ばんか？」

「お姉ちゃん？」

「そうや。そしたら、素子は夕飯作らんですむし、オレはうまいのが食えるってわけや」

素子にジロッとにらまれて、仙太郎は慌ててつけ足す。

「あ、素子も学校終わってからやと作るのも大変や思てな」

「……そうね。あたしもお姉ちゃんに会いたかったし」

素子はしばし考えたあと、ニコッとして賛成した。綾子に会いたいのもホントだが、料理を作るのもじつは面倒くさいのである。

「そうやろ？　鬼の居ぬ間に楽しいやろうや。な」

「いいかもね。たまにはいいこと言うじゃない」

珍しく気が合っているふたりである。

「あのふたりさ、怪しくない？」「毎日、一緒にきてるしね」

登校してきたお嬢グループの菜摘と真理子が、仙太郎と素子を見てささやきあった。

「朝倉先生んチに下宿してるからでしょ？」みゆきが打ち消すように言った。

「それだけじゃないんじゃないの？」「朝倉先生、結構かわいいしね」

ふたりの無責任なうわさを心の中で反すうしながら、みゆきは、肩を並べて歩いていく仙太郎と素子をじっと見つめていた。

富士見が丘小学校の校庭に、ピーッと笛が響き渡った。

「みんな頑張れよ！　今度のクラス対抗はなんとしても勝つんや！　3組が優勝をもらうんやからな！」

近々行われる大会に向けて、今日の体育の授業はドッジボール。審判の仙太郎も、子供たちと一緒に駆け回っている。

「わかってまっす！」「まかせなさいって！」男子の気張った声が返ってくる。

「ほら、行け！　ぶちまかせ！」中でも、一番熱くなっている仙太郎である。

「なにかイベントがあると、夢中になっちゃうんだから」「男ってバカじゃないの？」

当てられて外野に回ったギャルチームが退屈そうに言った。

同じく外野にいたみゆきが命を取り戻し、コートに戻った。そのとたん、野村やおちゃらけトリオたち同じチームの男子が、みゆきの周りを取り囲む。

「なにしとんのや？」仙太郎が言った。

「副委員長を守ってんです」「うちのクラスのマドンナですから」

「そんなことしとったら当てられて死ぬぞ」

「副委員長のためだったら死んでも本望です」「オレも」「オレも死ねます」

仙太郎はあきれ、女子たちはシラ～っとしている。が、とりあえずゲームは続行だ。

「いただき！」すばしこさではクラス一の野村が、飛んできたボールを受け止め、相手コートの男子に豪速球を投げつけた。が、さっとよけたその男子の代わりに、ボールは真後ろにいた女子の顔面を直撃してしまった。

「しまった……」野村が青くなった。ひっくり返った女子は、よりにもよって法子である。

「おい、法子、大丈夫か？」仙太郎たちが駆け寄ってきた。

法子はムックリ起き上がると、ジロッと野村をにらみつけた。

「あ……あの、ワザとじゃ……」

野村の声を無視して立ち上がり、法子はゆっくりと転がっているボールを拾い上げた。

「コノヤロ！」お返しの豪速球が、ビュッ！　と野村の顔をかすめていく。

「だから、ワザとじゃないって」

「うるさい！」法子はカゴに入っていたボールを次々投げつけはじめた。

「女は顔が命なのよ！」女子軍団が、法子に加勢して参戦した。

「それを言うなら、歯が命だよぉ！」逃げ惑う野村や男子たち。

「だいたいね、気に入らないのよ！　副委員長ばっかヒイキしちゃって」

「しょうがないだろ？　世の中、美人がいればブスもいんだから」

いつの間にかコートでは、男子対女子のドッジ大激戦が繰り広げられている。

「やめろて！　戦う相手はほかのクラスや！　仲間割れはやめとけて！　おい！」

止めようとして間に入った仙太郎に、たちまち両方から集中砲火が浴びせられる。

「イッタ〜、誰や、今、投げたんは！」仙太郎、参戦である。

「あ～あ、先生までムキになっちゃって」「あれじゃ恋人なんかできっこないよね」

お嬢グループの菜摘と真理子が、あきれて言った。

「……男、見る目ないのね」

菜摘と真理子が、「え？」とみゆきを振り向いた。みゆきは黙ってコートの中を見つめている。クラスのマドンナの視線の先にいるのは、仙太郎なのである……。

長一郎のいない『悟空』はてんてこ舞いの忙しさ、三郎は夕方から調理場に釘《くぎ》づけで、素子は客を案内し、注文を取り、料理を運びと、狭い店内をくるくる走り回っている。

一方、奥の茶の間では、店とは正反対に、なごやか～な空気が流れていた。

「すいません、相手してもらって」綾子が台所から肉じゃがを運んできた。

綾子が夕食を作っている間、仙太郎は裕二と遊んでやっていたのだ。

「そろそろできたんだけど、素子とサブちゃんは？」

「今、忙しそうやからあとからでええんちゃいますか？」

「そうね。じゃ先にいただいちゃおうか」

仙太郎がウキウキしてちゃぶ台につくと、「はい、仙太郎さん」とごはんがさしだされた。

「なんや新婚家庭みたいですね、ハハ、テレたりして、ハハ」

「ちょっと仙太郎！」店から素子の怒鳴り声が聞こえてきた。

「呼んでるみたいだけど」と綾子。

「空耳ですて。いただきます！　お、うまい！」仙太郎がおいしそうに料理をパクついていると、「こっちきて手伝ってよ！　仙太郎！」と、また空耳がした。

「あ〜疲れた……」ようやく店が一段落し、素子はやっと夕飯にありついた。

「親っさんのいてへん時に限って混むんやから、かなわんよな。はいお茶」

仙太郎が湯飲みをさしだした。裕二はすでに座布団の上で眠ってしまっている。

「なんで呼ばれたらすぐこないのよ。のんびり夕食食べて」素子が恨めしそうに言った。

「あとから手伝《てつど》おたやないか？　せっかく綾子さんの手料理を食べてたんやから、ね？」

「お口に合ったかしら？」と綾子。

「もちろんです、合わんわけありません」と、仙太郎は浮かれっぱなしである。

「たく……デレデレして……」素子はボソッと言い、ごはんをかきこんだ。

「でもいいな——やっぱりうちが一番落ち着くわ」綾子がホッとしたようにあたりを見回した。

「早く、綾子さんも一緒に暮らせるようになったらええんですけどね」と仙太郎。

「お父さんの意地もあそこまでいくと国宝級だから」素子はタメ息をついた。

「仕方ないわ。親の反対した相手と勝手に結婚して、そのうえ離婚までしちゃったんだから」

「あの、前から気になってたんですけど、その相手いう人は」仙太郎が控えめに切り出した。

「それは……」言いよどんでいる綾子の代わりに、素子が答えた。

「隠すことないじゃない。サブちゃんの前にうちで働いていた人よ。ふたりが結婚したいって言った時、『まだ一人前じゃない。修行の身でなにが結婚だ！』ってお父さん、大反対したの。あの時、すんなり認めてあげてれば……」

「ンンン。父さんの言うとおりだった。そのあと、あの人、いろんなラーメン屋さんで働いたけど、どこも続かなくて、そのうち仕事を探すこともしなくなったもの」

「じゃ、その間の生活は」仙太郎がきいた。

「あたしがパートで働いて、なんとか」

「苦労しはったんですね……オレ、絶対、なんとかします。綾子さんと裕二くんがこのうちで暮らせるように」仙太郎はしみじみ同情している。

「なんとかって、あんたがなにかするとよけいこじれるばかりなの」素子がすかさず牽制《けんせい》する。

「今度は絶対うまくやるて」

「いい？　あんたはあたしたち家族のことに首突っこまないで！　たんなる下宿人でしょ？」

「オレかて家族の一員みたいなもんやないか？　同じ釜《かま》の飯食ったら家族も一緒なん

や！」

「よくもそんな屁理屈《へりくつ》を……」

「ほんと仲がいいのね」ふたりの掛け合いを見ていた綾子が、クスクス笑いながら言った。

「ケンカするほどなんとかって言うじゃない？」

「違いますて、綾子さん。なんでオレがこの素子と」

「そうよ、お姉ちゃん。なんであたしがこの仙太郎と」

ムキになって否定する仙太郎と素子である。


よく晴れた日曜日。出かける支度を終えた素子が、２階に向かって声をかけた。

「行くわよ、仙太郎」

今日は、学校の社会見学のため、５年の担任全員でヘリポートに下見にいくのである。

ところが、階段を下りてきた仙太郎が、「なんや急にハラが痛《いと》うて……」と言いだした。

「じゃトイレ行ってきなさいよ」素子が言った。まるで生徒と同じ扱いである。

「そうやのうて、キリキリとさすように痛いんや、アイタタタ……」おなかを押さえてうずくまった仙太郎に、ようやく素子が「大丈夫なの？」と気遣いを見せた。

「悪いけど今日は１日、寝てたほうがええみたいや。行きたいんやけど、アイタタタ……」

「仕方ないわね。じゃ、薬その引き出しに入ってるから。ほんとに役に立たないんだから」

「わかった、養生してるわ。行ってらっしゃい、アイタタタ」

素子が行ってしまうと、仙太郎はとたんにすっくと立ち上がった。

「……これでよしと、あとは西尾先生やな」受話器を上げ、番号をプッシュする。

「あ、こんちは、桜木です——今日の社会見学、あれ中止になったんですわ。ええそうなんです。またの機会ということで——はい、ごめんください」

仙太郎は電話を切ると、ひとりほくそ笑んでつぶやいた。「これでバッチリや。あとはアッくんの腕次第」

学校の仕事にかこつけて、小野寺と素子をふたりっきりにさせようという計画である。もちろん小野寺も承知済みで、今度こそコクるんやぞ、と励ます仙太郎に、「背水の陣で臨むつもりです」とキッパリ宣言したものだ。

役目が終わり、昼寝でもしようと2階に上がりかけた時、切ったばかりの電話が鳴った。

みゆきに電話で呼び出された仙太郎は、着替えをして待ち合わせ場所にやってきた。

「どこにおるんや？　もうきてるはずやねんけどな……」

あたりを見回すが、なかなかそれらしい小学生は見つからない。仙太郎がキョロキョロ捜し回っていると、「先生」と声をかけられた。女子大生らしき女の人が駆け寄ってくる。

「は？　先生って……みゆき⁉」近くで見て、ビックリ仰天である。

「なんや、おまえ、えらいカッコして……化粧もしてんのか？」

ナチュラルなメークにゆるくウェーブした髪、タイトなミニスカート。そもそも大人っぽいみゆきだが、今日のいでたちでは、とても小学生に見えない。

「似合ってませんか？」

「そんなことないけどやな、え？」目を丸くしている仙太郎を見て、みゆきはクスッと笑った。

「先生くるの遅いから、サラリーマンみたいな男の人に声かけられたんですよ」

「アカンで。そんなのについてったら……それで相談ってなんや？」

「ここじゃあれだから。どこかに行きましょうよ、先生」みゆきがスッと腕を組んできた。

「あ、ああ……」一瞬、仙太郎の心臓が跳ね上がる。

「今、ドキッとしたでしょ？」みゆきがいたずらっぽく言った。

「ア、アホか？　なんで先生がおまえにドキッとするんや」口で言うわりに、ドギマギしているのが丸わかりである。

「そういうとこ、かわいいんだよね」

「あのな、先生をからかうもんやないよ、ほんま」

「行こ」みゆきは楽しそうに、戸惑う仙太郎をグイグイ引っぱって歩きだした。

「へえ、ヘリポートって初めて。子供たちもきっと興味持つわよ」

「そうですね」が、小野寺が興味を持っているのは、もっぱら素子のほうである。

小野寺はチラッと素子のようすをうかがい、思いきって切り出した。

「あの、このあとなんですが」

「なに？」素子はもの珍しそうに、ヘリコプターの中をのぞきこんでいる。

「その、どこかでお茶でもしませんか？」

「そうねえ……」

小野寺が緊張して待っていると、あっさり「いいわよ」という返事が返ってきた。

「ほんとですか？」天にも昇る心地、とはこのことである。

小野寺は素子の後ろ姿を見ながら、「よおっし……！」と、闘志を胸にうなずいた。


小野寺が素子を案内してきたのは、パリの街角にあるような、おしゃれなオープンカフェだ。

「へえ、こんなお店できたんだ。小野寺先生、よくくるんですか？」

「いや、ボクも初めてで。雑誌で読んでそれで」小野寺は、コーヒーをゴクリと飲んだ。

「でも、カップルばっかり」素子は、ビールをグビリと飲んだ。

「ボクたちも、そう見えたりして」

「まさか、あたしと小野寺先生が？」素子はまるで関心なさそうに言い、グラスを飲み干す。

「ああ〜、仕事のあとのビールはうまい。おかわりしちゃおっかな？」

「あ、あの、おかわりする前に言いたいことが」小野寺が慌てて言った。大事な用件の前に酒乱になられては困るのである。

「あのですね、その……」小野寺は意を決して口を開いた。「ボクは、ですね。ずっと前から」

「あっ！」突然素子がすっとんきょうな声をあげた。

「あれ仙太郎じゃない？　あ、女の人と」

「え？　女の人？」見ると、仙太郎が女子大生ふうの女の子と、腕を組んで店に入ってきた。

「ほんとだ、大学生みたいですね」

「あのヤロー、仮病なんか使って……」

もちろん、ふたりは知る由もないが、仙太郎のお相手は飯田みゆきである。

仙太郎とみゆきは、素子たちと少し離れたテーブルに案内され、向かい合って座った。

「それでと、相談いうのはなんや？　……ン？　顔になんかついてるか？」

「最近、苦しいんです」みゆきが言った。「胸がとっても苦しくて、息が止まりそうなくらい」

「具合でも悪いんちゃうか？　病院行ったんか？」

「誰も治せないと思います」

「そんなことない。ちゃんとお医者さんに診てもらわな。オレ、一緒に行ったろか？」

「なあんにもわかってないんですね」みゆきは小さくタメ息をついた。

テーブルをふたつ隔てたところでは、素子と小野寺が、隠れるようにしてふたりを見ている。

「なんか仲よさそうですね」小野寺が言った。

「そうね」素子はビールのおかわりも忘れ、仙太郎たちのようすをうかがっている。

小野寺はハタと我に返った。人のデートをのぞき見している場合じゃないのだ。

「桜木先生のことはいいじゃないですか？　社会見学の下見も無事終わったんですから──それよりですね、さっきの続きを……」

「なに？」素子は仙太郎のテーブルから目を離さず、返事も上の空である。

「あの、あのですね──その」小野寺はしゃちほこばりながら、勇を鼓して言った。

「ボ、ボクと、その、おつきあいをですね、していただければなと……」

「シッ、黙って」素子が指を口に当て、子供を叱るように眉《まゆ》をしかめて振り向いた。

素子は仙太郎のほうが気になっていて、今の告白をまったく聞いていないのである。

さて、その仙太郎とみゆきのテーブルに、ちょうど注文のミルクティが運ばれてきた。

「女心？」仙太郎は、パズルでも解き明かしているような顔つきで、カップに口をつけた。

「あ、もしかして、恋の悩み？」

みゆきが飲みかけのミルクティを置き、恥ずかしそうにうなずいた。

「さては、誰か好きなヤツでもできたんか？　相手は誰なんや？　クラスのヤツか？」

みゆきは、またこっくりうなずく。

「そいつらうらやましがられるで。なんせ、みゆきはうちのクラスのマドンナやからな」

仙太郎に茶化されて、みゆきは「ほんとに本気なんです」と語気を強めた。

「けどな、胸が苦しくなるなんてちょっとオーバーやで」

「オーバーじゃありません」

「そう思てるだけやて。本気や言うてもままごとみたいなもんや、みゆきは小学生やないか」

仙太郎はまともに取り合ってくれない。みゆきの表情がさっと翳《かげ》り、つぶやくように言った。

「……小学生が人を好きになっちゃいけないんですか？」

わかってもらえない悔しさと悲しさで、みゆきの目から、涙があふれそうになっている。

「あたし……」先を言おうとしたが、みゆきはこらえ切れずにテーブルを立ち、そのまま店を飛び出していった。仙太郎も慌ててレジでお金を払うと、あとを追いかけていった。

「泣いてるんじゃないの？　あいつ、女を泣かせたりして……」素子は興奮気味である。

「ボクも泣きたいですよ……」小野寺が、力なくつぶやいた。

「おい、待てて。みゆき」仙太郎はようやくみゆきに追いついて、腕をつかまえた。

「どうしたんや？……急になんやねん」

「……鈍感」みゆきは涙をこらえ、潤んだ目で仙太郎をにらんだ。

「誰のこと言ってるのかわからないんですか？」

ここまで言っても、仙太郎は「は？」ときょとんとしている。

「あたしの好きな人は……先生です」みゆきはとうとう打ち明けた。

「先生て……」

「桜木先生のことが好きなんです」

「オ、オレ？」仙太郎、面食らって、腰を抜かさんばかりである。

「いや……そんなこと言われても……その、オレは先生やし……おまえは生徒やないか？」

「関係ありません。先生はあたしのこと、どう思ってるんですか？」

「どうて……それはかわいい生徒やと思ってるよ」

「あたしが聞きたいのは女としてです」

「オ、オンナとして？」真剣な眼差《まなざ》しで迫ってくるみゆきに仙太郎はたじたじだ。

「その……そんなこと言われてもやな……」

「どうして答えてくれないんですか？　……誰かつきあってる人でもいるんですか？」

「あ……そうなんや」渡りに船と、仙太郎はとっさにウソをついてしまった。

「朝倉先生？」みゆきが、探るように仙太郎の目をのぞきこむ。

「いや、その……」うろたえるあまり、だんだん恐慌をきたしてきた仙太郎である。

素子が帰宅してしばらくすると、仙太郎が、ぐったりした顔で帰ってきた。

「おかえり」お茶漬けを食べながら、素子はむっつりと言った。

「ただいま……なんや、もう食うてんのか？」

「あ〜ごちそうさま」ワサワサ残りをかきこむと、素子は乱暴に箸《はし》を置いた。

「オレのぶんは？」ちゃぶ台には、このあいだの連なったタクワンしかない。

「そこにごはんがあるから、勝手に作れば？」

「冷たいの……」

「当然でしょ？　仮病使って、女を泣かせて」

素子がなじると、仙太郎は「なんでそれを……」と目を大きく見開いた。

「たまたま小野寺先生と入った店に、あとから入ってきたんじゃない」

「もう大変やったで、あのあと」思い出して、仙太郎はまたぐったりした。

「そりゃそうでしょ？　泣きながら飛び出していったんだから。けどよくあんたなんかとつきあってるわよね。大学生？　ＯＬ？」

「ちゃうわ。みゆきや。うちのクラスの飯田みゆき」

「飯田さんて、3組の副委員長の？」素子は驚いて言った。

「ええ〜？　大人っぽい子だとは思ってたけど……じゃ、教え子とデートしてたわけ？」

「アホか」

「じゃなにしてたのよ？」

「……言われたんや……その……コクられたというか……」一瞬詰まって、仙太郎は言った。

「好きやて……」

「え……それでどうしたのよ？」

「どうもできんやろ？　オレの生徒やぞ？　オレは先生や。『よろしくお願いします』なんて言えるわけないやろ？」

「そう、あんたも教科書みたいなこと言ってんのね」

「どういう意味や？」

「ホッとしたってこと。いちおう、教師としての自覚もあるってわかって」

ムッとしている仙太郎に構わず、素子は着替えを抱えて立ち上がった。

「じゃ、安心したとこで風呂《ふろ》でも入ってこよっと」

「おい、ちょっと待てや。まだ話の続きがあるんや」

が、素子は機嫌よく鼻歌を歌いながら、さっさと茶の間を出ていった。

翌朝、職員室でコーヒーを飲みながら、仙太郎は小野寺にきのうの首尾を尋ねた。

「どうやった？　ちゃんと告白できたんか？」

「したことはしたんですが……聞こえなかったみたいで」

「なんや、またアカンかったんか？」

「はい……」小野寺は肩を落とし、ぺしゃんこである。

「アッくん、いい加減にしいや」協力が無駄になった仙太郎も、少々おかんむりだ。

「朝倉先生って、もしかして好きな人とかいるんじゃないでしょうか？　だから、ボクにも全然興味がないんじゃ……」

「あいつは、男全般に興味がないんや」

素子が聞いたら激怒しそうな話をしていると、素子がやってきた。目を吊り上げ、職員室に入ってくるなり「仙太郎！」と怒鳴った。ここが学校だということも忘れるほど怒っている。

「あんたね、勝手なことをよくも言ってくれたわね！……」先を言いかけて、ようやく周囲の注目を浴びていることに気づき、「ちょっと、こっちにきて、桜木先生、こっち」と、仙太郎を会議室に引っぱっていった。

「いったい、どうしたんや？」仙太郎がうるさそうに聞いた。

「どうしただ？　あんたさ、きのう飯田さんになんて言ったのよ？」

「あ……」思い当たるフシ、大アリと顔に書いてある。

「正直に言いなさいよ！」

「なんかあった？」仙太郎がこわごわ聞いた。

「あったから聞いてるんでしょ？」

「あのですね……じつは、きみとおつきあいしてるて」仙太郎は白状した。

やっぱり……。つい先ほどのことである。素子が下駄箱《げたばこ》で上履きにはきかえていると、いつの間にか、そばにみゆきが立っていて、あからさまに挑戦的な態度で言い放ったのだ。

「あたし、朝倉先生には負けませんから……桜木先生を好きな気持ち、絶対負けません！」

——素子がみゆきの言葉を伝えると、仙太郎はのん気にのたまった。

「そう言うたほうがアキらめるやろ思てな」

「アキらめちゃいないわよ。それどころかあたしには負けないって……もお！　どうすんのよ！　このバカ！　なんで、そういうこと言うのよ！」

「……すまん」仙太郎は素直に謝った。

「すまんですまないの！」かんかんの素子に、仙太郎は決死の覚悟で言った。

「素子、頼みがあるんや」

「このうえ、頼みがある〜？」素子はクラクラしている。

「フリだけでええから、仲ようしてもらえんかな？　もうそれしか方法ないんや、頼むわ」

仙太郎は悲愴《ひそう》な顔をして、素子に両手を合わせた。

5年3組の教室では、ドッジボールの練習にこない女子たちに、男子が文句をつけていた。

「みんなで練習しようって決めたんだから勝手なことすんなよ」

「なにが勝手なのよ？　どうせ、ドッジしたって、あんたたち副委員長を追いかけ回してるだけじゃない？」

たちまち野村と法子の言い合いが始まった。

「女の嫉妬《しっと》はみっともないねえ。顔もブス、心もブスじゃ、どうすんのよ」

「野村……もう許さない」法子の握ったコブシがわなないている。

からかうように逃げ回る野村を、法子が追っかける。最近、毎日のように繰り返されているふたりのケンカに、晶とあゆみは少々うんざり気味だ。

少し離れたところで、立野が投票のノートを前に、腕組みして考えこんでいた。

「立野くん、なにしてるの？」ひろしが聞いた。

「木下法子の1票だよ。謎なんだ」立野は、あれからずっと考えていたらしい。

「なにやってんのや、おまえら。朝っぱらから。はよ席につけ」

仙太郎が教室に入ってきて、みなザワザワと席についた。

「おはようございます」仙太郎が挨拶《あいさつ》すると、間髪入れず32人の「おはようございます」がお辞儀とともに返ってくる。が、ひとりだけ顔を上げたまま仙太郎を見つめている生徒がいる。

「……今から出席をとるぞ」仙太郎は内心の動揺を隠しつつ、出席簿を開いた。少ししてから、その生徒に目をやると――みゆきは、まだ仙太郎を見つめていた。

天気予報どおり、夕方になってポッポッと雨が降り出した。放課後の会議を終えて下駄箱にやってきた仙太郎は、昇降口の軒先にみゆきが背中を向け立っているのを見つけた。ずっと仙太郎を待っていたらしい。そこへ、素子がやってきた。

「お、ちょうどええとこきたわ。傘、一緒に入れさせて」仙太郎は自分の折りたたみ傘をカバンにしまいこんだ。

「なに？　持ってるじゃない？」

迷惑そうな素子に、仙太郎は目で軒先のみゆきを指した。

「……仕方ないわね」

仙太郎と素子は、下駄箱の陰に隠れたみゆきに気づかぬフリをして校舎を出ると、相合い傘で帰りはじめた。

「たまにはええな、こうやって仲よく帰るいうのも」仙太郎はわざと大きな声で言った。

「そうね」素子は作り笑いで答えてから、小声で文句を言う。「ちょっとくっつかないでよ」

「おい、オレ、濡《ぬ》れてるやないか？」仙太郎が傘を自分のほうに傾ける。

「あたしが濡れるじゃない？」素子がムッとしてもとに戻す。

数メートル後ろを歩いていたチェック柄の傘が、ピタッと止まる。その傘の下から、みゆきのひたむきな目が、まっすぐに仙太郎を見つめている。

「なんかかわいそうよ」素子は、ちらりとみゆきを振り向いて言った。

「仕方ないやろ、どうにもできんねんから……」

仙太郎と素子は、みゆきを気にしながら、また歩きだした。みゆきは顔を上げ、ふたりのあとをついていく。そうすることで、自分の気持ちが本物だと証明してみせるかのように。


翌日、小野寺が廊下を歩いていた仙太郎を強引に階段の隅へ連れていき、急《せ》きこんで言った。

「生徒たちがうわさしてるんですよ。どういうことなんでしょうかね?」

「うわさ?」

「桜木先生と朝倉先生がつきあってるって」

「そんなことか。あれはやなあ」小野寺に説明しようとした時、運悪く、みゆきがお嬢仲間と連れだってやってくるのが見えた。「じつはな——そうなんや。オレと朝倉先生、つきおおてるんや」

「ええ〜!」

みゆきたちは、階段の手前に隠れて、仙太郎と小野寺の話に耳をそばだてている。

「隠してて悪かった……いつか話さなアカン思てたんやけどな、つい言えんかったんや」

「そんな……」小野寺は、仙太郎の急場しのぎの大ウソを信じこんで、目の前真っ暗である。

「気持ちがもう止められんかってん、朝倉先生を好きやいう気持ちが」

「じゃボクはどうしたら……」

「すまん……もう素子のことはあきらめてくれ」放心状態の小野寺を残し、仙太郎は行ってしまった。

「やっぱりそうだったんだ」「熱烈〜」菜摘と真理子がキャアキャア騒いでいる横で、みゆきはひとり、黙って唇を噛《か》んでいた。

仙太郎は、ひろしに髪を洗ってもらいながら、店の時計を見てつぶやいた。

「8時か……」

夕方、仙太郎が店を手伝っていると、みゆきから電話がかかってきた。この前待ち合わせた場所にきてほしいという。口実をつけて断ったのだが、みゆきは待ってますから、と一方的に電話を切ってしまったのだ。

「なにかあるの？」たびたび時計を気にしている仙太郎を見て、ひろしがきいた。

「いや……ひろし、おまえ、好きなヤツとかおるんか？」

「うん、副委員長」ひろしは恥ずかしそうなそぶりもなく、ニコッと答えた。

「胸が痛《いと》うなったりするか？」

「ンン、ならないよ」

「それやったら好きいうても、ふつうの好きやな。それでええんや、小学生は」

安心したように言う仙太郎に、ひろしが「先生」と、ムッとした声を出した。

「小学生だってね、本気で人を好きになるんだよ」

ひろしの言うとおり、今も待ち合わせ場所でポッンと待っているみゆきの心をのぞくことができたなら……、少なくとも仙太郎は、すぐにみゆきのもとへ駆けつけていただろう。

ちゃぶ台の周りをウロウロしながら、仙太郎は1分置きに時計を見上げている。

「もう真っ暗やし、帰ってるわな？」

素子は座ってミカンを食べつつ、そんな仙太郎をチラっと見やった。

仙太郎は「な？　帰ってる、大丈夫、大丈夫」と無理やり自分に思いこませようとしている。

「そんなに気になるなら行ってあげればいいでしょ？」

「そうできるんやったらとっくに行ってるわ」

「飯田さん、ほんとにあんたのことが好きなのよ」

「そやからオレは先生や言うてるやろ？　みゆきは生徒やし」

「ヘンなとこ、頭固いんだから」

「じゃどうしろ言うんや？」

「いつもなんて言ってんのよ？　ハートとハートのぶつかりあいが一番なんでしょ？　今のあんたって逃げてるだけじゃない。生徒に好きだって言われたくらいでおどおどしてんじゃないわよ！」素子は、仙太郎の痛いところをもろに突いてきた。

「ウソなんかつかないほうがいいと思うわ……本気で好きになってくれた飯田さんに、ちゃんと答えてあげるべきだと思う……でしょ？　桜木先生」

「……おまえの言うとおりや」素子にはっきり言われて、仙太郎は自分の考え違いを悟った。

「ちょっと行ってくる」と、急いで家を飛び出していった。

　みゆきは、待ち合わせ場所から少し離れた繁華街の通りを、見知らぬ若者と歩いていた。

「みゆき！　なにしてんねん？」仙太郎が息を切らして駆け寄ってきた。どのくらいみゆきを捜して走り回ったのか、この寒い夜に、汗をびっしょりかいている。

「おたく、誰？」若者が、険しい目つきで言った。

「みゆき、はよ帰ろ」仙太郎は若者を無視して、黙っているみゆきの手を取った。

「邪魔しないでほしいよな。これから食事にいくんだから」

　若者がみゆきの肩を抱いて、強引に連れていこうとした。仙太郎は男の胸ぐらをつかみ上げ、怒気をはらんだ目でにらみつけた。

「なにするんだよ?」若者はビビっている。ナンパは経験豊富でも、ケンカは苦手らしい。

「そっちに関係なくても、こっちは関係あるんや! オレはこのコの担任や!」仙太郎の剣幕に恐れをなして、若者はそそくさ逃げ出していった。

「オレが悪かった……みゆきが待ってるのわかってて、行ったれへんかった……ごめんな、先生のせいや」

「……先生……」

「みゆきが、本気でぶつかってきてくれたのに、ウソついてごまかしてしもたし」

「じゃ朝倉先生とのことは」

「大ウソや。オレのタイプはああいう女やないねんな。あ、先生としてはええ先生や思うよ。さっきも、ガツンと言うてくれた……オレもまだまだ先生なるには半人前やな」

あの素子の言葉がなかったら、今ごろ、取り返しのつかないことになっていたかもしれない。

「……みゆき、ありがとな、こんな先生、好きになってくれて」

「先生……」

「正味の話、驚いたけどうれしかったで」仙太郎は、少しテレくさそうに言った。

「……じゃ、もう一度聞いてもいい?」みゆきは立ち止まって、仙太郎と向かい合った。

「あたしのことどう思ってる?」

仙太郎は少々緊張しながら、でも今度は正直に言った。

「あの……かわいいし、年の割りにはセクシーなところもあるし、やさしいし、面倒見もええし——それから、好きや」

「え……」

「おまえのこと大好きや」

みゆきは思わず仙太郎をまじまじと見つめた。

「けどな、先生、ほかのヤツらも大好きなんや。3組の生徒はみんな大好きなんや」

みゆきの顔に、見る見る落胆の色が浮かぶ。

「すまん、こういう言い方しかできんで……」

それでも、みゆきを見る目に、言葉の端々に、仙太郎の気持ちが伝わってきた。みゆきの思いをちゃんと受け止めて考えてくれた、仙太郎の気持ち……。

「……あんまり悩まないで、先生」みゆきは、あふれてくる思いを全部のみこんで言った。

「あたし、まだ小学生だってことわかってますから」

「そうか……」仙太郎はホッとしてほほえんだ。

「でも、あと7年経ってあたしが18歳になった時は、ちゃんとした返事ください。それまで待ってます」

「あ、はい……」仙太郎は背筋を伸ばして答えた。

「じゃ約束」みゆきはつま先立って、仙太郎の頬に触れるようなキスをすると、恥ずかしそうに駆け出していった。ぽかんとしてみゆきの後ろ姿を見ていた仙太郎は、「おい、送ってくからちょっと待てって」と、慌ててみゆきを追いかけていった。

冷たい空気の中に、子供たちの歓声が響き渡る。裸の木々に囲まれた富士見が丘小学校の校庭で、5年生のドッジボール大会が行われていた。

仙太郎は審判をしながら、コートを元気に走り回っているみゆきの姿を見てほほえんだ。さて、3組の試合である。男子は相変わらずみゆきばかり守ろうとして、やや劣勢だ。と、その時、相手チームの豪速球が、法子めがけて飛んできた。誰かが、法子をかばってボ

ールを受け止めてくれたらしい。ゆっくり目を開けた法子が見たのは、ボールを抱えて転んでいる野村の姿だった。

結局、ドッジボール大会は負けてしまった。しかし、男子たちは胸をはって言ってのけた。

「副委員長はボール当てられなかったし、使命は果たしました」

野村が水飲み場で傷口を洗っていると、目の前にハンカチがさし出された。法子だ。法子は「……さっきはありがと」と、ブスッとして言った。

「別にどうってことないよ、じゃ」

走っていく野村の後ろ姿を、法子はちょっぴりまぶしそうに見送っている。

——そんなふたりのようすを、ひろしと立野が、少し離れた場所から見ていた。

「もしかしたら」立野がピンときて言った。「木下の1票は野村くんだったんじゃないかな?」

「え?　いつもケンカしてるのに?」

「わかってないね。男と女は謎なんだよ」立野が、したり顔で答えた。

数日後、朝の通学路で、素子はみゆきに呼び止められた。

「ウソだったんですね、つきあってること。桜木先生から聞きました」

「あ……ごめんね、ヘンな片棒かついじゃって」

「ほんとに興味ないんですか?　桜木先生のこと」

「先生としてはいいとこあるとは思うけど、男としては対象外ってとこ?」

「同じこと言ってるんですね」みゆきは言った。「でも、桜木先生のこと好きなんでしょ?」

素子の心臓が、意に反して、ドキンと跳ね上がる。

「女のカンです」みゆきはそれだけ言うと、背を向けて行ってしまった。

「あ……ちょっと」素子はうろたえながらつぶやいた。「なんであたしがあんなヤツ……」

そこへ、なんにも知らない仙太郎が「よお」とのんびり自転車を漕《こ》いできた。

仙太郎の顔を見たとたん、またまた意に反して、胸がドキンとする。素子はプイッと背を向け、足早に先を歩いていった。

「なんやねん……おお、アッくん、おはよ」

恨めしそうなジト目で仙太郎を見ていた小野寺も、くるりと背を向け、行ってしまった。

「おい、おいて……あ、そや」まだ誤解を解いていなかった。「違うんや、朝倉先生とのことは違うんやて……」ペダルを漕ぐ足に力を込めて、追いかけていく。

波乱含みの師走《しわす》前——である。

★仙太郎の格言★

カンニング
やってもええけど
アホのまま!

友情という名の失恋

　富士見が丘小学校5年3組の男子の間で、今年最後にして最大の事件が勃発《ぼっぱつ》していた。

　今日は朝から、男子も女子もその話題でもちきりなのである。

「よぉ、出席とるぞ。はよ、席につけ」

　我が身に関わることとは知らず、仙太郎はいつもと同じように教室に入ってきた。そのとたん、仙太郎に対する男子のブーイングがいっせいに始まった。

「先生、ひどいっすよ！」「ほんとなんですか？」「職権乱用でしょ？」

「なんやねん、おまえら」仙太郎には、なんのことやらわけがわからない。そういえば、登校時も、3組の男子の視線がどういうわけかトゲトゲしかったが……。

　非難ごうごう渦巻く中、委員長の白石が、男子を代表して言った。

「先生は副委員長とつきあってるんですか？」

「つきあってる？」仙太郎の目が丸くなる。

　その時、スピーカーから、小野寺の突拍子もないセリフが流れてきた。

『お願いします、朝倉先生――たった1日でいいんです。どうかボクのためにその時間をください』

学校中の人間が、え？　と近くのスピーカーを見上げたのは言うまでもない。

出所である放送室には、つい先ほどまで連絡事項の放送をしていた素子と、放送が終わったのを見計らってやってきた小野寺がいた。小野寺の、ふたりきりで会いたいという決死の誘いに驚いて、素子がうっかりマイクのスイッチを入れてしまったのである。

『お願いします！　一生に一度のお願いなんです』

そこへ、校長と教頭が大慌てで駆けこんできた。

「き、きみ、スイッチが……」「入ってるんだよ」

「え……」「まさか、今の……」小野寺と素子は、同時に青くなった。

廊下を歩いていると、通りすぎる子供たちが、小野寺を指さしてクスクス笑う。小野寺は真っ赤になりながら、足早に職員室に戻ってくると、ホッと息をついた。

「はい、どうぞ」西尾がコーヒーを持ってきてくれた。

「すいません……」

「けど、やりますよね、小野寺先生も」西尾までもが、去り際、ニヤッとしていく。

「びっくりしたわ、ほんま」仙太郎がきて言った。

「知らなかったんですよ。スイッチが入ってたなんて……」

「けど、まあええやんか。これでやっと言えたんやから」

「もう今しかないと思ったんです、ちょうど誰もいなかったし……」

「気にすな。で、素子はなんて？」

「それが、返事はまだなんです。それでですね、いろいろ相談したいことが……」

「たんま」仙太郎は両手を上げて小野寺の話をさえぎった。

「人の相談のってる場合ちゃうんや、オレのほうもいろいろ大変でな……」


「さてと、この問題を前へ出てきて解いてもらおかな？　坂下」

算数の授業である。が、当てられた坂下は、グデ〜ッと机に突っ伏している。

「おい、坂下？」

「はあ……？」ますますグデ〜ッとして、立ち上がる気配さえない。

仙太郎はタメ息をつき、「じゃ、岸。前出てきてや」

「……もうなあんにもする気がないっすよ」岸も坂下同様、しょげ返っている。

「授業中やないか？　ちゃんとしろよ」

「オレたち、授業に興味があって学校にきてたわけじゃないんすよ」

「副委員長に会いにきてたんす」「その副委員長と先生がつきあってるだなんて」

みゆきファンの男子たちが、ジロッと仙太郎をにらんだ。いい先生であっても、みゆきの相手が仙太郎では、男として認めがたいようなのである。

そもそもうわさは4組から伝わってきたらしい。生徒の誰かが、デートしているふたりを見かけたという話だ。みゆきに呼びだされて会った日のことだろう。

「言うてるやろ？　オレとみゆきはなんでもないて、いつまでブーたれとんねん」

「証拠あるんですか？」「口ではなんとでも言えますよ」と男子。

「おまえらの証拠もうわさだけやないか？」

「うわさは立派な証拠です」「火のないところに煙は立たないって言うでしょ？」

「どうなの？　先生」ひろしが珍しく恐い顔をして言った。

「ひろし、おまえまで……」そういえば、ひろしも朝からヘンだった。

「先生なのに、副委員長とつきあってるの？」

　この騒動を、女子が黙って見ているはずがない。

「どうなんですか？」「先生、答えてください」「飯田さんだけ、エコヒイキするわけ？」

「あたしだって、先生とつきあいたいのに～」晶が大げさな泣き顔で言った。

「先生！」と問い詰められ、仙太郎は困り果てている。そのようすをじっと見ていたみゆきが、ふいに立ち上がって言った。

「みんな、先生を困らせないで」

　全員の目がみゆきに集中した。じつは今朝、野村たち男子が、登校してきたみゆきに直接仙太郎との関係を問いただしたのだが、無言でにらみつけられ、男子勢はすっかりひるんでなにも聞けなくなってしまったのである。

「……あたしと先生はつきあってなんかいないんだから」

「でもですね」

「あたしが勝手に先生を好きになっただけなの」

この大胆な愛の告白に、クラス中が騒然となりかけた。

「でも、あたし、先生にフラれた」

みゆきのひと言で、今度はクラス中の口がピタッと閉ざされた。

「先生はやっぱり、みんなの先生なの。みんな好きだって、この3組の生徒はみんな大好きだって……だから、あたしもそのひとり」みゆきは仙太郎のためにみんなの前で釈明した。

「でもいいの。そうだとわかってたけど、どうしてもあたしの気持ちを伝えたかったから……だから、後悔してない」

顔を上げ、超然として言うみゆきに、もう誰もなにも言わなかった。


休み時間、廊下でみゆきを見つけ、仙太郎は声をかけた。

「みゆき——さっきは、その……すまんかったな……」

みゆきにつらい役目をさせてしまった仙太郎は、なんと言えばいいかわからずに、感謝の気持ちも込めて言った。

「平気です」みゆきはそんな仙太郎の心を察して、笑顔で答えた。

「そっか？」

「ホレちゃった？」

一瞬、え？　とたじろいだ仙太郎に、みゆきはニコッと笑いかけた。

「冗談。でも、7年経ったらっていう約束は覚えててくださいね」

そう言って、お嬢グループの友人たちと歩いていくみゆきの後ろ姿を、まんざらでもなさそうに見送る仙太郎である。

「残念でしたァ。副委員長はあんたたちのこと目にも入ってなかったみたい」

みゆきに集団失恋して意気消沈している男子を、女子がみんなでいたぶっている。

「でも、ボク、ますますファンになっちゃった」と、ひろし。

誰もが先ほどのみゆきの凛々《りり》しい姿に感動して、女子の間でも人気はうなぎのぼりである。

「あんたも残念だったわよね」法子が、野村のそばにきて言った。

「ほんとだよ、この世の終わりだよ」

「相手にされると思ってたわけ？」

「希望は高いほうがいいの。キリを相手にするよりも」

「キリ？」

「ピンからキリまでって言うじゃない？　副委員長がピンなら、キリは木下？　なあんてね」

「またそんなこと……野村！」

法子が手を上げる前に、すばしこい野村は風のようにどこかへ逃《に》げてしまった。

「もうほっとけば？」「そうよ、法子って野村のことになるとムキになりすぎ」

あきれている晶とあゆみに、法子はプンプンして言った。

「なんかムカつくのよ、ああいう調子こいたヤツ」

近くで見ていたひろしが、立野に言った。

「立野くん、野村くんと木下さんて、ほんとに仲悪いんじゃないの？」

「だから、そこが男と女の謎なんだって」


その夜、仙太郎と素子はいつものように、カウンターに並んで長一郎の作った夕飯を食べていた。ふたりでごはんを食べる姿は、今やすっかり夕飯時の風物詩である。

「小野寺先生に告白されたァ？」長一郎がオッと驚いて娘と仙太郎を振り返った。

「そうなんですよ」と仙太郎。

「そうか、とうとうアッくんがね」長一郎も感慨深そうである。

「またよけいなことしゃべって……」素子が仙太郎をにらんだ。

「気にしとったぞ？　アッくん。まだ返事もらってないて」

「あんたには関係ないでしょ？」

「ないことないんや。オレはアッくんからずっと相談受けてきたんやから」

「じゃ知ってたの？」

「みんな知っとったわ、ねえ親っさん。知らんかったのはおまえだけや。人のこと鈍感鈍感言うけどな、おまえが一番鈍感やねんぞ。これでわかったやろ？」

ムッとしている素子に構わず、仙太郎はエラそうに続けた。

「男心いうもんをちっともわかっとらん。それでこの年までよおやってこれたな？　どんな男とつきおおてきたんか知りたいわ」

「あんたみたいな男じゃないことは確かよ」

「ハハハハ、そうですか」後半のセリフは仙太郎もムッとして返す。

「で、どうすんだよ、小野寺先生のこと」長一郎が言った。

「どうするって……」

「オレは、ええ話や思うんやけどな——気の強い女は、アッくんのようなやさしい男が似合うんや。そうですよね、親っさん」

「オレは、別に……」長一郎が言葉を濁したのは、チラッと仙太郎を見る娘の、なにか言いたげな目に気づいたからである。

ちょうど食事が終わる頃、店に素子あての電話がかかってきた。

『あの、小野寺です——ほんとに今日は申しわけありませんでした』

素子には、深々と電話の前で頭を下げている小野寺が見えるようである。

「そのことなら、もう」

「アッくんですかね」「そうみてえだな」仙太郎と長一郎がこちらをうかがっているのに

気づき、素子は背を向けて話しだした。

「そのことなんだけど、一度、会ったほうがいいと思うの」

『会っていただけるんですか？　ボクのほうはいつでも大丈夫です』

受話器から、小野寺のうれしそうな声が聞こえてきた。


日曜日の朝、仙太郎と長一郎のいる茶の間に、2階から素子が下りてきて言った。

「じゃ、ちょっと出かけてくるから」

「おお」「アッくんによろしくな」口々に言って、素子を送り出す。

素子が行ってしまうと、仙太郎はニコニコして言った。

「素子がデートする気になってくれてよかったですね。これでうまくいけば、なるようになるかも」

「そうかな、あいつ、デートとは思ってないんじゃねえか？」新聞を広げて足の爪を切っていた長一郎が、顔を上げて言った。「断りに行っただけかもよ」

「……ありうる話や。どうしましょ？」

「どうしようもこうしようも、ほっとくしかねえだろうが——人の心配してねえでよ、おまえは、うちのなにになにはないのかい？」

「なに？」仙太郎はきょとんとして聞き返した。

「だから、なにだよ？　なにになにはねえのかって聞いてんだ」

「と申しますと」

「なにはなにだろ」が、仙太郎は相変わらずぽかんとしている。

「ほんとによ、鈍感がそろいやがって……」長一郎は小さく悪態をつき、もう片方の足の爪に取りかかった。

「ごめんなさい、少し遅れちゃったみたい」

「いいえ、ボクが早くきすぎたんです」

小野寺は今日のために奮発したスーツに身を固め、30分も前から素子を待っていた。

「ここらへん喫茶店あるかな」

周囲を見回す素子に、小野寺は喜びを隠そうともせず言った。

「今でもなんか夢みたいです。朝倉先生とこうしてデートできるなんて」

「デート？　あの、あたし……」

言いかけた時、小野寺が、これ、と後ろからそっと花束を取り出した。

「さっき花屋で見つけたんです。キザかなっとは思ったんですけど、朝倉先生に似合うような気がして」

小野寺が「どうぞ」とさしだしているのは、かわいいピンクのミニバラだ。

「……ありがと」素子はちょっと悩んだが、小野寺の好意を受けとることにした。

「それでですね、どこに行くかいろいろ調べてきたんですけど、行きたいとことかありますか？」


「ンンン、あのね……」――これはデートじゃないとは言えない。

「ボクにまかせていただいてもいいですか？　ぜひ朝倉先生にお見せしたい場所があるんですよ」

うれしそうな小野寺を見て、素子はついに言い出しそびれてしまった。


小野寺が素子を連れていったのは、ビルの最上階にあるプラネタリウムだ。半円のドームの天井に冬の星座が映し出され、今、オリオン座の由来を説明する声が流れている。50分ほどの上映時間が終わるまで、小野寺は、星空を見つめる素子の横顔を、まるで心に刻みこむかのように、何度も盗み見た。

「知ってますか？　オリオン座はすごい大星雲で1300光年の彼方《かなた》にあるんですよ。7万個もの星たちが集まってできていて、今のこの時もいくつもの新しい星が生まれようとしているんです」

館内を出ると、小野寺は興奮してしゃべりはじめた。

「へえ、よく知ってるのね」

「ボク、子供の頃から夜空を見るのが好きで、天文クラブにも入っていたんです。天体望遠鏡、反射望遠鏡、屈折望遠鏡も持ってるんです。あ、でも断っておきますけどオタクではないです。純粋に星が好きなだけなんです」

大真面目に話す小野寺を見て、素子は思わずクスッと笑った。

「今日、初めて笑ってくれましたね」小野寺はうれしそうに言った。

「退屈だったらどうしようって、気になってたんです」

「そんなこと……あたしも、プラネタリウムなんて子供の頃、見たっきりだったから、楽しかった」

「よかった」ホッとしている小野寺に、素子が言った。

「あの、それでね、小野寺先生、今日は」

「あ、朝倉先生、おなかすきませんか？　ちょうどいい時間だし、この近くに知ってる店があるんですよ」

素子に先を言わせまいとするかのように、小野寺は一気にしゃべり続けた。

「イタリア料理なんですけど、アンティパストにすごく種類があって、おいしいんです。じつはね、もう予約もしてあったりして」

「そう……じゃ、行こうか？」素子は結局、ここでも小野寺に話を切り出せなかった。

30分後、素子と小野寺は、雰囲気のいいイタリアン・レストランにいた。奥まったテーブル席で、ウェイターが白ワインをグラスに注いでくれる。素子は少し緊張しつつグラスが満たされるのを待ち、ウェイターが行くのを見届けてから、小声で小野寺に言った。

「ここ、高いんじゃないの？」

「朝倉先生はそんなこと心配しないでください」

でも、と恐縮している素子に、「お口に合いませんか？」と小野寺。

「そんなことない、とってもおいしい。毎日、うちの店の料理しか食べてないでしょ？　こういうの、たまには食べてみたかったんだ」

「じゃよかったです。たくさん食べてくださいね」

「ええ」素子は、テーブルに並んだ前菜に舌鼓を打った。

「……ほんと夢みたいです」小野寺は、そんな素子の姿を見て、しみじみと言った。「朝倉先生とこうして一緒にいるなんて」

「そんなおおげさな……」

「朝倉先生、さっきのピンクのバラの花言葉、ご存じですか？」

「さあ」首をひねる素子へ、小野寺は言った。「変わらぬ恋です」

口に入れたカルパッチョがのどにつかえそうになり、素子は思わずフォークを置いた。

「この前はああいうことになってしまったので、もう一度、ちゃんと気持ちを伝えておきたいんです」

「あ……そのことはもう……」

「いえ、聞いてください」小野寺はきちんと座り直し、お互いに緊張している空気を感じながら、改まって話しはじめた。

「ボクは、朝倉先生にふさわしいとは思っていません。教師としても、まだまだ子供たちや周りの先生方に教わることも多く、これからだと思っています。男としても、たぶんマザコンだと思われていると思います……でも——朝倉先生を好きだという気持ちだけは本物です」

素子は、恥ずかしさをこらえて思いを吐露する小野寺のまっすぐな視線を受け止めた。

「ボクの中でそれだけは、信じられるものなんです……」

「……小野寺先生、あたしは……」

「なにも言わないでください」小野寺は最後まで真剣な顔だった。「今日だけはお願いします」

「すまねえな、せっかくの日曜なのに店手伝ってもらって」

「なに言うてますねん、こっちこそ世話になってんのに」

『悟空』では、仙太郎が忙しい昼時の店を手伝い、今ようやく客が引きはじめたところだ。

「下宿代払ってんだ、当然だよ」

「下宿代やて、水くさい。オレはほんまここに、住まわせてもらってありがたい思てるんですわ——東京にくる時は、どんなとこやろて心配もしてましたけど、親っさんとこで、ほんまよかった思てるんです」

「そうかい？　うれしいね」長一郎は言いながら、昼のまかないを仙太郎に出してやる。

「ま、親っさんは東京のオトンみたいなもんですわ」

「オレもよ、ほんとはひとりぐれえ息子がほしかったんだ。やっぱり男は男同士だよな」

「なに言うてますねん、立派な娘さんがふたりもおって」

「娘なんてよ、好きな男ができりゃ長年育ててやった恩も忘れて、勝手に出て行きやがるんだ」

「そんなことないですて、綾子さんも心の中じゃずっと感謝してはったはずです」

「上のことはいいんだよ、聞きたいのは下のことでよ」と、長一郎はふいに表情を変え、三郎に言った。「おい、サブ、おまえちょっと表掃いてこい」

「朝、掃除しました」

「気がきかねえヤツだな、何度でも掃きゃいいんだよ」ほうきを押しつけて三郎を外に追いやってから、長一郎は仙太郎の横にきて座った。

「昔から言うだろ？　ケンカするほど仲がいいって——オレはよ、もしかしたらって思ってたんだけどな」

「なにがですか？」

「だから、さっきのなになんだよ。おまえと……その……なんだ、素子だよ」

「オレと素子⁉」仙太郎はごはんにむせて、慌てて水をガブ飲みした。

「どうなんだい？　正直なとこ。ダメかよ、あいつじゃ」

「正直なとこて……そんな……ダメとかやのうて、素子とは、そんなんちゃいますて！」

「いちおう十人並だとは思うんだけどよ」

「並でも特上でも、素子はアキません」

「なんでだよ」

「そんな、考えられませんし、それに、あいつが女に見えたことは一度も……です」仙太郎は、「……」のところで手を振って言った。

「そっか……それじゃ無理か……」「無理です……」

長一郎はう〜ん……と考えこみ、ダメ押しで言った。「ほんとに無理か？」

「無理ですて！」仙太郎も、ダメを押し返した。


夕方になって、思わぬ客がやってきた。綾子と裕二である。

「裕二がここのラーメン食べたいって、それで」

「そっかそっか、裕二、よおきたな。どうぞ」

長一郎は、ニコニコふたりをテーブルに案内する仙太郎を苦々しそうに見やったが、なにも言わずにプイと背を向けた。

「今日はラーメンのほかにも、なんか食べてみよか？　八宝菜《はっぽうさい》とかはどうや？」

「うん、食べる」裕二がうなずいた。

「そうか、野菜食べると体にええからな。親っさん、ラーメンと八宝菜、お願いします……お客さんでこられてるんですから」

「……わかったよ……」しぶしぶ中華鍋《ちゅうかなべ》を取り上げた父親を見て、綾子が小声で言った。

「あとでまた仙太郎さんが怒られるんじゃ……」

「かまいませんて。それにもう慣れました。親っさんの雷は」

仙太郎がほかの客に料理を運びはじめたところへ、草野球帰りらしい集団がどやどやと入ってきた。が、長一郎も仙太郎も手が離せず、おまけに三郎は出前に行っている。

すると、綾子が慣れた手つきで水の入ったコップを運び、手際よく注文をとりはじめた。

「ラーメン4つに餃子《ギョーザ》2人前です」

元気に接客している綾子をチラッと見て、ああ、と長一郎は仕方なさそうに返事をする。

仙太郎の口元が、思わずほころんだ。

綾子は、餃子を土産にもらって、裕二と一緒に喜んで帰っていった。ふたりを駅まで送ってきた仙太郎がそのことを話すと、単なるバイト料代わりだよ、と長一郎はそっけなかったが。

「ところでよ、帰ってきたよ、素子」

「え？　どんなようすでした？」

「聞いてもなにも言わねえんだよ。やっぱり断ったんじゃねえのか？」

仙太郎が茶の間で待ち構えていると、やっと素子が風呂《ふろ》から上がってきた。

「おい、素子。どうやったんや？」

「なにが？」と台所へいき、冷蔵庫から冷えたビールを取り出している。

「なにがて、アッくんとのデートや――断ったんか？　……ン？」

「……どうしたらいいのか、わかんなくてさ……そうだ、あんたから小野寺先生に言ってよ」

「なにを？」

「申しわけないですけど、おつきあいはちょっとって」

「やっぱり断るつもりやったんか」

「当たり前でしょ？　今は先生って仕事のほうが大事だし、つきあうつきあわないなんて興味ないの」

「親っさんの言うとおりや……」思わずつぶやきが漏れる。

「ねえ、だからさ、あんたから言ってくれないかな？」

「アホか？　そんなこと言えるわけないやろ？　自分のことは自分でせえ」

「そうしようと思ったわよ。だけど、なんか、言えなくて……だって、小野寺先生、一生懸命だし……それにあたし、そういうの、面倒なのよ」

素子がつかえつかえ話すのを聞いていた仙太郎が、ふいに真面目な顔つきになった。

「……おまえな、ちゃんとアッくんのこと、考えたったんか？」

「だから、今はそういうことに興味がないって」

「あほんだら！」

「あほんだら？」

「そうや！　あいつが、おまえに好きや言うまでに、どんだけ悩んでたか知ってるんか？　今度も悩んで悩んで悩み抜いて、おまえに好きや言うたんやぞ？　なんで、そこんとこわかったれへんねん！」仙太郎はマジで怒っている。

「おまえ、みゆきの時、オレになんて言うた？　本気で好きになってくれたんや、ちゃんと答えてあげなアカン、そう言うたやないか？　生徒でも先生でも一緒や。相手の気持ち受け止めてちゃんと考えたれよ」

「………………」

「それが好きになってくれたヤッへの礼儀言うもんちゃうんか？　それを興味ないとか、面倒くさいとか、よお言うたな？　おまえのそういうとこが、オレは好きになれんわ」

「……なってくれなくていいわよ！　誰が好きになってなんて言ったのよ！」

「気ばかり強おて、肝心なとこがわかってへんのや！」

「あんたにね、そこまで言われる覚えないんだからね！」

仙太郎と素子が無言でにらみあっているところへ、長一郎が茶の間に顔をのぞかせた。

「どうしたんだよ？　店にまで聞こえてるぞ」

「……オレ、ちょっとひろしんとこ行ってきます」

長一郎に言い、仙太郎はスニーカーを引っかけて出かけていった。その背中をにらみつけていた素子も、プイッと2階へ駆け上がっていった。

「またケンカかよ……」長一郎はタメ息をついて言った。

部屋で教材の準備をしながら、素子は猛烈に腹を立てていた。

「なんで、あいつにあんなこと言われなきゃならないの……」

フッと、机の上の花瓶が目に入った。ピンクのミニバラが、甘い香りをさせて咲き誇っている。まるで、小野寺の気持ちを、懸命に伝えるかのように……。


「あれ大ウソやな」ひろしに髪を洗ってもらいながら、仙太郎は言った。

「なにが？」

「ケンカするほど仲がええいうやつや」

「やっぱり？」ひろしが言った。「やっぱりて？」と仙太郎。

「立野くんが、木下さんと野村くんが怪しいって言うんだ。けどね、いつもケンカばっかりしてるんだ。絶対、仲いいとは思えないんだよ、ボク」

「おまえが正しいよ、ケンカするのは仲がよおないからや。それしかないよ」

仙太郎は重々しくうなずいた。


翌日、体育の授業の前、法子の体操服がなくなるというちょっとした騒ぎが起こった。

「ちゃんとかけておいたはずなのに」法子は首を傾げながら、教室中を探し回っている。

「誰かが間違ったんじゃないの？」と晶。

「でも、それなら気づくはずよ。名前も書いてあるし」あゆみも手伝っている。

「あれ、体操服じゃない？」晶が、窓の外を見て声をあげた。

校旗を掲げるポールに、法子の体操服がするすると吊り上げられていった。

校庭で、野村がひろしと立野に手伝ってもらって、ロープを引っぱっていた。

「ねえ、こんなことやめようよ」ひろしが言った。

「この寒いのに水ぶっかけられたんだよ？　これぐらいしてやらなきゃ気がすまないよ」

休み時間、いつものケンカがエスカレートして、男子トイレの個室に逃げこんだ野村に、法子がホースの水を浴びせたのである。

「なにしてんのよ！　あたしの体操服じゃないの？」法子が息を切らせて走ってきた。

野村は「見てのとおり」とロープを止めた。

「全校生徒に見せてあげようと思ってね……いい眺めだろ？」

妙な厚紙の人形に着せられた法子の体操服が、ヒラヒラと空を泳いでいる。顔を真っ赤にした法子がつかつか歩み寄り、いきなり野村の頬を平手打ちした。

「イテ！　なにすんだよ？」野村は声を荒らげたが、法子を見てハッとなった。

「……最低」法子が、目に涙を溜《た》めて言った。「あんたなんか大嫌い！」

その時、この騒ぎを知らされた仙太郎が、「どうしたんや？」と駆けつけてきた。

「ごめんね……」ひろしと立野は、すまなそうに法子に謝っている。

「なんや？」

「あれ」ひろしが、上を指さした。

放課後、仙太郎は野村と法子を教室に残して、仲直りするよう言い聞かせた。が、ふたりともお互いに罪のなすりつけあいをして、絶対に謝ろうとしない。

「やめろて、いつもいつもケンカばっかりしよって。もう二度と今日みたいなことすんな、法子も野村もええか？」

ふたりとも知らん顔である。

「ちょっとは仲ようしろよ……」仙太郎はやれやれとタメ息をついた。

説得は不発に終わり、帰ろうとしていた野村を、仙太郎が呼び止めて言った。

「住所変更のことやけどな——早目に先生に知らせてくれるか？」

法子が戸口でえっと振り返った。そんな法子の驚きをよそに、仙太郎はさらに言った。

「引っ越しは今月中やったな？」

帰り道、急な雨にたたられて、法子はコンビニの軒先に駆けこんだ。

「どうしよ……？」

雨空を恨めしそうに見上げた時、野村が前を通りがかった。抜かりのない野村は、折りたたみ傘を用意していたらしい。目が合ったが、すぐにフンと顔を背ける。

野村のほうも、法子を無視して歩いていった。が、ハンカチを出して濡《ぬ》れた服をふきはじめた法子の目の前に、帰ったはずの野村が立っていた。

「なによ？　……早く行きなさいよ」

「……今日は悪かったよ」

わざわざ引き返してきたらしい野村は、そう言って自分の傘を法子に押しつけると、雨の中に飛び出していった。「え……ちょっと、この傘」慌てて言う法子に、野村は「いいって、使えよ」と振り返り、また駆け出した。

法子はその後ろ姿を身じろぎもせず見送っていたが、野村が見えなくなると、今度はうれしそうに、野村の空色の傘をくるくると回した。


その夜、仙太郎は小野寺と居酒屋で酒を酌み交わしながら、昨夜の出来事を話した。

「え？　朝倉先生にそんなこと言ったんですか？　なんてことを……」

「ああ……つい……けど、ええ加減な態度しよったから」

が、今朝になって少し言いすぎたかもしれないと反省し、学校で何度か話しかけたのだが、素子は仙太郎と一度も目を合わそうとしなかった。

仙太郎とは逆に、素子と顔を合わすのが恥ずかしくて、教室にいるほかは会議室にこもりっぱなしだった小野寺は、ふたりの気まずい雰囲気に気づきようがなかったのである。

「悪いのは、ボクなんです」

「アッくんはなんも悪いことない。自分の気持ちを正直に言うただけや」

「違うんです」小野寺はかぶりを振り、「わかってたんです、朝倉先生の返事。きっと断られるってことが……だから、今まで告白できなかったんですけどね」と、小さく苦笑した。

「アッくん……」

「ボクが聞こうとしなかったんです。朝倉先生は何度もちゃんと言いかけてたのに」

「そうやったんか」

「聞くと、もうそこでおしまいになるじゃないですか？　……ずっと朝倉先生を好きでいたかったんです、ボクは」

「…………」

「やさしかったですよ、朝倉先生。最後までつきあってくれて……あの日、1日だけでも恋人同士みたいにデートできました。それでぼくには十分です」

小野寺はさっぱりした顔で言うと、一気にコップのビールをあおった。

素子が部屋で明日の教材の準備をしている時、ドアの向こうで仙太郎の声がした。

「あの……もしもし」

「なに？」振り向かずに言うと、仙太郎は少しだけドアを開けて言った。

「お土産買《こ》うてきたんや。よかったら、どうぞ」

「置いといて」と、そっけない返事。

「うん……あの……」仙太郎はちょっとの間言いよどんでから、素直に謝った。

「なんも知らんと、いろいろと言うてしもて……ごめんな」

素子は机に向かったまま、仙太郎を無視している。

「……怒ってるか？」

「別に……」と、またまたそっけない返事。

「そうか？　そんなら、おやすみ」

ドアが閉まって少ししてから、素子は、仙太郎のお土産を手に取った。

「もっと気の利いたもの、買ってこれないのかね……」

そう言いながら、素子は焼き鳥をおいしそうにほおばった。


昼休み、晶とあゆみの目をかいくぐって、法子は行方をくらました。潜伏先は、学校の中で一番人目につかない図書室である。

本棚の間に挟まれた格好で、法子は寸暇を惜しむようにマフラーを編みはじめた。

さんざん迷って似合いそうな色の毛糸を選んだ。ここ数日間は、学校から帰るとランドセルを放り出し、眠気に勝てなくなるまで一生懸命編んでいる。

「どうすんだっけ？」

編み物の本と見比べながら悪戦苦闘していると、「どれどれ」と声がした。見上げると、本を返却しにきたらしい素子が、法子の手元をのぞきこんでいる。

「朝倉先生」

「あ、そこはね、そうじゃなくてね、ちょっといい？」素子は法子から編みかけのマフラーを受け取り、「こうすればいいんじゃなかったかな」と器用に編んでみせた。

「そっか。よく知ってるね」

「昔、編んだことあるの」

「彼氏に？」

「ちょっと違うな、彼氏になってくれたらいいなって思ってた男のコに。ステキな色ね」

「そう思う？」

「ええ。誰かにプレゼント？」

「先生と一緒、かな？」

「ふぅ〜ん……じゃ頑張ってね」

マフラーを渡して行こうとすると、法子が先生、と素子を呼び止めた。

「ね、その男のコとはどうなったの？」

「どうにも」と、素子は笑って言った。「渡せなかったから」

「どうして？」

「その男のコ、転校しちゃったの」

「そうなんだ……似てるね、先生とあたしって。でも、あたしはちゃんと渡すつもり——だって、後悔したくないから」

「うちの副委員長の受け売りだけどね」そう言って、法子はまた編み棒を握りしめた。

「…………」

「後悔したくない、か……」

法子の言葉を口の中で繰り返しながら図書室を出ると、窓の外の校庭で、子供たちと一緒に駆け回っている仙太郎が見えた。

素子はしばらく廊下にたたずみ、仙太郎の姿を目で追っていたが、ハッと我に返ると慌てて目をそらし、職員室に戻っていった。


数日後の放課後、法子は教室で、ひとり野村を待っていた。

「なに？　話って」野村が、けげんそうな顔をして教室に入ってきた。

「あの、あたし……野村に渡したいものがあって」

ドキドキ高鳴る胸を押さえながら、法子はかわいくラッピングした袋をさしだした。

野村は、あやふやな表情のままそれを受け取って、袋を開けて中を見ている。

「少し早いクリスマスプレゼント」

ひと編みひと編み、想いを込めて、昨夜やっと完成したばかりのマフラーだ。

「……あたし、野村のこと、好きなの」

心臓の音がうるさいくらいに聞こえ、今にも口から飛び出してきそうだ。

「聞きたくなかったよ……木下から告白されるなんて」

野村の返事を聞いたとたん、法子の心臓が、パチンと音を立てて、ぺちゃんこに潰《つぶ》れた。

「だって、オレ」

耐えられずに、法子は身をひるがえしてその場から逃げ出した。

ドアを出たところで仙太郎にぶつかりそうになり、法子は涙を溜《た》めた目で仙太郎を見上げると、また駆け出していった。

「おい！　法子！」仙太郎は、慌ててあとを追いかけていった。


校庭の片隅で、法子はひざを抱えて泣いていた。

「法子……すまん……聞いてしもたんや」

仙太郎はたまたま教室に戻ってきて、ドアの陰から一部始終を見ていたのである。

「いいの、こうなることとわかってたから」法子は、涙をゴシゴシふいて言った。

「驚いたでしょ？　先生」

「あ、うん……いつもケンカしとったからな、まさか……」

「きっと野村も驚いてるよ」と、法子は無理やり笑顔を作った。

「……あたしもっと、素直だったらよかったかもしれない……」

「……泣くことないよ。おまえは自分の気持ちを相手にちゃんと伝えられたんやから」

仙太郎は、うつむいて肩を震わせている法子の背中に、やさしく手を置いた。

「簡単なようで、一番難しいことや……野村なんかより、ええ男がこれからいっぱい出てくるて。そやからもう泣くな」

「違いますよ、先生」いつの間にか、野村がそばに立っていた。

「続きを聞かないで行くんだから」

「え？　続きて？」

「男のボクから言うつもりだったんだ」野村は、法子に言った。

「オレ、ずっと前から木下のこと……好きだった」

　言葉が出てこない法子に、野村が、テレくさそうにほほえんでいる。

　法子に負けず劣らず驚いた仙太郎ではあるが、そこは年の功、野暮な真似はせず、ソッとその場を離れた。しばらく歩いて振り返ってみると、また泣き出してしまったらしい法子のそばで、野村がなにやらやさしく語りかけている。

　小さな恋人たちの姿を見て、仙太郎は、思わずほほえんだ。


　その頃、職員用の下駄箱《げたばこ》で、小野寺を待っていた素子が「これ」と黄色い花の鉢植えをさしだした。

「なんですか？」

「わたしなりにいろいろ考えたの。この間の返事です」

　その夜、小野寺は素子にもらった鉢植えを窓辺に置き、ちょっぴり寂しいような切ないような、でも悔いのない顔で、素子にもらった花に水を差していた。

机の上には、花図鑑が開かれている――『マリーゴールドの花言葉　友情』。

「明日から、また職場の同僚としてよろしくお願いします、朝倉先生」

小野寺は、可憐《かれん》なマリーゴールドの花に語りかけるように、片思いの終わりを告げた。


「え〜6丁目から5丁目に引っ越すだけ？　じゃ転校は？」

野村と一緒に登校しながら、法子はずっと気にかかっていたことをきいた。

「転校？　しないよ」

「なんだ」法子はホッと安堵《あんど》のタメ息をついた。

「いいな、あたしも彼氏が欲しい」「あたしも」法子に先を越された三人娘の晶とあゆみが、ふたりを見ながらうらやましそうにささやきあっている。

「ねえ、どうして、マフラーしてこないのよ？」法子が野村に言った。

「できないよ、あんなの」

「あんなの？」キッとなる法子。

「だって編み目も揃ってないし」

「急いで編んだんだから仕方ないでしょ？」やっぱりケンカである。

そこへ通りかかった仙太郎が、隣を歩いている素子に言った。

「お、またケンカしとる。わからんもんやな、あのふたりが」

「ほんとね」素子は、マフラーを一生懸命編んでいた法子の姿を思い出してほほえんだ。

「けど、オレらはそうやないやろ？」

「なにが？」

「そやから、ケンカばっかりしてるけど、正味の話、それとは違うよな」

奥歯に物の挟まったような言い方をされ、素子は首を傾げた。

「親っさんに言われたんや。ケンカするほど仲がええて」

「な、なにを……当たり前でしょ？」素子はうろたえて否定した。

「そうやわな」「そうよ、決まってんでしょ？」

意識すまいとしても、今までとは、微妙にどこかが……ぎこちないふたりである。

★仙太郎の格言★

思いやり
もてへんやつは
地獄行き！

スタンド・バイ・ミー

「今朝はいちだんと冷えるよな」朝食を食べながら、長一郎が言った。

「もう12月ですからね」と仙太郎。

「そっかもう師走《しわす》か。おい、素子、オレのハンテン出してくれよ。それと冬用のオーバーも」

「はいはい。今日、帰ってからでいいでしょ？」台所から、素子が忙しげに答える。

「おまえもあったかくしろよ。風邪流行《はや》ってんだから」長一郎が仙太郎に言った。

「大丈夫です。毎日、帰ったらちゃんとうがいしてますから」

「けど、あったかくするにこしたことはねえからよ。大阪から冬支度送ってもらえよ」

「わざわざええですわ。オレ、あと2週間やし」

「え？　あ……そっか」長一郎は、忘れ物に気づいた時のように、ハッと仙太郎を見た。

「2学期までいう話でしたから」

「なんか、ずっといるもんだと思ってたよ、な、素子」

「……いられちゃ迷惑よ」素子はそっけなく言い、おしんこをちゃぶ台に置いた。

「またそういうことを……」

「いつものことですて」仙太郎がケラケラ笑った。

富士見が丘小学校の職員室に5年の担任が集まって、朝の学年会議が始まった。

「2学期も残りわずかになりました。予定の進度が遅れている教科はそれぞれのクラスでなんとか工夫してください」主任の小野寺が言った。

「各教科のまとめのテストですが、いつものように各教科担当の先生方で作っていただきたいと思います。理科は西尾先生……」

いつもと変わらないようすで、小野寺の連絡事項をきいている仙太郎を、素子はさっきからチラチラ盗み見ていた。今朝、長一郎に言われるまでもなく、素子はここ最近気がつくと考えていた——仙太郎の代任期間が、もうすぐ終わってしまうこと……。

「算数は朝倉先生。……朝倉先生？　よろしいですか？」

「あ、はい」呼ばれていたことに気づかず、素子は慌てて返事をした。

会議が終わると、教頭がきて、仙太郎に封筒をさしだしながら言った。

「桜木先生、田山先生から手紙がきましたよ」

田山先生とは、産休に入っていた5年3組の担任教師である。

「もしかして、赤ちゃん生まれたんですか？」素子がぱっと顔をほころばせた。

「そういえば、予定が12月初めとか言ってましたよね」と小野寺。

「ええ、無事出産されたらしいですよ」教頭が言った。

「そっか、よかったな」仙太郎も西尾も、安産を知って喜んでいる。

けれど、素子はうれしさの中にも、少しだけ複雑な気持ちを感じていた。

仙太郎は、さっそく3組の生徒たちに手紙を読んで聞かせた。

「——12月6日に無事、女のコを出産しました。体重は3200グラム、女のコにしては大きめです。名前は今、考えているところです。みんなもいい名前があったら教えてね。撮ったばかりの写真を一緒に送ります。田山啓子《けいこ》——ほら、これが田山先生の赤ちゃんや」

「え〜見せて見せて」「見えないよ」このうれしいニュースに、みんな大騒ぎである。

「手紙と一緒に後ろに貼っとくから。ええ名前思いついたら先生にちゃんと教えたれよ」

休み時間になると、女子たちは写真の周りに集まってキャアキャア歓声をあげた。

「かわいい」「先生、ふたりめだよね」「そう、上の女のコ、幼稚園だって言ってた」

一方、女子ほど赤ん坊に興味のない男子は、隅に固まって来学期のことを話していた。

「ねえ、田山先生、産休だったんでしょ？　だったら、赤ちゃん産んだら、また戻ってくるんだよね——じゃ、先生どうなるの？」

ひろしの素朴な疑問に、「どうって……」と、立野は困ったように野村を見た。

「ほんとの先生が戻ってくるんだから、桜木先生はいなくなるんじゃ……」

「ヤバいよ、桜木先生、失業だよ」これは副会長、若林である。

「そんな、かわいそう……」日向はグーにした両手を口に当て、ウルウルしている。

ひろしは教室を飛び出して、職員室に戻ろうとしていた仙太郎を見つけると、慌てて
「先生」と駆け寄っていった。

「お、ひろし」立ち止まった仙太郎に、「どうするの？　先生」と息を切らせて言った。

「なにが？」

「なにがじゃないよ。田山先生が戻ってきたら、どうするんだよ」

「ああ——ほかに行くとこもないしな。ま、大阪、帰らなしゃあないやろな」

仙太郎はのんきそうに言い、廊下を走っている生徒に注意などしている。そんな仙太郎の背中を、ひろしは、ひとり取り残されたような気持ちで見つめていた。


「3学期から田山先生が復帰なさるそうです。正式に連絡もあったようで」

翌朝、職員室でコーヒーを飲みながら、小野寺が仙太郎に言った。

「そうか、じゃ産後も順調に回復してんのやろ。よかったな」

「そうですけど……」小野寺はフッと顔を曇らせて言った。「そうすると、桜木先生がいなくなるじゃないですか」

「最初からそういう約束できてんのや」

「けど、寂しくなるっていうか……」

「なに言うてんねん。オレは、大阪帰って次の学校でも探すわ。次から次へとさすらうい

うのも悪ないし、ま、流しの先生いうとこかな？　ハハ」

「……そんなこと言ってる場合じゃないんじゃないの？」素子が、不機嫌そうに言った。

「なんやねん？」

「自分の立場、わかってる？　まだ教師として半人前なのよ？　ちゃんと勉強してるの？

来年の採用試験の勉強」

「……してるがな、少しずつ……」詰まりつつ答える仙太郎に、素子はズケズケ言った。

「そんなことじゃ、今度もすべるわよ？」

「人が気にしてることを……」

「気にしてるんだったら、やることとやりなさいよ」

「やりとうても今は、目の前の仕事があるんや。２学期のまとめのプリントを作らなアカンやろが？」

「両方やればいいじゃない？」「簡単に言うな」……いつもの口ゲンカが始まり、そばで見ていた西尾が、苦笑しながら言った。

「ほんとにあのふたりって仲悪いよね」

「……そうでもないような気がします」小野寺はそう言って、小さくほほえんだ。

「だいたいちゃんと計画立てて勉強してないからいけないのよ」

「自分の勉強より、今は子供らの勉強を教えるほうが大事なんや」

半分八つ当たり気味の言いがかりだってことは、素子にもわかっていた。が、のんきに笑っている仙太郎が、無性に頭にきたのだ……人の気も知らないで。

「え〜今日はおまえらに先生からひとつ提案がある」仙太郎が言った。

「提案？」「なんですか？」とざわめく3組の生徒たち。

「この2学期が終わるまでに、自分でなにかひとつ目標を立てて頑張ってほしいんや。なんでもええ、もうちょっと頑張ればできそうなヤツをやな、今年のうちにできるようになってもらいたいんや」

2学期が終わるまでに……その言葉が意味することを悟って、生徒たちはシーンとなった。

「先生、田山先生がこのクラスに戻ってきた時に、みんなが少しでも成長したとこ見せてやりたい思てな……先生ももちろん手伝うから」

「…………」

「どうかな？　そういうの」仙太郎が遠慮がちにきくと、あちこちから声があがった。

「賛成」「いいと思います」それを聞いて仙太郎はうれしそうな表情になり、言った。

「そっか？　じゃ、なんでもええんや。鉄棒の逆上がりでも、勉強わからんとこちゃんとわかるようになることでも、自分がやってみようかなと思うことでええからな」

「じゃ、オレは跳び箱6段に挑戦しよっかな」「オレ、鉄棒の空中逆上がり」

晶がはい、と手を挙げ、「それって料理とかでもいいんですか？」

た。

「料理か、ええよ」

「じゃ、あたしも」「あたしもそれにする」法子とあゆみが言い、三人娘の目標が決まった。

「ボクも料理にしよかな?」と日向。日向のエプロン姿を想像し、仙太郎が慌てて言った。

「おまえは跳び箱にせえ、まだ3段も飛ばれへんやないか?」

「でも、無理だもん」

「そんなことない、先生が特訓したるさかい。一緒に頑張ろ」

「じゃ、やってみよ、ウフ」日向の目標も決定。次に白石が立ち上がった。

「先生、ボクはこのクラス全員が分数ができるようになることを目標にしたいと思います」

「おお、じゃ委員長が教えてくれんのか? おい、分数のわからんヤツ。ちゃんと教えてもらえよ」

クラスメートたちがそれぞれ自分の目標を決めている中で、ひろしだけが、貝のように口を閉ざし、むっつり黙りこんでいた。

店の片づけが終わり、長一郎が茶の間に入ってきた。

「あ〜今日もお疲れさんと……仙太郎は?」

「お風呂《ふろ》」素子は、長一郎のお茶の用意をしながら言った。

そっか、と長一郎はちゃぶ台の前にあぐらをかき、素子をチラッと見て言った。

「……おまえさ、いいのか？」

「なにが？」

「なにがって……その、アレだよ」長一郎はじれったそうに、「気が回らねえヤツだな、アレだよ」と重ねて言うが、素子はなによ？ とまったくわからないようす。

「だから、仙太郎がこのまま大阪へ帰ってもいいのかって言ってんだよ……もう二度と会えねえかもしれねえんだぞ？」

「……そんなこと言ったって、仕方ないじゃない」と、素子は目を伏せた。

「オレはあいつには、このまずっとここにいてもらいてえんだよ。なんか、息子みたいに思えてよ。素子……おまえさ、あいつとどうにかなるって気はねえのか？ あいつはいいヤツだよ」

「バ、バカなこと言わないでよ！ そんな気はないの！」素子が頬を赤らめて言い返した。

「ちょっとくれえは、あんじゃねえのか？」

鋭く突っこまれて、素子は思わずウッと詰まってしまった。

「やっぱり、あるんだろ？」

「……あいつが好きなのはお姉ちゃんなの。だから、そういうことはもう言わないで」

素子は急に声を落として言い、洗濯物を抱えて2階へ駆け上がっていった。

素子が2階の物干し台でタオルを干していると、風呂上がりの仙太郎がやってきた。

「お、素子。ちょっとええか？」

「なに？」言いながら、素子は一瞬ドキッとしてしまう。

「あのな、頼みあるんや……オレ、今日、子供らに目標立てさせたんや。2学期終わるまでになにかひとつできるようになれて。それでな、女子が、料理をできるようになりたい言うんやけど、面倒見たってもらわれへんかな」

「あたしが？」

「わかってる。おまえが料理得意やないいうことは。けど、オレ、ほかのも見なアカンし、火とか危ないからな……頼むわ、このとおり、これで最後や思て」

仙太郎は手を合わせて、上目遣いに素子を見ている。

「……わかった。ほんとにいつもいつも、なにかと首突っこまされんのよね」

すまんな、と言う仙太郎に、素子は「じゃ、これ手伝ってよ」とタオルを渡す。

並んで洗濯物を干しているふたりの姿を、縁側から見上げながら、「似合いだと思うんだけどな……」長一郎がポツリとつぶやいた。

放課後になると、3組の生徒たちは、それぞれの目標を達成すべく、あちこちに分散した。

3組の教室は、白石の分数スクール。手伝いを買ってでた小野寺が、しぶしぶながらも頑張っている岸や坂下たちを見て、ニコニコほほえんでいる。

家庭科室は、素子の分担だ。黒板に、包丁の持ち方や、さまざまな切り方が図で説明してあり、料理班に集まった女子たちが、一生懸命野菜を切る練習をしている。

難しい飾り切りに挑戦していた女子が、もっぱら見回り役に徹していた素子に言った。

「先生。この切り方、よくわかんないんですけど」

「え〜っと」素子は黒板と包丁を交互に見つつ、危なっかしい手つきで実演してみせる。

「なんか違うよね……」

「先生、作ったことあるの？　料理」

「まあ、いちおうはね、ハハ……」素子は苦笑いした。

体育館では、仙太郎の指導のもと、立野や日向たちが跳び箱の練習に励んでいる。ひろしはひとりだけ、体育館の入り口で、そんなクラスメートたちをジッと見ていた。

「ひろしくん、練習しないの？」

立野がやってきた時、跳び箱のほうから、拍手と歓声が聞こえてきた。

「よおやったな！　おめでと、6段！」誰かが早くも目標を達成したらしい。

「みんなも、頑張れよ！　全員跳べるようになるまで先生、つきあうからな」

仙太郎が、入り口からこちらを見ているひろしと立野に気づき、ふたりを呼んだ。

「おい、立野！　ひろしもこいよ」

「行っちゃダメだ！」ひろしが小さく叫んだ。

「みんなが目標できるようになったら、先生、いなくなっちゃうんだよ？」

立野は、あ……と初めてそのことに気づき、立ち止まった。

「だから、ボクはやらない」ひろしはそう言って、ぎゅっと口を引き結んだ。

夜、鈴木理髪店にやってきた仙太郎は、ひろしに髪を洗ってもらいながら尋ねてみた。

「ひろし、なんかないんか？　できたらええて思てること」

教室の後ろに、生徒たちの目標を書いたポスターを貼り出したのだが、すでに目標を達成して名前の上に花が飾られた生徒もいるというのに、ひろしだけはまだ空欄のままになっているのだ。

「いろいろあるはずやろ？　跳び箱も飛《は》ばれんし、逆上がりもできん、分数もちゃんとわかってないやろ？　どれでもええから早よ決めろよ」

「先生、大阪帰るんですって――せっかく、お知り合いになれたのに残念ですよ」ひろしの父親が言った。

「ええ、今学期いっぱいいう約束だったんで」

「先生もね、こっちに好きな人でもいたら、また別なんでしょうけど」

ひろしの母親も、名残惜しそうだ。

「まあ、おらんわけではないんですけどね」

「いるんですか？　誰なんです？　よかったら、私のほうから相手の人に伝えに行っても。

こういうことは第三者のほうが言いやすかったりしますからね」

「隠さなくても、誰なんですよ？」夫婦そろって、興味津々《しんしん》に問い詰める。

「ええですて——結構ですから、ほんまええですて」

両親と仙太郎のやりとりを聞いて、ひろしは、じっと考えこんだ。


昼休み、素子が図書室で一心不乱に本を読んでいると、仙太郎がふいにやってきた。

「よ。ひろしと立野、知らんか？」

「きてないわよ」読んでいた本を慌てて後ろに隠しながら、素子が言った。

「おかしいな、なんや用があるいうてたのに」

そのひろしと立野は、仙太郎と素子がふたりだけなのを確認すると、図書室の入り口に、『今日の図書室は終わりました』の札をかけた。

ひろしたちの企《たくら》みを知る由もない仙太郎は、素子の隣に座り、のんびり尋ねた。

「なに読んでんのや？　隠さんでもええがな」

「別に——隠してないわよ」

「ン——」と、仙太郎が窓のほうを指さした。つられて素子も、「なに？」とそちらを向く。

「へえ〜料理の本やないか？」いつの間にか、仙太郎が隠した本を手に取っている。

「やっぱり、教えられんから勉強してたわけやな」

「……ほっといてよ」

「まあな、タクワンひとつ、うまく切られへんからな」

「あんたに言われたくないの」

「けど、エラいわ」仙太郎は、素子が思ってもみなかったことを言った。

「おまえて、子供のことになるとちゃんとしてるよな……そういうとこは先生として見習わな」

「……イヤじゃなかったの？　教科書どおりだっていつも言ってたくせに」

「おまえはええ先生や」仙太郎は、大真面目に言った。

「教えてもらうこともたくさんあったわ……いろいろ言うたけど、おまえやったからや。めげんとやり返してくるし」

「…………」

「ン？　……どうかしたか？」

しんみりしたふたりのようすを本棚の陰からのぞき見て、ひろしと立野はささやきあった。

「なんかいいんじゃない？」

「うん、けど、複雑な気持ち」

「あ、そういえば、立野くん、朝倉先生のこと……」

「フラれちゃったけどね」

黙っていた素子が、突然、突拍子もないことを言いだした。

「……あのさ。このまま、うちにいたら？　あたしが出てくから。お父さんもあんたにいてもらいたいみたいだし」

「なに言うてんねん。そやからいうて、おまえが出てくことないやろ？」

「お姉ちゃんが戻ってきたらいいんじゃない？　そのほうがあんただってうれしいでしょ。それがいいのよ」

「そういうことやないやろ？　オレが出てくんや。大阪、帰る決めてんねんから」

やっぱり険悪なムードになっていく。ひろしと立野は、マズい、と顔を見合わせた。

「ほんとに、なにもわかってないんだから……もういい」

そう言うと、素子は足音荒く図書室を出ていってしまった。

「なんやねん……」仙太郎がつぶやいていると、本棚の間から、小さな頭と大きな頭、合計ふたつの頭がひょっこり現れた。

「なにしてんのや、そんなとこで」

思わぬなりゆきに、つい身を乗り出してしまったひろしと立野だった。

ひろしから話を聞いて、それは大きな勘違いや、と仙太郎は言った。

「ごめんなさい……」

ひろしは、昨夜仙太郎の言った〝好きな人〟が朝倉先生――素子だと思ったのだ。野村と法子の例にしろ、いつもケンカばかりしてるから、ほんとのことを言えないってこともある。

そこで、立野と一緒に一計を案じ、ふたりの仲を取り持とうと考えたのである。

「なんで、オレと素子と結婚しなアカンねん」

「けど、そうなれば、先生、大阪に帰らないだろうし」ひろしが言った。

「こっちにいられると思って」立野も言った。

「オレの心配はええんや……気持ちはうれしいけど、もうヘンなこと考えるな。わかったな？」

ひろしと立野はしゅんとしたが、わかりました、とは最後まで言わなかった。

夕方、自動販売機前のベンチで、素子は綾子と一緒に缶コーヒーを飲んでいた。

「お父さん、どうかしたの？」綾子が言った。

仕事帰りらしい素子が、突然、綾子の働くお弁当屋さんの店先に現れたのだ。

「そうじゃないの」素子は言った。「仙太郎のこと」

「仙太郎さん？」

「あいつ、大阪に戻るつもりらしいの……気持ち、気づいてたでしょ？　あいつはお姉ちゃんのことが好きなの」

「……それはどうかかな？」と綾子。

「あたし、いつも聞いてる。お姉ちゃんにホレてるって……だから、お姉ちゃんからこっちに残るように言えばなんとかなるんじゃ——」

「素子こそ、どうなの？」綾子が、さえぎるようにきいた。「仙太郎さんのこと、好きなんじゃないの？」

「ち、違うわよ、誰があんなヤツ……」

「だから、こっちに残ってほしいんじゃない？」

ムキになって否定する妹をほほえんで見ていた綾子が、フッと遠い目になった。

「あたしは、まだ忘れられないみたい」

「お義兄《にい》さんのこと？」素子の言葉にうなずき、綾子は後悔をにじませて言った。

「自分の気持ち、我慢しないで素直に言えたら別れなかったかもって……素直な気持ちを言葉にするのって、大切なのよ」

仕事を抜け出してきた綾子は、店に戻るために立ち上がると、最後に素子を見て言った。

「あたしと同じ失敗をしてほしくないのよ、素子には」

お風呂上がり、いつものようにビールを飲んでいると、ちゃぶ台でテスト問題を作っていた仙太郎が、「素子」と神妙な顔で言った。

「おまえ、もしかしたらこの家出たいんか？」

「はあ？」

夕飯の時も、なぜ今日あんなことを言い出したのかと仙太郎がしつこくきいてくるので、素子は適当にはぐらかしておいたのだが、どうやらずっと気にしていたらしい。

「出て、ひとり暮らししたいんやろ?」

「あたしは……」

「気持ちはわからんでもない。親っさんもうるさいし、店の手伝いもさせられる。けどな、ひとり暮らしは絶対アカンぞ。いろいろぶっそうやし、危ないやないか」

「……お姉ちゃんだって、ちゃんとやってるじゃない」

「綾子さんはええんや。しっかりしてはるから」

「あたしだってしっかりしてるわよ」

「してもな、なんかあったらどうすんねん。オレがいてたら助けたるけど、そう都合よおおらんやろ」

「助けてくれるんだ」素子が少し意外そうに言った。

「当たり前やろ?」

じっと素子に見つめられ、仙太郎は「なんやねん?」と、けげんな顔をしている。

「……別に」素子は仙太郎から視線をそらせて言った。「女だと思ってるんだと思ってさ」

「男と違うやろ?」仙太郎は、おかしなことを、という目である。

「…………」素子は仙太郎に背を向けてビールを飲みながら、ひそかに心を固めていた。

3組のポスターに、1日1日と、赤い紙の造花が増えていった。

「これでよしと!」野村が、自分の名前の上に花を飾った。

「へえ、跳べたんだ、7段。やるじゃん」法子にホメられて、野村はうれしそうだ。

「みんな、先生がいなくなってもいいの?」

とがめるような声がして、ポスターの前にいた生徒たちは、え? と振り返った。目標を達成したクラスメートたちが喜んで花を飾りつけるのを、じっと見ていたひろしである。

「全部に花がついたら、先生、いなくなっちゃうんだよ?」

みんなは黙って顔を見合わすと、「仕方ないじゃん……」「あたしたちにはどうにもできないんだし……」と力なく言った。

「ボクは絶対、花なんかつけない!」ひろしが叫んだ。「オレも」立野も硬い表情で言った。

「気持ち、わかるけど……」と若林。

「せめて、先生を喜ばせて、送り出してやろうよ」野村がふたりを説得する。

「それがボクたちにできる精一杯のことなんだから」白石も言った。

クラスのみんなが、野村や白石の言葉にうなずいている。ひろしは黙って唇を噛《か》んだ。

目標の料理はシチューに決定し、放課後の家庭科室に、料理班の女子が集まった。

「えっと、まずはじゃがいもの皮をむいてと……」

今日は素子もエプロンをつけ、女子たちに交じって包丁を握っている。

「あんまりうまくないんですね」法子が、素子の手際の悪さを見て言った。

「じつは、料理には全然興味なくて……」

「じゃ無理しないで、見てるだけでもいいのに」と晶。

「うん……そうしようと思ったんだけど、先生も目標立てたから、練習しなきゃ」

三人娘はきょとんとしていたが、素子はまた一生懸命じゃがいもの皮をむきはじめた。


跳び箱の特訓を終えた仙太郎が職員室に戻ってくると、小野寺が言った。

「桜木先生、若林くんも分数できるようになりましたよ」

「そうか、あの若林も……みんな頑張ってるな」

そこに、「先生」とエプロンをつけた3組の女子がやってきた。

「どうした?」

「あたしたち、目標のシチューを作ってみたんです」「だから先生に食べてほしくて」

法子たち料理班が、素子と一緒に、できたてのシチューを運んできた。

「おお、うまそうやないか? それじゃ、いただきます――お、うまいやないか」

わあっと歓声があがり、みんなは手をたたきあって喜んでいる。

「やった」「あたしたちの愛情がたっぷり入ってるもんね」

あれこれ仙太郎の世話を焼く生徒たちを見て、小野寺が素子に言った。

「いいですね、桜木先生。うらやましいですよ」

「ほんとになんであんなに人気があんだか」

「朝倉先生が一番、わかってるんじゃないんですか？」

「え……」

「アッくん、素子もこっちきて食うてみ、ほんまうまいから」仙太郎がふたりを呼んだ。

「先生、おかわりもあるからどんどん食べてね」

「おお、これでおまえらもみんな目標達成やな」仙太郎は、うれしそうに言った。

土曜日の放課後も、仙太郎と3組の男子たちは、体育館で跳び箱の練習をしていた。まだ花のついていない日向や若林も、あとちょっとで目標を達成できそうだ。

「ひろしと立野、またきてへんのか。この土日で全部花つけようとみんな頑張ってんのに」

仙太郎は生徒たちの顔を見回して言った。

「あの……ちょっと行くとこあるとか言って……」野村がためらいがちに答えた。

若林と日向は、黙って顔を見合わせている。

「行くとこ？　どこや？」

「えっ」野村は仙太郎の質問に、慌てて首を振った。

その夜、電気をつけた教室で、仙太郎はひとりポスターに花を飾っていた。

「これで日向も合格と……あとは……」

残っているのは、立野と、まだ目標さえ書いていないひろしだけ。

「…………」

そこへ、小野寺が「桜木先生！」と駆けこんできた。

「なんや？」

「今、鈴木くんのうちから電話があって、鈴木くんまだ帰ってきてないらしいんです」

驚いた仙太郎は急いで小野寺と職員室に行き、野村の家に電話をかけた。急を聞いて駆けつけてきた素子が、野村が出るのを待っている間に、別の電話を切って言った。

「立野くんもまだ帰ってきてないって」

「立野もか……お、野村、ちょっと聞きたいんやけどな、ひろしと立野がまだ帰ってきてないらしいんや、どこ行ったか知ってるか？　——田山先生んとこ？　お見舞いにか？」

電話の向こうの野村の声が、言いにくそうに答えた。

『それが、ボクも誘われたんですけど……その、もう少し休んでほしいって頼みに……』

その頃、田山先生の病院を訪ねたひろしと立野は、バス沿いの道をとぼとぼ歩いていた。もう20分は歩いただろうか。冬の日はとっくに暮れてしまった。

ふたりでバスに乗ってきたはいいが、悪い偶然は重なるもので、立野は初めから財布を忘れ、ひろしは途中で落っことしてしまったらしいのだ。

「おなかすいた……」立野のおなかがグーッと鳴った。

ひろしはポシェットの中に手を突っこみ、少し残っていたチョコレートを取り出すと、半分に割ったそれをさしだした。

「ありがと」立野は受け取ったチョコレートをひと口で食べてしまった。

ひろしは自分の分をもう半分に割り、立野にさしだした。

「いいよ、それひろしくんのだろ?」

「いいんだ、そんなにおなかすいてないから」

「ほんと?」立野はうれしそうに受け取って、今度も丸ごと口に放りこんだ。

「ごめんね、立野くん。ボクが誘ったばっかりに」

「いいよ、オレだって、桜木先生にはいてもらいたいと思ったんだから」

ふたりが意を決して病室を訪れた時、田山先生はちょうど赤ちゃんに授乳しおえたところだった。ひろしたちの訪問を心から喜んでいる先生に、ふたりはなかなか用件を切り出せなかったが、ようすのおかしいふたりを先生が心配しはじめた時、ひろしが思いきって言った。

「もう少し、休んでもらえませんか?」ひろしに続いて、立野もひと息に言った。

「先生に悪いこと言ってるとわかってるんですけど、もう少しだけ休んでもらえたらなって」

「……どういうことかな？」

「ボクたち、桜木先生と別れたくないんです……先生がイヤだとかじゃないんです。ほんとにいい先生だと思ってます。でも、桜木先生にこのままいてもらいたいんです」

「お願いします」ひろしと立野は、ふたり一緒に頭を下げた。

田山先生は、そんなふたりを驚いて見ていたが、少し寂しそうに言った。

「先生、学校を休んでからもきみたちのこと忘れたことなかった。元気な赤ちゃんを産んで、1日も早く、みんなに会いたいって思ってたの……みんなが書いてくれた色紙、毎日見てた」

枕元のサイドテーブルに、5年3組の色紙が大切そうに置かれている。

『元気な赤ちゃんを産んでね』『早く3組に戻ってきてください』……ひろしと立野も、もちろん田山先生へ励ましのメッセージを書いた。その気持ちにウソはない。だけど……。

「だから、鈴木くんや立野くんの頼み、聞けないな」

先生は、なんにも悪くないのに、最後に「ごめん」とふたりに謝った。

——目的を果たせなかったうえに、田山先生を傷つけてしまったふたりは、後悔と罪悪感にさいなまれながら、夜の道を歩いていたのだった。

「そうですか、やっぱりここに……」

仙太郎は、野村の話を聞いてすぐ田山の病室を訪ねた。

「でも、もうだいぶ前に帰ったんだけど」

「なにやっとんのや……」

「あのコたち、どうしてきたか知ってる?」

「あ……ほんまにすいませんでした……」仙太郎は、田山に頭を下げた。

「オレの不行き届きいうか、あいつらには、ちゃんときつく叱っときますから——ほんとに申しわけありません」

「正直、ショックだった——でも、よくわかった」田山は言った。

「桜木先生がどれだけ、3組の生徒たちに慕われてるのか。あのやさしい鈴木くんと立野くんが、あんなことを言いにわざわざくるくらいだもの」

「………」

「あのコたち、本当に桜木先生が好きなのね」田山はそう言って、やさしい笑顔で言った。

「ありがと、桜木先生。3組を受け持ってくれて」

ひろしと立野は、その頃になってもまだバス沿いの道を歩いていた。田山先生の病院は思いのほか遠く、行きも住所を頼りに、道を尋ね尋ねやっとたどり着いたのだ。

手はかじかみ、犬には吠《ほ》えられ、寒さと心細さで、ふたりはだんだん言葉少なになっていた。

と、薄着のひろしが、立て続けにクシャミをした。

「寒いんじゃないの？　ひろしくん」

「少し」

「これ貸してやるよ」立野は上着を脱いで、ひろしにかけてやった。

「いいよ、そんなことしたら立野くんが風邪ひくよ」

「平気平気、オレなら大丈夫。遠慮すんなよ」

「ありがと」

ふたりはまた歩きだしたが、しばらくして、立野が不安そうに言った。

「ねえ、この道であってるよね？」

「うん、バス沿いの道だもの」

「けど、こんな景色あったっけ？……間違えたんじゃないよね？」

そういえば、あんな建物を見た覚えがない。橋なんか渡ったっけ？　それに……、

「……そんなことないよ」ひろしは疑問を打ち消すように言い、立野に提案した。

「そうだ、歌でも歌わない？」

「うん」

ふたりは精一杯元気なフリをして歌いはじめた。だが、だんだん歌う声が小さくなっていって、ひろしも立野も、また沈黙してしまった。

「……ほんとに間違ってたら、どうしよ……」とうとうひろしが言った。

「帰れないよ、オレたち」立野も声を震わせている。

不安に押し潰《つぶ》され、泣きだしそうになった時、ふたりを呼ぶ声がかすかに聞こえてきた。

「今、なにか聞こえなかった？」

ひろしと立野はじっと耳をすませた。今度ははっきり聞こえる。

「ひろし、立野！」

「先生……？」

道の向こうから、仙太郎が走ってくる。ひろしと立野も、仙太郎に向かって駆け出した。

「先生！」

「心配かけさせよって……なにしとったんや」

仙太郎は、胸に飛びこんできたひろしと立野を思いきり抱き締めた。田山の病院を出て、心配しながらの帰り道、バスの中から運よくふたりの姿を見つけたのである。

「こんなに冷とうなって、ずっと歩いてたんか？」

「財布なくしちゃって……それで」ふたりは泣きながら事情を話した。

「そうかそうか」

「ボクたち、なんとかしたかったんだ、先生が辞めなくていいように」

「だから、田山先生に会いにいったんだよ」

「おまえらの気持ちはうれしいよ。けどな、人の気持ち思いやられへんヤツはアカンやつや」

ふたりは黙ってしゃくりあげている。

「田山先生、傷つけるようなこと言うたらアカンやないか」

「ごめんなさい……」

「先生は田山先生が休んでる間だけ3組を受け持つい う話やったんや、そやから仕方のないことなんや」

「それじゃ、このまま行っちゃうつもりなの？」

「そやから仕方ない言うてるやろ？」

「ぼく、イヤだよ」「オレも」ひろしと立野は激しくかぶりを振った。

「そやから……」仙太郎は言いかけて、胸にせり上がってくる熱いものをのみくだした。

「先生もな、おまえらとは別れたくない、このままおまえらと一緒にいたいんや」

「じゃいてよ、先生……どこにも行かないで、ボクたちの先生でいてよ」

「あほやな……先生はな、どこにいてもおまえらの先生や」仙太郎は言った。

「いつまでも、ずっとおまえらの先生でおるんや」

「先生……」ふたりの目に、また涙があふれた。

「おまえらになにかあった時は、いつでも今日みたいにくるからな……おまえらは、ずっとオレの生徒や」

仙太郎は涙を隠すように、もう一度、ひろしと立野を抱き締めた。

翌日の日曜日、3組の生徒たちが全員体育館に集まった。

2台の跳び箱を並べて、ひろしと立野が練習をしている。教えているのはもちろん仙太郎だ。

ほかの生徒たちは、跳び箱の周りを囲むようにして声援を送っている。

「頑張れよ、あともう少しや」

あきらめずに挑戦を繰り返していたひろしと立野が、仙太郎と友達の声援に背中を押されるようにして、力強く、大きく跳躍した。

「やった――！」大歓声があがり、ひろしと立野はみんなにもみくちゃにされている。うれしそうなふたりよりも、仙太郎はもっと喜んでいる。

体育館の入り口で、素子と小野寺が、そんなようすをほほえんで見ていた。

とうとう全員の名前の上に花が飾られた。仙太郎は、ひとり満足そうにそれを眺めている。

「どう？　全員、合格した？」いつの間にか、素子が教室に入ってきて言った。

「ああ」

「みんな頑張ったわね」

「……あいつらには、田山先生が戻ってきた時に、みんなが成長したところを見せてやりたい言うて、これ始めたんや」仙太郎は、静かに話しはじめた。

「けどホントはな……オレ、あいつらの心の中に少しでもなにか残しとおてな……なにか
オレと一緒にひとつでもできたら、そのことといつまでも覚えてくれてるやろ」

「…………」

「オレ、なりたかったんは先生やないんや、恩師なんや」

「恩師？」

「オレはあいつらの心の隅でもええから残るような、そんな恩師になりたかったんや」

「……そう」

仙太郎は、満足したようにほほえみ、またポスターを見上げた。

「あのさ」仙太郎と一緒に帰りながら、素子はおずおず切り出した。

「あたしも目標作ってみたんだ」

「おまえが？」

「うん……今日の夕食……」

素子は家に帰るとさっそく鉄板プレートを持ち出して、お好み焼きを作りはじめた。

「さあ、あとはひっくり返すだけ」

「大丈夫か？」

「大丈夫」

「オレ、代わろか？」仙太郎はハラハラしながら見ている。

「大丈夫だって。ちゃんと練習したんだから」

素子はふたつのヘラを上手に使って、一気にお好み焼きをひっくり返した。

「ほらね？」

「ほんまや。やればできるやないか？」

「でしょ？」

「けど、なんでおまえの目標がこれやねん」

「だから、大阪と言えば、お好み焼きでしょ？」

「そうか——え？　じゃオレのために？」仙太郎が、途中でハッと気づいて言った。

「おまえが？」

「……悪い？」素子はガラにもなくはにかんでいる。

「悪いて……」

「あたしが、あんたのためになにかしたら悪いの？」

日頃かわいくないヤツの素直な言葉が、仙太郎の胸をドキッと高鳴らせた。

素子の少し照れたような顔を見て、仙太郎の胸は、ますますドキドキする。

「……これは、いけるんじゃねえのか？」

ふたりのようすを店から見ていた長一郎が、腕組みをしてつぶやいた。

★仙太郎の格言★

病気でも
学校来れば
治ります。

仰げば尊し

「わかってんのかよ？　あと1週間なんだぞ？　あと1週間したら、仙太郎、大阪に帰っちまうんだよ？」

　ここ数日、長一郎は店が終わると素子を捕まえて、毎晩同じ話を繰り返すのである。

「またその話……？」

「おまえ、あいつがこの家からいなくなっちまってもいいのか？」

　いい加減、素子も食傷気味である。

「もっとこう積極的に行けよ……とやかく言われたら、押し倒しゃいいんだよ。ひとつ屋根の下に暮らしてんだから」

「なに考えてんのよ？」

「早くどうにかなっちまえってことだよ。おまえもその気がないわけじゃないんだろ？」

「その気なんてないわよ」

「じゃ、なくてもいいからさ。もう今しかねえんだよ」

　むちゃくちゃである。そこへ「お先」と、仙太郎が風呂《ふろ》から上がってきた。

「あたし、お風呂入ってくるから」

長一郎が呼び止めるのを無視して、素子は、これ幸いと部屋を出ていった。

「まだ話終わってねえのによ……」

「どうかしたんですか？」仙太郎がタオルで濡《ぬ》れた髪をふきながら言った。

「あ、いや……仙太郎、ビール飲むか？」

「はい、いただきます」

長一郎は、ビールを取りにいそいそと台所へ。標的を仙太郎に変えたらしい。

「親っさん、そんなことオレがしますて」

「いいっていいって……おまえとこうして飲めるのも、あと少しだな」

すんません、と恐縮する仙太郎に、長一郎はビールを注いでやった。

「おれはよ、できたらおまえとはずっとこんなふうにな、一緒に暮らしていたいんだよ」

「そう言うてくれるの、ほんまうれしいですわ。オレもこうして親っさんといたいんですけど」

「それじゃあさ——おまえから行くってのはどうだい？」

「行く？」仙太郎はきょとんとした。

「うちの素子にだよ」

それでもなにに行くのかわからない顔の仙太郎を見て、長一郎はもどかしそうに言った。

「だから、プロポーズだよ。そしたら、ずっとここにいられるじゃねえか？」

「プロポーズ⁉」仙太郎がすっとんきょうな声をあげた。

「気持ちはありがたいですけど、なんでそこまで話が」

「イヤなのかい？」長一郎の声のトーンがいきなり落ちる。

「そうやのうて……」

「おい、仙太郎、うちの娘のどこがいけねえって言うんだ」

延々夜中まで口説かれごねられ、仙太郎はビールを飲むどころではなかった。

仙太郎が富士見が丘小学校の通学路を歩くのも、もう片手で数えられるだけになった。が、仙太郎は感傷にひたるどころか、さっきから素子に文句を言い続けている。

「どうにかしてくれよ？　親っさん。かなわんわ」

「あたしだっておんなじよ」

「あのな、言うとくけどな、プロポーズいうんは、つきおおてからの話や。なんでつきおおてもいてへんのにプロポーズせなあかんねん」

「あたしなんてね、押し倒せって言われてんだから」

「おい」仙太郎は素子を突っつくと、教師の顔に早変わりして言った。

「おはよ、今日も元気にいこな」

生徒たちがすぐ横を登校していく。素子も慌てて先生モードになり「おはよ」と挨拶《あいさつ》する。

「アホ、気をつけろよ、言葉には」

「あんたに言われたかないのよ」

朝の出席を取り終え、仙太郎はパタンと出席簿を閉じて言った。

「よし、今日も32人、全員きとるな。2学期も残りわずかや、みんなこの調子で風邪ひかんと頑張ろ」

「先生」委員長の白石が手を挙げた。「ボクたちから提案があるんです。今度の学級会なんですけど、先生のお別れ会を開きたいんです」

「お別れ会？」

「みんな、先生と最後に楽しい思い出作りたいんだよ」ひろしが言った。

「出し物も今、考えてるとこ」「頑張ってみんなで盛り上げようって言ってんだ」

「そうやな、最後にパアーッと楽しいことしたいよな」

「じゃ、いいんですね？」

「ああ。楽しみにしてるで」

やった、と歓声をあげて喜ぶ子供たちの姿に、仙太郎は目を細めてほほえんだ。

放課後、終わりの挨拶がすむと、3組の生徒たちはワイワイ言いながらいくつかのグループに分かれはじめた。

「なにしとんのや？　帰らへんのか？」

「練習ですよ」「そ、お別れ会まで時間ないし」「楽しみにしててくださいよ、先生」

みんなはりきっている。仙太郎がニコニコして見ていると、先生は本番までのお楽しみ、と教室を追い出されてしまった。

「先生とこのクラス、なにしてるんです？」

職員室へ戻ろうと廊下を歩いていると、後ろから小野寺に声をかけられた。

「なんかな、お別れ会してくれるらしいんや」

「へえ、いいですね」

「まあな、初めて持ったクラスやし、みんなの気持ちがな」

仙太郎はうれしそうである。小野寺も思わず口元をほころばせていると、ちょうどつきあたりの廊下を、素子が通りがかった。

どちらともなく立ち止まり、素子が行くのを見送ってから、小野寺が言った。

「ボクのことは気にしないでくださいね」

「ン？」

「朝倉先生のことです」

仙太郎が黙っていると、小野寺は穏やかに言った。

「見ていてなんとなく、朝倉先生の気持ちに気づいていたんです。朝倉先生、桜木先生のことが好きなんだなって……桜木先生だって、そうなんじゃないですか？」

「そんなことはない」仙太郎はすぐさま否定したが、あとで小さくつけ加えた。

「……と、思うねんけど……」

「ほら」

「正味の話、よおわからんようになってきてな。アッくんにこんなこと言うのもアレなんやけど」

「ボクはちゃんとあきらめましたから」小野寺はきっぱり言った。「遠慮しないでください」

「うん……」

「本人より周りのほうがわかってる時もあるんです。だから親父さんだってなんとかしようとしてるんですよ」

仙太郎は今日の昼間、小野寺に長一郎の先走りをうっかり話しかけてやめたのだが、小野寺のほうでは、なんとなく察していたらしい。

「ボクも桜木先生と朝倉先生、お似合いだと思います」

「そうは言われてもな……」困ってしまう仙太郎なのである。

夜、部屋で荷物を片づけていると、素子が「入るわよ」とやってきた。

「どう？ 片づきそう？」

まあな、とダンボールに服を詰めている仙太郎に、素子がイチゴをさしだした。

「持ってけってうるさいのよ」

「親っさんか？」

「そ、ふたりで食べろって」

仙太郎は手を休め、素子と一緒にげんなりしたようすでイチゴを口に入れた。

「心配なんやろかな」

「なにが？」

「おまえ、一生結婚できんと思われてんのと違うか？　そやから手近なところで親っさん、オレに押しつけようとしてんのとちゃうんか？」

なにを言い出すかと思えば、つくづく失礼な男である。

「まあな、見た目はまあまあやから寄ってくる男もおるけど、その気の強いとこ知ったら逃げていくやろしな、外ヅラと内ヅラが違いすぎるし」

「人のことばっかり言ってるけど、あんたはどうなのよ？」素子はムカムカして言った。

「オレはまともやないか？」

「どこが？　女に向かってハゲだボケだ言う男のどこがまともなの？」

「まともな女性には言いません。綾子さんには言うたこともないわ、ボケ」

「また言った……」

「とにかくやな、娘のおまえが親っさんはどうにかせえよ……わかりましたか？」

「……ほんとに寂しいのよ、お父さん、あんたがいなくなるの」素子は急にしんみりとして言った。

「それは、そうかもしれんけど……」

じつは、今日も校長から、残念ながら空きがなくてね、と突然申しわけなさそうに言われた。なんのことかと聞いていると、校長は幼なじみの長一郎に頼まれて、この近くに出産で休む先生がいないかどうか、調べてくれたというのである。

「だからというてな、おまえと結婚するいうのはな……」

「なにうぬぼれてんのよ？　誰があんたと結婚するって言ったのよ？」素子はとたんにカチンとくる。

「親が言うてんねんから、娘もそうやろ？」

「違います！　それにあんたが好きなのはお姉ちゃんでしょ？　お姉ちゃんと結婚してこの家の息子になりゃいいじゃない」

「できるもんならそうしたいですわ」

「お姉ちゃんの代わりなんかごめんだからね」「オレも結構です」

「あんたなんかね、とっとと大阪帰りゃいいのよ！」

「おまえに言われんでも帰るわ、ハゲ」

本心とは裏腹に、ついついいつもの調子でやりあってしまうのである。

夕飯時もまったく口をきかず、カウンターで背中合わせにごはんを食べているふたりを見て、長一郎はタメ息をついた。

「なんだよ？　またケンカしたのかよ……いい加減にしろよ、まったく……」

先に食事を終えた仙太郎がひろしのところへ出かけていったあと、長一郎はさっそく素子にわけを尋ねた。

「なにが原因なんだよ？」

「あのね」素子は箸《はし》を置いて言った。「あたしたちのことには二度と口出ししないで」

「けどよ、そんなこと言ってたらあいつ大阪に……」

「今度なんかよけいなことしたら、あたしもこの家出てくからね」

娘にきつく言われて、長一郎はしぶしぶ口を閉じた。


「先生」ひろしが、仙太郎の髪を洗いながら言った。

「先生に借りたお金、ボク、まだ返してないよ。1回1000円の洗髪だから、あとまだ何十回か残ってる――どうする？」

「そうか――代わりに親っさんの頭でも洗《あろ》たってくれるか？」

仙太郎が言うと、ひろしはふいに黙りこんだ。

「どうした？」

「……もう先生の髪、洗えないんだね」ひろしは寂しそうに言った。

「いつ大阪に帰るの？」

「終業式のあとや」

「見送りに行かないよ、泣いちゃうから」言いつつ、ひろしはもう泣きそうになっている。

「ひろし……」ポロッとこぼれたひろしの涙を見ないように、仙太郎は話題を変えて尋ねた。

「どや？　みんな練習してんのか？」

ひろしはゴシゴシ目をこすると、明るく言った。

「うん――ボクたちはフルーツバスケットすることにした。女子は物まねの歌合戦するんだって」

「へえ、おもしろそうやな」

「みんな頑張ってるから、楽しみにしててね、先生」

終業式は、もう目の前に迫っていた。3組の生徒たちは今日も居残って、お別れ会の準備をしている。一方、仙太郎たち先生のほうも、放課後は通信簿にかかりっきりだ。

「うちのクラスは全員が分数できるようになったから、この分数の欄だけはひとりも『もう少し』がいてへん。気持ちええな、こういうの」

「よかったですね」

小野寺は、コーヒーをいれに立った仙太郎を手伝いながら、こっそり聞いた。

「どうかしたんですか？　朝倉先生と」

今日一日、仙太郎が話しかけても、素子はそっけなく返事を返すだけで、顔も見ようとしないのである。

「きのうちょっとな」

「またケンカですか？」

「いつもやったら、朝起きたらケロッとしてるんやけどな……」

「やっぱり気になるんですね」

小野寺に答えずにいると、西尾が急に窓の外を指さして叫んだ。

「あれ、桜木先生のクラスじゃ」

3組のベランダで、岸たち数人の男子が、手すりから大きく身を乗り出している。

「なにしてんのや……！」仙太郎は泡を食って職員室を飛び出していった。

「やっぱり危ないよ」「別のところに張れば？」

さっきから、ひろしや立野が何度も止めているのだが、岸たちはいっこうに取り合わない。

「ここが一番目立つの」

頑張って作り上げた横断幕を、ベランダに取りつけようとしているのだ。明日の朝、これを見た先生は、感激して泣いてしまうかもしれない……。

その時、幕のヒモをくりつけようとしていた岸が、向こう側に降ろした足をすべらせた。

「わあ！」

その場にいた全員が凍りついた。ちょうど教室に飛びこんできた仙太郎が、「岸！」と叫んでベランダに突進していく。

――岸は、片手でしがみつくように手すりをつかんでいた。みんなホッと安堵《あんど》の息を漏らす。

「なにしてんのや！　早《は》よ、上がってこい！」

仙太郎が手を貸して岸を引っぱり上げ、ベランダにいた男子たちを教室に連れ戻した。

「それは見てのお楽しみ、な？」「うん」

「なにしてたんや？　あんなとこで」

「なにしてたんか聞いてんのや！」

仙太郎がドン！　と机をたたき、岸たちはビクッと肩をすくませた。

「岸くんたち、先生のために横断幕作ったんだよ」ひろしがかばうように言った。

見ると、床に置かれた横断幕に、『桜木先生、ありがとう。いつまでも5年3組を忘れないでね』と書いてある。

「それを張ろうとして」と、立野が続けた。

「言っちゃダメでしょ？　明日、先生びっくりさせようと思ってたのに」「でも、そういうことだから、先生」岸たちは、いつもの軽い調子を取り戻して言った。

「誰がそんなことせえ言うた？　落ちたらどうすんのや？　死ぬかもしれへんのやぞ？」

「そんなオーバーな」

「なにがオーバーや、げんに落ちかけたやないか？」

「そうだけど……」

「誰も注意せんかったんか？　友達があんなことしてんのに」

「言ったんだけど……危ないって」ひろしがおずおず言った。

「ほんまにそう思たんやったら、なんで本気でやめさせようとせんのや。なんでもっとしっかり言わん」

仙太郎に厳しく叱責《しっせき》され、ひろしと立野は、うつむいて口をつぐんだ。

「あんなことくらい、大丈夫だよ」「オレたちもよくやるし」「そうそう、落ちて死んでも恨まないから」「自業自得だもんね」

周りにいた男子がふざけ半分に言いだすと、女子も尻馬《しりうま》に乗ってちゃかしはじめた。

「あんたたちにはいい薬かも」「一度、死んだらバカが治るかもね」「言えてる」

「あほか！」仙太郎が、教室を揺るがすような大声で一喝した。

「死ぬてな、おまえら命をどう思てんのや？　この世にたったひとつしかないんやぞ？」

本気で怒鳴りつける仙太郎を、全員が驚いたように見ている。

「一番大切なもんやないか！　……おまえらにもしものことがあったら、どうするんや！　オトンもオカンも先生もどんだけ悲しむか考えたことあるんか！」

「…………」

「それを簡単に死ぬとか、一度死んだらとか、冗談でも言うもんやないんや！」

初めて見る、仙太郎の激しい怒りだった。生徒たちは物音ひとつ立てず、シーンとしている。

「オレ、おまえらはそんなことくらいちゃんと知ってるもんやと思ってた。勉強なんかな、ほんまはどうでもえんや……自分の命の大切さや、友達の命の大切さがわからなアカンのや……！　それやのに……」

仙太郎は、高ぶる気持ちを無理やり静めながら言った。

「こんなことまでしてな、お別れ会なんかしてほしないわ」

3組の生徒たちは、まるで葬列のように押し黙って教室を出、下駄箱《げたばこ》に向かった。

「さよなら」小野寺が声をかけても、誰も返事をしない。

「少し叱りすぎたんじゃないですか？　あんな元気のいい生徒たちがしゅんとしちゃって」

小野寺は、教室の戸口で生徒たちを見送っている仙太郎に言った。

「……ちゃんと言うとかなアカンことなんや、あいつらには」

昇降口に消えていく子供たちの背中をひとりひとり見つめながら、仙太郎は答えた。

翌日の放課後、仙太郎は帰っていく生徒たちの中から、ひろしを見つけて声をかけた。

「なに？　先生」

「いや……ちょっとな……」

「今日は残念だったね、お別れ会なくて」

本当なら4時間目がお別れ会のはずだったのが、いつもどおり学級会が開かれ、2学期の反省会が行われたのだ。

「それはええんやけど……なんか、いつもとみんなのようすが違うみたいやから……」仙太郎は気がかりそうに言った。「授業中も静かやし……」

そうなのである。授業も反省会の時も、今日はやけに真面目で淡々としており、日常茶飯事だったおしゃべりやおふざけやケンカがウソのようになかったのだ。

「だって、先生の話を聞くことが2学期の目標だったから。最後だけでもちゃんとしようって思ったんじゃないの？」

「そうなんかな……？」

「ごめん。ボク急ぐんだ」

「あ、悪かったな」

ひろしは、じゃ、とランドセルをカタカタいわせて走っていった。

夜、長一郎と仙太郎は、店じまいをして茶の間に上がった。

「今日はよく働いたな――おまえも疲れただろ？」長一郎は座布団にどっかり腰を下ろすと、店を手伝ってくれた仙太郎をねぎらった。

「いいえ、これくらい」

「先に風呂《ふろ》に入るか？」

「いえ……その前に」と、仙太郎はきちんと正座をして、長一郎に向かい合った。

「なんだよ？」

「親っさん、この4カ月、ほんまにお世話になりました」仙太郎が頭を下げた。

「やめろよ、そんなの……」

「いえ、ちゃんと挨拶《あいさつ》しときたいんです」そう言って、仙太郎は続けた。

「前にも言うたと思いますけど、初めての担任、初めての東京暮らしと不安な思い半分でこっちにきました。でも、親っさんとこに下宿させてもろて、ほんまによかったと思てます」

「…………」

「オレが学校、辞めさせられそうになった時も、親身になってくれて……いろいろありがとうございました、親っさんのこと、一生忘れません」

仙太郎はもう一度、親愛とお礼の深い気持ちを込めて、長一郎に頭を下げた。

「……息子みてえに思えてんだよ」

仙太郎を見つめていた長一郎がポツリと言った。

「……なあ、仙太郎、なにも大阪帰ることはねえんじゃねえか？」

長一郎は、あきらめきれないように説得を始めた。

「もう素子とどうとか言わねえからさ、とりあえずここにいてよ、ほかの仕事するってい うのはどうだい？　この商店街でいいなら、オレが働き口くらい、すぐ見つけてきてやる よ。なんなら、この店手伝ったっていいんだぞ」

「……親っさんの気持ちはうれしいです。けどオレ、先生いう仕事が好きなんです――今回初めて自分のクラス持って、ほんまにそう思いました。オレ、ずっと先生やっていきたいて」

仙太郎は、最後にきっぱりと言った。

「そのためにも、けじめつけるつもりで大阪帰ります」

「そうか……」仙太郎の固い決意を見て、長一郎は肩を落とした。

「すんません……」

「いや、おまえの言うとおりだ。そうだよな、おまえの夢は富士山のような日本一のクラスを作ることだもんな。よけいなこと言ってすまなかった」

「オレもよけいなこと言わせてもらっていいですか？」仙太郎は、真顔で言った。

「綾子さんのことです……オレがあの部屋出ていったあと、綾子さんと裕二くんに戻ってきてもらいたいんですわ」

長一郎はいいとも悪いとも答えず、黙って腕組みをしている。

「最後に、オレの頼み聞いてください。親っさん」

着替えを小脇に抱えた素子が階段の途中にたたずんで、ふたりの会話の一部始終を聞いていた。

物干し台で、仙太郎はひとり、夜空を見上げていた。

「今日は星がたくさん出ててよかったわ」

素子の気配に気づいて、仙太郎が言った。

「東京で見るのも見納めやしな」

「あのさ……」仙太郎と並んで手すりにもたれながら、素子は言った。

「お姉ちゃんのこと、ありがと」

「聞いてたんか」

「きっとお父さんも今度こそちゃんと考えてくれると思う」

「きっかけさえあればうまくいくんや、親っさんかて、心の底ではとっくに許してんねんから」

少しの沈黙のあと、素子は仙太郎にずっと気にかかっていたことを謝った。

「……ごめん。この前、ひどいこと言って——あんなこと言うつもりじゃなかったのに」

「ああ、とっとと大阪帰れてか？　ええて、言わんでもわかってる」

「……あたし、聞いてもらいたいことがあるの」

仙太郎の言葉に背中を押されたように、素子は胸をドキドキさせながら言った。

「……お姉ちゃんのこと好きだってわかってる。けど、あたし、知らないうちに、あんた

持ちに」

「そこまでや」仙太郎は素子の告白をさえぎって、今度は、自分から言った。

「綾子さんのことは確かに好きや、憧《あこが》れてる——けどな、どう言うてええか、おまえはもうそばにあるもんになってんのや。おらんようになって初めて気づくんやろな、自分の気持ちに」

仙太郎は少し照れくさそうに素直な気持ちを伝えると、「素子」と改めて名前を呼んだ。

「今はまだ、先生としても半人前や——そやから、男としてもな」

仙太郎は、素子を見つめた。

「オレが一人前になったらケリつけよ……それでええやろ？」

素子も、仙太郎を見つめた。

「……望むところ」

そうしてふたりほほえむと、黙ったまま、また夜空に輝く星を見上げた。

口を開けばケンカばかりしていたけれど、最初から——そう、最初から、心はどこかで通じ合っていたふたりだった。

翌朝、いつもと変わらない朝倉家の朝食が始まった。

素子はせわしげにみそ汁をよそい、「はい」とちゃぶ台に並べる。

「なんや、また焦げてるやないか？」焼き魚を見て、仙太郎は文句を言った。

「朝は忙しいのよ、いちいち焼き加減なんか見てられないの」素子が言い返す。

「だいたいでわからんか？　毎朝作っとんのに……あ〜あ、おいしい魚もかわいそうや」

「じゃ食べるな」素子はムッとして仙太郎の皿を取り上げた。

「食べへんとは言うとらんやろ」仙太郎はすぐに皿を取り返し、いただきます、とおいしそうに食べはじめた。

「最初から文句言わずに食べればいいのよ——いただきます」と、素子も元気よく箸《はし》を取る。

「やっぱり、おまえたちはそうやってんのがいいのかもな……」

　ふたりを見ていた長一郎が、しみじみつぶやいた。


「あさってで2学期も終わりや。明日は掃除と冬休みについての全体集会やし、みんなとこうして授業できんのも、今日だけや」

　9月、緊張しながら立った教壇で、仙太郎はすっかり目に馴染《なじ》んだ生徒たちの顔を見渡して言った。

「それでな、今日の放課後、先生とこにラーメン食べにけえへんか？」

　お別れ会もなくなってしまったし、最後に、生徒たち全員にごちそうしてやろうと考えたのである。長一郎には、ラーメンぎょうさん用意してでください、と出がけに頼んである。

「みんなで楽しく過ごしたい思てな……どや？」

仙太郎は、子供たちも大喜びで賛成してくれるものと思っていたのだが、生徒たちは黙ったまま、困ったように顔を見合わせている。

「……あの……今日はちょっと」「オレも、用事があって……」「あたしも……」

生徒たちから、次々と期待外れの返事が返ってきた。

「そっか……」

「先生、ごめんなさい、ボクもちょっと……」ひろしがすまなそうに言った。

「うん、わかった。まあ、年末も近いことやし、みんないろいろあるわな」

クラス中、沈黙の中に気まずい雰囲気が漂っている。仙太郎は笑顔を作って言った。

「気にせんでええから」

寂しそうに職員室に帰っていく仙太郎の姿を見送りながら、ひろしが言った。

「なんかかわいそうだよ、話してあげたほうがいいんじゃないの？」

「ダメだよ、先生には黙っておこうってみんなで決めたじゃないか？」野村が断固言った。

「オレ、ラーメン食いたかったな」ゴクリと唾《つば》をのみこむ立野を、法子がにらんだ。

「あんた、そんなこと言ってる場合じゃないでしょ」

「そうよ、ちっともうまくなってないのに」「今日も特訓だからね」

三人娘から厳しく言われて、立野は首をすくめた。が、確かに、今日と明日しか、もう時間がないのである。

仙太郎が帰ってくると、長一郎が気をきかせてくれたらしく、『悟空』の入り口に『本日は富士見が丘小学校5年3組貸し切り』と書いた紙が貼ってあった。

仙太郎は紙をはがし、「ただいま……」と力なく戸を開けた。

「よお、お帰り」長一郎は、腕によりをかけてラーメンを作ろうとはりきっている。

「今日は貸し切りだからよ、子供たちにもゆっくりしてってもらえ」

それが……、と言いかけた時、奥から「仙太郎さん、お帰りなさい」と綾子が出てきた。

「綾子さん？」

「仙太郎さんのお別れ会をするから、おまえも手伝いにこいって、お父さんに言われたの」

「人手が足りねえんだよ、それだけのことだ」長一郎は照れ隠しの仏頂面で言った。

「親っさん」

「突っ立ってねえで座れよ。今日はおまえが主役なんだから。で、もうきてんのかい？子供たちは」

長一郎は、仙太郎が連れて帰ってきたはずの生徒たちを探して、キョロキョロしている。

「どうした？」黙っている仙太郎に、長一郎がきいた。

「……なんか、みんな用事があるとかで……」

「え」

「オレ、最後の最後で嫌われてしもたかも……」仙太郎はしょんぼりと言った。

しばらくして素子が帰ってき、小野寺もやってきて、今夜は急遽《きゅうきょ》、内輪のお別れパーティーとなった。

「じゃ、桜木仙太郎が無事、仕事をし終えたことに乾杯」長一郎が音頭を取った。

乾杯、とグラスを合わせ、拍手が起こる。仙太郎は笑顔でみんなに礼を言った。が、仙太郎がしょげていることは、電気がついているのといないのくらい、一目瞭然《りょうぜん》である。

「ま、変わりばえしない料理だけどよ、思いっきり食べてくれよ」

「はい……」

小野寺は仙太郎を元気づけようと、にぎやかに料理を食べはじめた。

「おいしそうですね、これ。あ、うまい！　これもいけますね」

「もっと飲めば？　ほら」素子がビールをさしだすと、綾子もお皿をさし出して言った。

「これ、あたしが作ったのよ、よかったら食べてみて」

「……いただきます」

みんなの気遣いに気づいて、仙太郎は明るく振る舞おうと箸を取った。

外は暗くなったけれど、3組の生徒たちは全員学校に残っていた。日頃仲が悪かった女子と男子も、教えたり教えてもらったりしながら、ひとつになって力を合わせている。

「じゃ、先に帰るから」「家でも練習しなさいよ」帰り支度をした者たちが言った。

「わかってる」「明日もあるからね」立野をはじめ、うまくできない何人かは、まだ居残って頑張るつもりだ。

「暗くなってきたんじゃない？」「あたし、遠いんだよね」

すぐにケリが出る勝ち気なギャルチームだが、やっぱり女の子である。

「じゃ、オレたち送ってってやるよ」

いつもギャルたちに追い回されているおちゃらけトリオも、やっぱり男の子である。

「いいわよ」

「いいって、な？」「うん」

ケンカばかりしているクラスメートたちが仲よさそうに帰っていくのを、ひろしは、うれしそうに見送った。


その頃、『悟空』では宴もたけなわとなり、みんなは仙太郎との思い出話に花を咲かせていた。

「あの時は、どうなるかって思ったわよね、生徒をたたいちゃったんだもん」

素子がPTA総会にまで発展した水野の一件を持ち出し、ひとしきりその話題で盛り上がった。

「でもあの署名には泣かされましたよね、3組の生徒たちがみんなで桜木先生のために力を合わせて……」

素子の目配せに気づいて小野寺はハッと口をつぐんだが、すでに仙太郎の目は遠くを泳いでいる。

「あの時は、よかったなあ……みんなが駆け寄ってきてくれて……」

座がシーンとなった。仙太郎は、後悔するように、ポツリと言った。

「最後にあこまで怒らんでもよかったのかもな……」

「いや、おまえは間違っちゃいねえよ。最近の子供は命のありがたさを知らねえんだ」

少々酔いは回っているが、長一郎のもっともな意見に、綾子もうなずきながら言った。

「あたしもそう思う。もし裕二が同じようなことしてたら、あたしも本気で怒る」

「けど、このままあいつらと別れる思たら、なんかやりきれんいうか……オレはなにしてたんやろ、思て」

「きっといつかみんなわかってくれるよ、おまえの言ったこと……本気で怒ってやったんだ、あのコたちのためによ」

長一郎の気持ちはうれしかったが、仙太郎の心にぽっかりあいた穴は、どうにも塞《ふさ》がらないのだった。

途中まで見送ろうと、仙太郎は小野寺と一緒にシャッターの下りた商店街を歩いていた。

「桜木先生とは、もっといろんなこと語り合いたかったです」小野寺が言った。

「そうやな」

「でも、もうたくさん教えていただきましたから」小野寺は感謝を込めて言った。

「生徒たちにぶつかっていく勇気――これをボクは教師としての武器にします……これから教師としていろんな経験を積んだとしても、いつもそこに立ち戻りたいと思います」

仙太郎も小野寺に教わった。教育とは、決して生徒に手をあげて育てるものではないということ。やさしい小野寺が主任だったからこそ、仙太郎も、約4カ月間の教師生活を伸《の》び伸びと過ごせたのだ。

「早く採用試験合格してくださいよ……もう一度、職場で先生と出会えることを楽しみにしてますから」

「ああ――アッくんも、それまでにはマザコンは卒業しとけよ」

小野寺も仙太郎も、グッとこみあげてくるものをのみこみ、冗談めかして言った。

「マザコンじゃありませんて」

「マザコンやないか？」

「もうそうじゃないんです」

ふたりの最後の掛け合いを、寒空に輝く冬の星座が聞いていた。

仙太郎が部屋に戻ると、素子が荷造りを手伝ってくれていた。

「ただいま――親っさんは？」

「おかえり。もう寝た、お姉ちゃんも裕二くんと一緒に帰ったし……荷物もこれで最後よ」

最後に残った身の周りのものを、素子は手際よくダンボールに詰めている。

「そっか……すまんな」

「ちゃんと大阪に送っておくから……ン？」

返事がないので素子が振り返ってみると、仙太郎は、荷物の中から3組の生徒たちと撮った写真を見つけ、ぼんやり眺めている。

「……まだ気にしてるの？　子供たちのこと。お父さんも言ってたでしょ？　いつかわかってくれるって。いい加減でどうしようもないヤツって思う時もあったけど、いつも生徒のことになると一生懸命だった……よくやったわよ、桜木先生は」

「……おまえに言われても、うれしないけどな」

仙太郎は少しだけ素子に笑顔を見せると、残りの荷物を片づけはじめた。


終業式の日がやってきた。

もう二度と立つことのない5年3組の教壇で、仙太郎は、みんなの顔を思い浮かべながら丁寧につけた通信簿を、ひとりひとりに手渡した。

「算数、よお頑張ったな。1学期より成績も上がってるぞ、この調子で3学期も頑張れよ。次、日向――日向は自分のペースでええんやぞ。何事もじっくり取り組むのがおまえのええとこやて先生思てる、あせらんと好きなことひとつ見つけて頑張れ――次。若林――副会長、たいへんかもしれんけど、ひとつのことやり遂げると自信になるんや、最後まで頑張れよ——次……」

全部の通信簿を渡し終えると、仙太郎は改めて最後の挨拶《あいさつ》をした。

「今日で先生は、この5年3組とはお別れです。この4カ月、みんなと過ごせてほんま楽しかった……先生いうんは、みんなになにかを教える仕事やねんけど、オレはなにかを教えるというより、みんなに教わったことのほうが多い気がする」

子供たちはみな、仙太郎の言葉をじっと噛《か》みしめるように聞いている。

「ほんまは、もっとみんなと一緒にいて、みんなのええとこもっといっぱい知りたい。もし、みんなが自分のええとこに気づいてへん時は、それを教えてやりたい」

仙太郎はそこで、生徒たちの姿を目に焼きつけるように、ゆっくりと教室を見渡した。

「みんな、自分の中にはすごい可能性や才能があること覚えててほしいんや。自分いう人間に自信を持ってほしいんや……ひとりひとりが自分しかない個性持ってる。それを大事にな」

伝えたかったことを伝えると、仙太郎は世話になった教え子たちに、礼を言った。

「最後に、半人前のこんなオレを『先生』と呼んでくれてありがとう。おまえらは、オレが初めて受け持ったクラスや、ずっと忘れへんからな」

こうして、桜木仙太郎生涯最初の教師生活は、幕を閉じた。

職員室に戻ってきた仙太郎に、校長や西尾たちが、入れ替わり立ち替わり激励や名残を惜しむ挨拶をしていった。机の荷物をまとめると、一緒に帰りましょうかという小野寺の申し出を断り、仙太郎はひとりで職員室をあとにした。

廊下を歩いていると、何度注意しても走っていく子供たちの元気な姿がチラッと思い浮かぶ。

教職員用の下駄箱《げたばこ》で自分の名札を外し、ちょっとの間、主《あるじ》のなくなった下駄箱を見つめてから、昇降口を出た。

仙太郎は、校庭の真ん中あたりで振り返り、校舎を見上げた。

「…………」

見納めのつもりが、振り切るように歩き出す。目の前には、素子と毎朝ケンカしながらくぐった校門が迫っている。ここを出れば、自分はもう富士見が丘小学校の先生ではなくなるのだ。仙太郎は感慨深い気持ちで、一歩を踏み出した。

その時、門の脇から「先生」と小さな人影が姿を現した。

「ひろし」

思わず立ち止まった仙太郎に、ひろしはニコニコして言った。

「音楽室にきてください」

「音楽室？」

「みんな、そこで待ってるんです」

わけのわからないまま、ひろしに連れられて音楽室に入ると、そこには、5年3組の生徒たち32人が全員顔をそろえて仙太郎を待っていた。

「先生、連れてきたよ」

ひろしは、仙太郎をみんなの前に引っぱって立たせると、自分の位置についた。

「みんな……」

しっかり者の委員長、白石秀一が一歩前に出てきて言った。

「先生、この4カ月、5年3組の先生になってくれてありがとうございました」

「ありがとうございました」あとに続いて口をそろえると、今度はひとりずつ前に出て、仙太郎に言葉を贈りはじめた。

「最初はどんな先生かと不安でした」

「大阪弁しゃべるし」「先生らしくないところもあったりしたから」

「でも、ボクたちのこと」「あたしたちのことを」

「一番に考えてくれる先生だってわかりました」

——今は、お金より友情を大事にしている野村裕太がいる。

「だって、先生はボクたちと一緒に笑ってくれた」

「あたしたちと一緒に泣いてもくれました」

「悲しい時はそばについててくれた」

「そして、怒る時は本気で怒ってくれました」

――男性恐怖症から立ち直って、強くなった菊地あゆみの笑顔がある。

「そんな先生に、ボクたちは勉強より大切なことを」「たくさん教わった気がします」

――偏差値だけじゃない、白石秀一は立派なクラスのリーダーだ。

「友達との友情」「勇気を出すこと」「自分に自信を持つこと」

――素子に片思いしていた立野勝は、東海道五十三次をついに走り通した。

「誰かが苦しんだり悲しんだりしている時に」「励ませる人間になれること」

「自分の素直な気持ちが言えること」

――びっくりさせられた、野村と木下法子の意地っぱりカップル。

「人を好きになること」

――クラスのマドンナ、飯田みゆきの一途《いちず》な想い。

「思いやりを持つこと」「そして、自分の命の大切さ」

「たったひとつしかない命を」「みんなで大切にしていきます」

――岸隼人、坂下昇、西原聖也のおちゃらけトリオの、めったにない真面目な顔が見える。

「先生が教えてくれたこと」「絶対に忘れません」

栗田晶、日向響、若林大悟、吉田めぐみ、宮下真理子……みんなみんな、オレが辞めさせられそうになった時に救ってくれたこと、忘れない。

「おまえら……わかってくれてたんやな……」仙太郎は胸がいっぱいになり、のどが焼けるように熱くなった。「ありがと……ほんまにありがと……」

「今から、桜木先生のために」「5年3組全員で歌を演奏します」

あゆみがピアノの前に座り、立野が大太鼓のバチを手に取る。

「先生に聞いてもらいたくて」「一生懸命練習しました」

リコーダー、木琴、鉄琴、ピアニカ、アコーディオン……みなそれぞれ、自分の担当の楽器を抱えた。

「先生、離れても、いつまでも、ボクたち5年3組の先生でいてください」

いつも仙太郎のよき理解者だったひろしが、最後に言った。どこにも行かないで、ボクたちの先生でいてよ……ひろしが泣きながら言ってくれた言葉は、仙太郎の心の中の輝ける勲章だ。

生徒たちは、演奏しながら、涙をこらえて歌いはじめた。

　仰げば尊し　我が師の恩
　教えの庭にも　早《はや》幾年《いくとせ》
　思えばいと疾《と》し　此《こ》の年月
　今こそ別れめ　いざさらば

互いに睦《むつ》みし　日頃の恩
別るる後にも　やよ忘るな
身を立て名を挙げ　やよ励めよ
今こそ別れめ　いざさらば

朝夕馴《な》れにし　学びの窓
蛍の燈火《ともしび》　積む白雪
忘るる間ぞ無き　逝《ゆ》く年月
今こそ別れめ　いざさらば……

世界中で一番美しい演奏と歌声を、仙太郎は耳を澄ませて聴いていた。


高速バスの乗り場に、素子と小野寺が見送りにきていた。

「よかったわね、子供たちから最高の贈り物もらって」

素子が言った。あの『仰げば尊し』は、職員室まで聴こえていたのだ。

「先生が言ってたように、あのコたちの心に残る恩師になれたんじゃないんですか？」

小野寺に言われて、「そうやったらいいけどな……」と仙太郎はほほえんだ。

そろそろ出ますよ、と運転手さんの声がかかった。

「それじゃな、見送りにきてくれてありがと」仙太郎はそう言って、ステップをのぼった。

「行ってしまうんですね」小野寺は少々感傷的になっているらしい。

「ああ。でも絶対またくるから、ちゃんと先生になってな」

「待ってますよ、桜木先生」

「今度、採用試験落ちたら承知しないわよ」素子が言った。

「わかってるて。三度目の正直や」

「待ってるから」素子はその言葉に、万感の思いを込めた。

「ああ——親っさんにもよろしくな」

仙太郎の脳裏に、『悟空』の店内で、今も三郎をどやしつけながら元気に働いている長一郎の姿が浮かんできた。「頑張れよ、仙太郎」と長一郎がつぶやいた声は、もちろん聞こえなかったけれど。

仙太郎が乗りこむと、すぐにバスが発車した。仙太郎は後ろの窓から、素子と小野寺の笑顔に大きく手を振った。

ふたりが見えなくなって席に落ち着くと、仙太郎は、決意を新たにひとりごちた。

「これからや、これからが大変なんや——来年こそは絶対合格せんとな」

そうして、きた時と同じように、1台の高速バスは、夢と希望をみなぎらせたひとりの男を乗せて、東京の街をあとにした。

あとがき

今、学校は登校拒否や学級崩壊、いじめ、体罰など、様々な問題を抱えています。「なんの問題もない教室なんて、この日本中、どこ捜したってないわよ」というセリフがありますが、まさにそのとおりで、毎日、学校という場所で、子供たちに何かが起こっているのです。

理由は様々です。教師の質が落ちたからだとか、親が子供を家庭でちゃんとしつけないからだとか、勉強についていけない落ちこぼれをつくるからだとか、中学受験のための偏差値教育が原因だとか。ドラマでもそんな問題を取り入れテーマにしました。

でも、このドラマで一番伝えたかったことはとても単純です。学校とは子供たちにとって楽しい場所であるべきだということです。朝、起きたときに、「今日も学校に行きたい！」と思えるような場所であってほしいのです。

主人公の仙太郎は、経験もあまりない、まだ半人前の教師です。でも、自分の心を生徒に伝えることのできる先生です。楽しいときには一緒に笑い、悪いことをしたときには本気で怒る、嬉《うれ》しいときはみんなで喜び、悲しいときは共に泣く。そんな先生だからこそ、子供は安心して自分のほんとの気持ちを話せるのではないでしょうか。

仙太郎の口癖である『教育とはハートとハートのぶつかりあい』、それこそが今、学校に求められている心の教育だと思います。

最後にこの本を出版するにあたってお世話になった角川の方々、いつもノベライズを担当して下さる豊田さん、ありがとうございます。装丁の永松さん、平木さんもステキなイラストをありがとうございました。

2001年11月17日　小松江里子

ドラマ「ガッコの先生」

STAFF
脚本／小松江里子
主題歌／「*Hey!* みんな元気かい？」*KinKi Kids*
（ジャニーズ・エンタテイメント）
挿入歌／「見上げてごらん夜の星を」堂本剛
音楽／武部聡志
演出／今井夏木
平野俊一
梶原紀尚
プロデューサー／伊藤一尋
制作／*TBS*エンタテインメント
製作／*TBS*

CAST
桜木仙太郎／堂本剛
朝倉素子／竹内結子
小野寺敦／田中直樹
西尾真理子／新谷真弓
三郎／荒川良々
朝倉裕二／斉藤大河
ひろしの父／伊藤俊人
ひろしの母／三鴨絵里子
朝倉綾子／櫻井淳子
小野寺美智子／鷲尾真知子
朝倉長一郎／いかりや長介

5年3組女子

飯田　みゆき／平塚　麻耶
五十嵐　遥／柏　静香
大沢　琴音／安永　亜紗
神山　こずえ／川名　夏生
菊地　あゆみ／奥田　佳菜子
木下　法子／山口　このみ
栗田　晶／野口　清香
斎藤　まりの／大谷　奈那実
杉山　玲奈／木村　紗緒里
関　菜摘／諸岡　なつみ
堤　沙希／滝　杏理
藤崎　香織／谷　真里奈
牧村　佳奈子／花澤　香菜
宮下　真理子／宮本　恵里
横山　唯／三村　ゆうな
吉田　めぐみ／菅田　貴恵

5年3組男子

荒川　信之介／上森　寛元
大橋　学／辻田　裕紀
金田　治／真瀬　皓介
岸　隼人／伊織　大昌
久保田　道雄／重田　進之介
坂下　昇／沼田　和紘
白石　秀一／須田　泰大
鈴木　ひろし／松崎　駿司
立野　勝／堀江　幸生
西原　聖也／庄司　学
野村　裕太／川原　一馬
浜崎　光輝／柏木　佑介
日向　響／加藤　諒
藤田　健介／山口　裕次郎
松本　清晴／茂木　克憲
若林　大悟／内山　達貴

ノベライズ／豊田美加
出版コーディネート／*TBS*事業局メディア事業センター
写真提供／*TBS*
ブックデザイン／BUFFALO.GYM
協力／木村英進堂

本書は2001年10月７日～12月16日まで全11回放送されましたＴＢＳ系東芝日曜劇場「ガッコの先生」のシナリオを元に小説化したものです。小説化にあたり、若干の変更がありますことをご了承下さい。

ガッコの先《せん》生《せい》

小《こ》松《まつ》江《え》里《り》子《こ》

角川文庫 13011

平成十五年七月二十五日　初版発行

発行者――田口恵司

発行所――株式会社角川書店

東京都千代田区富士見二―十三―三

電話　編集(〇三)三二三八―八五五五

営業(〇三)三二三八―八五二一

〒一〇二―八一七七

振替〇〇一三〇―九―一九五二〇八

印刷所――暁印刷　製本所――コオトブックライン

装幀者――杉浦康平

こ 21-1　　ISBN4-04-371901-9　C0193

角川文庫発刊に際して

角川源義

第二次世界大戦の敗北は、軍事力の敗北であった以上に、私たちの若い文化力の敗退であった。私たちの文化が戦争に対して如何に無力であり、単なるあだ花に過ぎなかったかを、私たちは身を以て体験し痛感した。西洋近代文化の摂取にとって、明治以後八十年の歳月は決して短かすぎたとは言えない。にもかかわらず、近代文化の伝統を確立し、自由な批判と柔軟な良識に富む文化層として自らを形成することに私たちは失敗して来た。そしてこれは、各層への文化の普及滲透を任務とする出版人の責任でもあった。

一九四五年以来、私たちは再び振出しに戻り、第一歩から踏み出すことを余儀なくされた。これは大きな不幸ではあるが、反面、これまでの混沌・未熟・歪曲の中にあった我が国の文化に秩序と確たる基礎を齎らすためには絶好の機会でもある。角川書店は、このような祖国の文化的危機にあたり、微力をも顧みず再建の礎石たるべき抱負と決意とをもって出発したが、ここに創立以来の念願を果すべく角川文庫を発刊する。これまで刊行されたあらゆる全集叢書文庫類の長所と短所とを検討し、古今東西の不朽の典籍を、良心的編集のもとに、廉価に、そして書架にふさわしい美本として、多くのひとびとに提供しようとする。しかし私たちは徒らに百科全書的な知識のジレッタントを作ることを目的とせず、あくまで祖国の文化に秩序と再建への道を示し、この文庫を角川書店の栄ある事業として、今後永久に継続発展せしめ、学芸と教養との殿堂として大成せんことを期したい。多くの読書子の愛情ある忠言と支持とによって、この希望と抱負とを完遂せしめられんことを願う。

一九四九年五月三日